www.ingramcontent.com/pod-product-compliance
Lightning Source LLC
LaVergne TN
LVHW012038070526
838202LV00056B/5537
9788194295747

گل بوٹے سلور جوبلی سیریز

بچّوں کی کہانیاں اور نظمیں

گُل بوٹے سے انتخاب

مرتّبین

ظہیرؔ قدسی

سیّد آصف نثار

محرّک

فاروق سیّد، مدیر گل بوٹے

© جملہ حقوق بحقِ گل بوٹے پبلی کیشن، ممبئی محفوظ ہیں۔

بچوں کی کہانیاں اورنظمیں - گل بوٹے سے انتخاب

مرتبین : ظہیرؔ قدسی/سیّد آصف نثار

محرک : فاروق سیّد

ناشر : گل بوٹے پبلی کیشنز، ممبئی

بسلسلۂ گل بوٹے سِلوَر جوبلی جشن - ستمبر 2019ء

کمپوزنگ : یسریٰ گرافکس، پونہ

سرورق : ریحان کوثر، کامٹی

ملنے کے لیے رابطہ : 09867169383 (کوثر احمد)
09892461465 (محمد شریف)

ISBN: 978-81-942957-4-7

Bachchon ki Kahaniyaan aur Nazmein
Gul Bootey se Intekhab

Compiler: Zaheer Qudsi | Sayyed Asif Nisar

Motivator: Farooque Sayyed

Publisher: Gul Bootey Publications, Mumbai

Commemorating Gul Bootey Silver Jubilee Celebration - Sept. 2019

انتساب

محترم الحاج اسحاق سیٹھ زری والا

کے نام

جن کی تعلیم دوستی نے کئی تعلیمی اداروں کو منفرد و مثالی شناخت عطا کی۔
جن کی ادب نوازی نے بہت ساری علمی ادبی تصانیف کو قارئین تک پہنچانے میں معاون بنی۔
جن کی انسانیت نوازی نے کئی فلاحی اِداروں کے انتظام و انصرام کو سہولت بخش بنایا۔

منجانب

ظہیرؔ قدسی

الحاج اسحاق سیٹھ زری والا - بیک نظر

چیئرمین، انجمن معین الطلباء، مالیگاؤں
چیئرمین، زری والا ایجوکیشنل سوسائٹی، مالیگاؤں
چیئرمین، ایم ایس کریئیٹیو اسکول، شاخ مالیگاؤں
رکن، اسٹوڈنٹس ویلفیئر سوسائٹی (سویس)، مالیگاؤں

عرضِ ناشر

پیارے بچو!

السلام علیکم ورحمۃ اللہ!

آج کا دن اور یہ خوب صورت موقع ہمارے لیے کسی انمول تحفے سے کم نہیں۔ آج ہمارا پسندیدہ رسالہ ماہنامہ 'گل بوٹے' ممبئی اپنی تاسیس کے پچیس سال مکمل کر رہا ہے۔ اس پرمسرّت موقع پر ہم اللہ ربّ العزت کی بارگاہ میں نذرانۂ تشکر پیش کرتے ہیں جس نے ہمیں یہ مبارک دن دِکھایا۔ 'گل بوٹے' کی اشاعت کے پچیس برس مکمل ہونے پر ہم اپنے ان تمام ننھے ساتھیوں کو دلی مبارکباد پیش کرتے ہیں جو اپنے پسندیدہ رسالے سے ابتدا ہی سے جڑے رہے۔ جنھوں نے گل بوٹے کو اپنا رسالہ سمجھا، اس کا ہر مہینے بڑی شدت سے انتظار کیا، اسے پابندی سے خریدا، اس کے خوب صورت مشمولات کو پسند کیا، اس کی قیمتی باتوں کو ذہن نشین کر کے ان پر عمل کیا۔ ان تمام ساتھیوں کو بھی مبارکباد جو گل بوٹے کی ترویج و ترقی اور اسے گھر گھر پہنچانے میں ہمیشہ کوشاں رہے، اس کی ترتیب و اشاعت میں اپنے قیمتی مشوروں سے نوازا، مشکل ترین حالات میں اپنی توجہ اور تعاون سے گل بوٹے کے کم سواد مدیر کی ڈھارس بندھائی، گل بوٹے ٹیم کی کوششوں کو سراہتے ہوئے ان کی حوصلہ افزائی کی، گل بوٹے کے ساتھ سفر کرتے ہوئے اپنے بچپن کو لڑکپن اور لڑکپن کو نوجوانی میں تبدیل کیا۔ آج کا دن ان تمام ننھے فرشتوں اور نوجوان دوستوں کے لیے نویدِ جانفزا لے کر آیا ہے اور آج یہی تمام ساتھی مبارکباد کے مستحق ہیں۔ آپ تمام کو کامیابی و کامرانی کے یہ پُرمسرّت لمحات بہت بہت مبارک ہوں!

عزیز ساتھیو! ہمارے ملک میں بچوں کے رسائل کی تاریخ درخشاں رہی ہے۔ ایک زمانہ تھا جب ملک کے مختلف شہروں سے بڑی تعداد میں بچوں کے رسائل نکلتے تھے۔ آج بھی قدرے کم تعداد میں سہی لیکن بچوں کے رسائل برابر نکل رہے ہیں۔ ممبئی جیسے اُردو آبادی والے بڑے شہر سے ایک عرصے سے بچوں کے ایک معیاری رسالے کی ضرورت محسوس کی جاتی تھی۔ اللہ کا شکر ہے کہ اس نے ہمیں توفیق بخشی اور ہم نے اللہ کا نام لے کر تن تنہا اس راہ پر قدم بڑھایا اور دیکھتے ہی دیکھتے گل بوٹے کے تئیں ہمارے جنون نے پچیس بہاریں مکمل کرلیں۔ اگرچہ زمانے کی نظر میں پچیس برس کوئی بڑی مدت نہیں ہوتی لیکن کسی رسالے کے لیے اور وہ بھی اُردو زبان میں بچوں کے رسالے کے لیے یہ ایک بہت بڑی مدت ہے۔ یہ ایک ایسی مدت ہے جسے کسی جنون یا دیوانگی کے سہارے ہی پورا کیا جاسکتا ہے۔ ان پچیس برسوں میں گل بوٹے نے ترقی کے کئی رنگ دیکھے۔ پہلے پہل اسے سادے کاغذ پر یک رنگی شائع کیا گیا۔ پھر پرنٹ میڈیا میں آئے انقلابات پر لبیک کہتے ہوئے آرٹ پیپر اور مکمل رنگینی کو اپنایا۔ اِس دوران گل بوٹے زمانے کے شانہ بہ شانہ چلتا رہا لیکن اس نے تعلیمی، اخلاقی اور تہذیبی رہنمائی کے اپنے مشن سے صرفِ نظر نہیں کیا بلکہ فکری طور پر پوری قوت سے اپنے مشن پر ہمیشہ گامزن رہا۔

ہمیں اس حقیقت کا اظہار کرتے ہوئے بڑی مسرت ہورہی ہے کہ جیسے ہی ہم اپنی تاسیس کے پچیسویں سال کی طرف بڑھ رہے تھے، ہم گل بوٹے کی سلور جوبلی کچھ منفرد انداز میں منانے کا سوچ رہے تھے اور جلد ہی ہم نے یہ عزم کیا کہ گل بوٹے کی پچیسویں سالگرہ پر ہم بچوں کے ادب کو نادر موضوعات پر پچیس کتابوں کا تحفہ دیں گے۔ الحمد للہ! ثم الحمد للہ! ہمیں خوشی ہورہی ہے کہ اللہ تعالیٰ نے ہمارے اِس عزم کی لاج رکھ لی اور ہم آج مختلف موضوعات پر پچیس کتابیں شائع کرنے میں کامیاب ہوئے ہیں۔ بچوں کے ادیبوں کی ڈائرکٹری الگ۔

بچوں کے ادب پر یہ پچیس کتابیں گل بوٹے کے ادارۂ تحریر کے رفقا یعنی 'ٹیم گل بوٹے'

کی محنتوں کا ثمرہ ہے۔ ان کتابوں میں ٹیم گل بوٹے نے ان تمام موضوعات کو سمیٹنے کی کامیاب کوشش کی ہے جو اُردو میں بچوں کے ادب کے زرّیں عہد کے گواہ ہیں۔ یہ وہ موضوعات ہیں جو اَب نایاب نہیں تو کمیاب ضرور ہیں البتہ یہ بھی حقیقت ہے کہ آج کسی ایک جگہ دستیاب نہیں۔ٹیم گل بوٹے نے موضوعات کے انتخاب سے لے کر کتاب کی ترتیب و تدوین تک جس محنتِ شاقہ کا ثبوت فراہم کیا ہے اس کے لیے میں بحیثیت مدیر اور ناشر تمام مرتبین کا شکر گزار ہوں۔ ناسپاسی ہوگی اگر اس موقع پر اپنے عزیز دوست اور بال بھارتی پونہ کے اُردو افسر خان نوید الحق انعام الحق صاحب کا شکریہ ادا نہ کروں جن کی کرشماتی شخصیت نے کتابوں کی ترتیب سے لے کر سلور جوبلی تقریبات کے انعقاد تک ہر مشکل مرحلے میں میرے کندھے سے کندھا ملا کر کام کیا۔ ہر مرحلے پر ثابت قدمی دِکھاتے ہوئے کام کی پہل کی، اپنے وسیع تجربات کی روشنی میں کٹھن مراحل کو آسان بنا دیا اور اپنے آپ کو دامے درمے سخنے کلی طور پر اس کام کے لیے وقف کر دیا۔ ان احسانات کو صرف محسوس کیا جا سکتا ہے۔

زیرِ مطالعہ کتاب 'بچوں کی نظمیں اور کہانیاں - گل بوٹے سے انتخاب' جناب ظہیر قدسی صاحب اور جناب سیّد آصف نثار نے مرتب کی ہے۔ مرتبین نے حتی الامکان اسے خوب سے خوب تر بنانے کی کوشش کی ہے اس لیے ادارہ گل بوٹے جناب ظہیر قدسی صاحب اور جناب سیّد آصف نثار کا دِل کی گہرائیوں سے شکریہ ادا کرتا ہے۔

آپ کے اپنے ماہنامے 'گل بوٹے' کے جشنِ سیمیں کے موقع پر ہم ان تمام قلمکاروں، مراسلہ نگاروں اور قارئین کا شکریہ ادا کرتے ہیں جنھوں نے گزشتہ ربع صدی کے دوران ہر مرحلے پر ہمارا تعاون کر کے حوصلہ بڑھایا ہے۔ ہمیں اُمید ہے کہ بچوں کے ادب پر یہ پچیس کتابیں آج کے حالات میں ادبِ اطفال کی راہ متعین کرنے میں مشعلِ راہ ثابت ہوں گی۔ آپ کی گرانقدر آرا کا ہمیں انتظار رہے گا۔

والسلام

فاروق سیّد

عرضِ مرتب

ماہنامہ 'گل بوٹے' گزشتہ پچیس برسوں سے اُردو کی خدمت کررہا ہے اور قوم وملت کے بچوں کی ذہن سازی میں مصروف ہے۔ ممبئی کی سنگلاخ زمین سے نکلنے والا یہ پودا اب ایک تناور درخت بن چکا ہے۔ اسی کے ساتھ زمانے کے سرد و گرم سے نبرد آزما ہوتے ہوئے آج آرٹ پیپر پر اپنی روشنی بکھیر رہا ہے اور بچوں کے ذہن و دل کو منوّر کررہا ہے۔

ابتدا سے ہی اس کی کہانیوں اور نظموں کا ایک معیار رہا ہے جس میں آج تک مزید ترقی ہوئی ہے۔ آج سلور جوبلی جشن پر اس کے پچیس سالہ شماروں میں سے سو، سوا سو صفحات کی کہانیوں اور اتنی ہی ضخامت کی نظموں کا انتخاب 'بچوں کہانیاں اور نظمیں - گل بوٹے سے انتخاب' عنوان سے آپ کے پیش نظر ہے۔

کہانیوں میں ایک طرف میرزا ادیب جیسے قدآور ادیبوں کی کہانیاں ہیں، وہیں نئے قلم کاروں کے جواہر پارے بھی ہیں۔ سراج عظیم، رونق جمال، وکیل نجیب جیسے مستند ادیبوں کی تخلیقات بھی ہیں اور غیر معروف ادیبوں، شاعروں کی نگارشات بھی انتخاب میں شامل ہیں۔

کہانی ابتدائے زمانہ سے ہی دلچسپی کا باعث رہی ہے۔ قدیم داستانیں، طلسمِ ہوشربا اور داستانِ امیر حمزہ اس کی بہترین مثالیں ہیں۔ ڈپٹی نذیر احمد کا پہلا ناول 'توبۃ النّصوح' بھی ایک طویل اصلاحی کہانی ہی ہے جو آج بھی شوق سے پڑھی جاتی ہے۔ وقت بدلنے کے ساتھ ناول مختصر ہوتے گئے اور بچوں کے لیے بھی ناول ناولٹ کی بجائے تین

چار صفحات کی کہانیوں نے جگہ لے لی ہے۔ آج بھی بچے ان کہانیوں کو شوق سے پڑھتے ہیں اور خاص بات یہ ہے کہ الکٹرانک میڈیا کے بڑھتے ہوئے سیلاب میں بھی بچوں کو کہانیاں پڑھنے اور سننے سے رغبت ہے۔ اسی لیے کہا جارہا ہے کہ اب پبلشنگ ادارے بڑوں کے ادب کی بجائے بچوں کا ادب زیادہ شائع کررہے ہیں۔ بچوں کے رسالے بھی بڑوں کے رسالوں کی بہ نسبت زیادہ شائع ہورہے ہیں اور ان کی تعدادِ اشاعت بھی منافع بخش نہیں تو نقصان دہ بھی نہیں ہے۔ آج بھی بچوں کے نئے نئے رسالے نکل رہے ہیں اور اپنا مقام بنا رہے ہیں۔

موبائل اور گوگل لاکھ دلچسپی کا سامان مہیا کریں لیکن ایک وقت ایسا آتا ہی ہے کہ بچے بڑے سب اس کی یکسانیت سے اُکتا جاتے ہیں۔ مسلسل اسکرین پر نظریں جمائے رکھنے سے صحت اور دیگر تمام جسمانی اعضا پر منفی اثرات پڑتے ہیں۔ اس لیے بچے خاص طور سے کتابوں کی طرف راغب ہورہے ہیں۔ ایسے ماحول میں بچوں کے رسالے صالح ادب اور نصیحت آموز کہانیاں، مزاح اور ہنسی وقہقہے میسر کرنے والی کہانیاں پیش کرکے بچوں میں دلچسپی پیدا کررہے ہیں۔ ساتھ ہی ان کی ہمہ جہت ترقی میں اپنا حصہ ادا کررہے ہیں۔

ہم نے کوشش کی ہے کہ 'گل بوٹے' سے ایسی ہی کہانیاں اور نظموں کا انتخاب کیا جائے جس میں دلچسپی، نیاپن تو ہو ہی، اس کے ساتھ بین السطور نصیحتیں اور جنرل معلومات بھی ہوں تاکہ مطالعے کے دوران بچوں کی تعلیمی و ذہنی نشو ونما بھی ہو۔ اس کتاب میں ایسی ہی تقریباً ستّر اسّی کہانیاں اور اتنی ہی نظمیں شامل ہیں۔ ہر چند کہ یہ انتخاب مکمل نہیں ہے، دانستہ نادانستہ ہم سے کئی اچھی اور بہتر تخلیقات سے صرفِ نظر بھی ہوئی ہوگی، پھر بھی اپنے تئیں ہم نے بہتر انتخاب کی بھرپور کوشش کی ہے۔ امکان ہے کسی ادیب و شاعر کی کئی تخلیقات اس میں شامل ہوں اور ایک آدھ اچھے اور نامور شاعر یا ادیب رہ گئے ہوں

کیوں کہ مسلسل پندرہ سال کے شماروں کو دیکھنا، کہانیاں، نظمیں پڑھنا اور موضوعات پر نظر رکھتے ہوئے انتخاب کرنا ایک بے حد مشکل امر تھا لیکن برادرم ریحان کوثر (کامٹی) کے تعاون اور رہبری، خان نوید الحق کی نگرانی اور انتخاب کے نکات کی نشاندہی نے کام کو آسان کر دیا۔

آج یہ مجموعہ آپ کے ہاتھوں میں ہے۔ اس کی تمام تر خوبیوں کا سہرا اوّلاً 'گل بوٹے' کی ادارتی ٹیم کے سر جاتا ہے جنھوں نے رسالے کو معیاری بنانے کے لیے کڑے انتخاب سے رسالے میں کہانی / نظم کو شامل کیا۔ بعد ازاں 'گل بوٹے سلور جوبلی جشن' کے تمام ذمہ داران بھی مبارکباد کے مستحق ہیں جنھوں نے خودلگن سے کام کیا اور ہم جیسوں کو بھی مسلسل محنت، توجہ اور دلچسپی سے کام کرنے پر اُکسایا۔

کتاب میں شامل تمام کہانیاں اور نظمیں کئی بار دیکھی گئیں، کئی بار پروف کی گئیں۔ پھر بھی غلطی کے امکانات ہیں۔ آپ ان غلطیوں کو درگزر کر کے ہماری اور 'گل بوٹے ٹیم' کے حوصلے کی داد ضرور دیجیے۔

ظہیر قدسی

گھر نمبر 208، شنی وار وارڈ،
آزاد چوک، مالیگاؤں 203 423
ضلع ناشک، مہاراشٹر
M.: 9860743332

بات کا تبنگڑ

ڈاکٹر سید یحییٰ نشیط

کریم لکڑہارا بڑا شریف اور ایمان دار تھا۔ وہ روزانہ جنگل سے لکڑیاں چن کر لاتا اور انھیں فروخت کرکے ان پیسوں سے اپنا اور اپنے بچوں کا پیٹ پالتا۔ گاؤں میں وہ اپنی ایمانداری اور سچائی کے لیے مشہور تھا۔

کریم کے ساتھ اس کا ایک کتا بھی تھا۔ وہ ہمیشہ کتے کو اپنے ساتھ جنگل میں لے جایا کرتا تھا۔ کتا بڑا وفادار تھا۔ وہ جنگل میں کریم کے ساتھ ہی رہتا اور گھر لوٹتے وقت اس کے پیچھے پیچھے چلتا۔ گاؤں کے لوگ اسی سے لکڑیوں کے گٹھے خریدتے تھے کیوں کہ وہ جنگل سے گیلی لکڑیاں کبھی نہیں لاتا۔ وہ جانتا تھا کہ درخت کاٹ کر گیلا ایندھن بیچنے سے خریدنے والے کو چولھا جلانے میں تکلیف ہوتی ہے۔ جلتے وقت گیلے ایندھن سے نکلنے والا دھواں بھی صحت کے لیے نقصان دہ ہوتا ہے اور فضا کو آلودہ کر دیتا ہے۔ وہ اس حقیقت سے بھی واقف تھا کہ جنگل کی خوبصورتی اس کے درختوں سے قائم ہے اور ملک کی بیش بہا دولت جنگل بھی ہیں۔ جنگل کے درخت کاٹتے رہیں گے تو ایک نہ ایک دن جنگل ختم ہو جائیں گے اسی لیے وہ جنگل کی سوکھی لکڑیاں چن چن کر لاتا تھا۔

ایک دن کریم کو جنگل میں سوکھی لکڑیاں نہیں ملیں۔ وہ لکڑیوں کی تلاش میں جنگل میں ادھر سے اُدھر بھٹکتا رہا اور جب تھک کر چور ہو گیا تو پریشانی کے عالم میں ایک درخت کے سایے میں نڈھال ہو کر بیٹھ گیا۔ وہ سوچ رہا تھا کہ آج گھر میں کہیں فاقے کی نوبت نہ آجائے۔ اسی فکر میں تھا کہ اچانک اس کی نظر درخت پر لگے ہوئے شہد کے چھتے پر پڑی۔

وہ جلدی سے اٹھ بیٹھا اور درخت پر چڑھ کر وہ ڈالی توڑ لی جس پر شہد لگا تھا۔ نیچے اُتر کر وہ خوشی خوشی قریب کے گاؤں کی طرف چل پڑا جہاں شہد فروخت ہوتا تھا۔ دکاندار نے اس کا سارا شہد خرید لیا۔ برتن سے شہد کے چند قطرے زمین پر گر گئے تھے جس کی وجہ سے وہاں مکھیاں بھن بھنانے لگیں۔ اتفاق سے ایک چھپکلی مکھیاں کھانے کے لیے دیوار سے نیچے اتر پڑی اور مکھیوں کو چٹا چٹ ہڑپ کرنے لگی۔ دکاندار کی بلی نے چھپکلی کو جو دیکھا تو اس پر جھپٹ پڑی۔ کریم کے کتّے نے جب بلی کو دیکھا تو وہ بلی پر ٹوٹ پڑا۔ بلی کتے کو دیکھ کر گھبرا گئی اور جان بچا کر جو بھاگی تو دکاندار کی تیل کی کڑھائی الٹ گئی۔ دکاندار کو اس پر بڑا غصہ آیا۔ اس نے اپنے ڈنڈے سے کتے کی خوب خبر لی۔ اب تو لکڑہارا بھی طیش میں آ گیا۔ وہ جانتا تھا کہ اس کا کتا بے قصور ہے۔ اس لیے اس نے دکاندار کو ایسا گھونسا مارا کہ وہ بے ہوش ہوکر زمین پر گر پڑا۔ یہ دیکھ کر لکڑہارے کے ہوش اڑ گئے اور وہ فوراً اپنے گاؤں کی طرف بھاگ گیا۔ گاؤں کے لوگوں کو خبر ہوئی تو وہ دکان پر پہنچے اور انھوں نے کریم کو بھاگتے دیکھ لیا تو فوراً لاٹھیاں لے کر اس کے پیچھے دوڑ پڑے۔ کریم اپنی جان بچانے کے لیے تیز دوڑ رہا تھا۔ گاؤں میں وہ جیسے ہی پہنچا تو اس نے سارا ماجرا سنا دیا۔ کریم کے گاؤں کے لوگوں نے جب دوسرے گاؤں کے لوگوں کو لاٹھیاں لیے آتے ہوئے دیکھا تو انھوں نے بھی مقابلے کی ٹھان لی۔ دونوں طرف سے لاٹھیاں چلنے لگیں۔ لوگوں کے سر پھوٹے، ہاتھ ٹوٹے۔ سارا میدان لہولہان ہو گیا۔ کریم پچھتا رہا تھا کہ میری وجہ سے گاؤں میں لڑائی ہو رہی ہے۔ دوڑا دوڑا وہاں پہنچا اور لوگوں سے منّت سماجت کرنے لگا۔ دونوں طرف کے لوگوں کا غصہ ٹھنڈا ہوا تو دونوں کے درمیان بیٹھ کر اس نے سارا ماجرا کہہ سنایا۔ لوگوں کو جب حقیقت کا علم ہوا تو وہ اپنے کیے پر پچھتانے لگے۔ سچ ہے بلا سوچے سمجھے کیے گئے کام پر آدمی کو پچھتانا پڑتا ہے۔ دکاندار کی نادانی اور کریم کے غصے نے معمولی بات کو بات کا بتنگڑ بنا دیا۔ ایسی چھوٹی چھوٹی باتیں ہی نادانی کی وجہ سے فساد کا سبب بن جاتی ہیں اور اس میں لوگوں کا سب کچھ لٹ جاتا ہے۔

(فروری ۲۰۰۴ء)

سب کی گیند

امر گروسوامی ترجمہ: فرحان حنیف

راجو کے گھر میں ایک گیند ٹپکی، ٹپ! راجو کو تعجب ہوا۔ گیند نے کہا،''میں چل کر آئی ہوں بہت دور سے۔ سب سے ملنے اور ساتھ میں کھیلنے۔'' راجو بہت خوش ہوا۔ وہ گیند کے ساتھ کھیلنے میں مشغول ہو گیا۔ راجو کا ایک چھوٹا بھائی تھا، کنہیا۔ اس نے کہا،''میں بھی کھیلوں گا۔'' مگر راجو نے کنہیا کو صاف منع کر دیا اور کہا،''یہ گیند میری ہے۔'' گیند بولی،''میں کنہیا کے ساتھ بھی کھیلوں گی کیوں کہ میں سب کی دوست ہوں اور پھر کھیل میں تو سب برابر ہوتے ہیں۔ کوئی چھوٹا بڑا نہیں ہوتا۔'' وہ اچھل کر کنہیا کے پاس آ گئی اور اس کے ساتھ بھی کھیلنے لگی۔ کنہیا خوش ہو گیا۔ راجو نے گیند اُٹھا کر الماری کے اوپر رکھ دی اور بولا،''یہ گیند مجھے ملی ہے اس لیے اسے صرف میں ہی کھیلوں گا۔''

گیند موقع پاتے ہی الماری سے ٹپکی، ٹپ۔ باہر بھاگی، راجو بھی اس کے پیچھے دوڑا لیکن گیند کی رفتار تیز تھی۔ راجو بہت پیچھے رہ گیا۔ گیند ٹپ ٹپ اچھلتی ہوئی ایک گھر کے باہر پہنچی۔ وہاں ایک بچہ رو رہا تھا۔ گیند بولی،''روتے کیوں ہو؟ آؤ میرے ساتھ کھیلو۔'' بچہ گیند دیکھ کر خوش ہو گیا اور رونا بھول کر ہنستے ہوئے اس کے ساتھ کھیلنے لگا۔ کچھ دیر بعد گیند نے اس سے کہا،''اب میں چلتی ہوں۔'' بچے نے گیند سے عاجزی کی،''یہیں رہ جاؤ نا۔'' گیند نے پیار سے کہا،''مجھے دوسروں کے ساتھ بھی کھیلنا ہے۔ میں سب کی دوست ہوں، مجھے سب کا دل بہلانا ہے۔''

گیند ٹپ ٹپ اُچھلتی ہوئی آگے بڑھی۔ اسے پارک میں بیٹھا ہوا ایک بوڑھا دِکھائی دیا۔ وہ اکیلا تھا۔ گیند نے بوڑھے سے پوچھا، ''یہاں اکیلے کیوں بیٹھے ہو؟ آؤ ہم دونوں مل کر کھیلیں۔''

بوڑھے نے جواب دیا، ''میں دوڑ نہیں سکتا۔ کیسے کھیلوں گا؟''

گیند نے بوڑھے سے کہا، ''اسی طرح بیٹھے بیٹھے کھیلو۔'' بوڑھا بیٹھے بیٹھے کھیلنے لگا۔ وہ ہاتھ سے گیند کو پھینکتا۔ گیند پلٹ کر اس کی طرف آ جاتی۔ بوڑھے کو کھیل میں مزہ آنے لگا۔ جب تک وہ تھک نہیں گیا، کھیلتا رہا۔ بوڑھا جب تھکن سے چوُر ہو گیا تو گیند نے جانے کی اجازت چاہی۔

بوڑھے نے کہا، ''ننھی گیند، تم میرے یہاں رہ جاؤ۔ دونوں مل کر خوب کھیلیں گے۔''

گیند بولی، ''مجھے اوروں کے ساتھ بھی کھیلنا ہے۔ خود بھی دوڑوں گی، دوسروں کو بھی دوڑاؤں گی۔''

بوڑھے نے آنکھوں میں آنسو بھر کے گیند کو دعا دی، ''جیتی رہو۔''

گیند پھر ٹپ ٹپ کر کے چل پڑی۔ آگے کچھ بچّے ایک کتّے کو چھیڑ رہے تھے۔ گیند نے بچوں سے کہا، ''اسے مت ستاؤ، چھوڑ دو اور میرے ساتھ کھیلو۔'' بچوں نے کتّے کو چھوڑ دیا اور گیند کے ساتھ کھیلنے لگے۔ ان سب کے تھکتے ہی گیند نے رُخصتی چاہی۔ بچوں نے گیند سے گزارش کی، ''بہنا گیند! یہیں رک جاؤ، ہمیں چھوڑ کے کہیں نہ جاؤ۔''

گیند نے اپنائیت سے سمجھایا، ''میں سب کی دوست ہوں، سب کا من بہلاؤں گی۔ جب بار بار یاد ستائے گی تو پھر تم سے ملنے آ جاؤں گی۔''

یہ کہہ کر گیند جدھر سے آئی تھی اُدھر ٹپ ٹپ اُچھلتی ہوئی چلی گئی۔

(جنوری ۲۰۰۴ء)

فیضو

بتول فاطمہ

خوشحال پور ندی کے کنارے بسا ہوا واقعی خوشحال گاؤں تھا۔ اس گاؤں میں 'فیضو' ایک ننھا سا لڑکا رہا کرتا تھا۔ اپنے والدین اور والدہ کا چہیتا اور دادی کا لاڈلا۔

فیضو اپنی دادی ماں سے بہت محبت کرتا تھا۔ ہر وقت وہ کہانی سننے اپنی دادی ماں کے پاس بیٹھا رہتا۔ اسکول کے بھی سارے قصے وہ اپنی دادی ماں کو سنایا کرتا۔ الغرض وہ اپنی دادی ماں کا دیوانہ تھا۔ دادی ماں اس کی بے پناہ محبتوں کو دیکھ دیکھ کر خوش ہو جایا کرتی تھی۔

''دادی ماں آپ کے لیے میں آج کیا لایا ہوں!'' فیضو نے اپنا بستہ ایک طرف رکھتے ہوئے کہا۔

''بیٹا! کیا لائے ہو؟'' دادی ماں پُرتجسّس بولی۔

''دادی ماں، آپ کے لیے میں یہ چنے لایا ہوں!''

دادی ماں پہلے ہنسی پھر محبت سے چمکارتے ہوئے بولی، ''ادھر آ میرے پاس، میرے لال۔ اب یہ سب چیزیں میں نہیں کھا سکتی کیوں کہ میرے دانت نہیں رہے۔''

''لیکن دادی ماں آپ کے دانت واپس کیوں نہیں آ سکتے؟''

''بیٹا! ایک بار جو چیز چلی جاتی ہے وہ دوبارہ واپس نہیں آتی۔''

''مگر دادی ماں وہ کالو درزی کا بیٹا راشد جو میری کلاس میں پڑھتا ہے اس کا دانت

تو گر کر واپس آ رہا ہے۔ تو کیا آپ کا نہیں آ سکتا؟''

''اچھا۔'' دادی ماں ہنسی۔ وہ اُسے مایوس نہیں کرنا چاہتی تھی مگر حقیقت سے بھی روشناس کرانا چاہتی تھی وہ بولی، ''فیضو! میری اب عمر ہو گئی ہے۔ اس لیے اب میرے دانت واپس نہیں آ سکتے۔ ہاں مگر ایک کام ہو سکتا ہے۔ جب تمھارے ابو شہر سے لوٹ کر گھر آئیں گے تو میں اُس سے نقلی دانتوں کا چوکڑا منگوا لوں گی۔ پھر ہم دونوں یہ سب ایک ساتھ بیٹھ کر کھائیں گے۔''

فیضو بے انتہا خوش ہو گیا کیوں کہ اب اس کی دیرینہ خواہش پوری ہونے والی تھی۔ اس سے پہلے وہ ہر وقت مایوس ہو جایا کرتا تھا کہ اپنی دادی ماں کو وہ ہر چیز نہیں کِھلا سکتا۔

دوسرے دن جب وہ اسکول پہنچا تو اس نے اپنے ساتھیوں سے کہا، ''میری دادی ماں اب میرے ساتھ چاکلیٹ، کیڈ بری اور دوسری سب چیزیں بھی کھا سکیں گی۔''

''وہ کیسے؟'' راجو نے پوچھا۔

''میری دادی ماں کے لیے ابو شہر سے نقلی دانتوں کا چوکڑا لانے والے ہیں۔''

''واقعی؟''

''ہاں!''

''واہ بھئی واہ۔''

فیضو کے دوست بھی اس کی خوشی میں شامل ہو گئے۔ ایک دن جب فیضو نے اپنی امی سے ابو کے آنے کے متعلق پوچھا تو وہ بولیں، ''کتنی بار پوچھو گے فیضو؟ میں نے کہا نا کہ وہ دو مہینے بعد آئیں گے۔''

''اچھا امی۔'' فیضو دن رات ابو کے آنے کا انتظار کرنے لگا۔ کب دن ہوتا اور کب رات ہوتی اُسے کچھ خبر نہیں تھی۔ وہ تو بس دادی ماں کے دانت واپس آنے کی خوشی میں مگن تھا مگر جب کافی دن بیت گئے اور ابو کو آنے میں کافی عرصہ تھا تب فیضو نے دھیرے دھیرے ابو کے آنے کی رٹ کم کرتی تھی تو دادی ماں اور امی نے سکون کی سانس لی۔ اب

وہ اسکول سے آتے وقت کچھ لاتا بھی نہیں تھا۔ اُسے جیب خرچ کے جو پیسے ملتے وہ چپ چاپ لے کر چلا جاتا ورنہ پہلے ''دادی ماں آپ کیا کھائیں گی؟'' کہہ کہہ کر تنگ کر دیا کرتا تھا۔

ہاں مگر اب بھی وہ اپنی دادی ماں کے پاس باقاعدگی سے بیٹھتا، کہانیاں سنتا اور ان کی گود میں سو جاتا۔ ایک دن جب فیضو کو اسکول سے آنے میں تھوڑی دیر ہوگئی تو امی اور دادی دونوں کافی پریشان ہوئیں۔ جب کافی دیر تک وہ نہ آیا تو دادی ماں اپنی چادر لے کر باہر فیضو کو ڈھونڈنے کی خاطر نکلنے ہی والی تھیں کہ انھیں فیضو آتا دِکھائی دیا۔ وہ ''دادی ماں دادی ماں'' چلاتے ہوئے بھاگتے آ رہا تھا۔ اَمی اور دادی دروازے کو لپکیں۔ ''دادی ماں دادی ماں'' کہہ کر فیضو اپنی دادی ماں سے لپٹ گیا۔

''ارے کیا ہوا؟ دادی ماں کے آگے کچھ کہے گا بھی؟'' دادی ماں نے مزید لپٹاتے ہوئے کہا۔

فیضو نے جلد جلد اپنا بستہ کھولا اور اس میں سے بچوں کے کھیلنے والا دانتوں کا چوکڑا نکالا اور دادی ماں کو دے کر کہا، ''دادی ماں ایک روز میں نے یہ چوکڑا بہاری چاچا کی دکان پر دیکھا۔ تب سے میں نے اپنے جیب خرچ کو دیے گئے پیسوں کو جمع کیا اور آج آپ کے لیے چوکڑا لایا ہوں اور دادی ماں وہ چیزیں جو میں اپنے دوستوں کے ساتھ کھاتا ہوں وہ بھی خرید لی ہے۔'' اتنا کہہ کر وہ چپ ہوگیا۔

امی نے دادی ماں کو اور دادی ماں نے امی کو دیکھا۔ اس وقت وہ اپنے تئیں اپنے پوتے کی محبت کو دیکھ کر کچھ بھی نہ بول سکتیں اور اسے بے تحاشہ اپنے سینے سے لگاتے ہوئے زار وقطار رو پڑی اور امی ان دادی پوتے کا پیار دیکھ کر دل ہی دل میں مسکرا دی۔

(فروری ۲۰۰۴ء)

❖❖❖

علم کی اہمیت

ڈاکٹر وی. کے. گوکاک　　　　ترجمہ: وقار قادری

پیارے بچو!

ڈاکٹر وی کے گوکاک کنڑ اور انگریزی زبان کے ادیب ہیں۔ ان زبانوں میں انھوں نے چالیس سے زیادہ کتابیں تحریر کی ہیں۔ ۱۹۵۹ء میں دھارواڑ (کرناٹک) میں جنم لینے والے گوکاک صاحب نے ممبئی یونیورسٹی سے انگریزی زبان میں ایم اے کیا۔ فرگیوسن کالج پونہ میں درس وتدریس کے شعبے سے وابستہ ہوئے۔ بنگلور یونیورسٹی میں وائس چانسلر کے عہدے پر فائز رہے۔ گیان پیٹھ اور ساہتیہ اکادمی جیسے اہم اعزازات سے بھی انھیں نوازا گیا ہے۔ مراٹھی ادیبہ کرپا کلکرنی نے گوکاک صاحب کی اس کہانی کو مراٹھی زبان میں ترجمہ کیا۔ علم کی اہمیت کو جتانے والی یہ کہانی ہمیں پسند آئی ہم ماہنامہ گل بوٹے کے قارئین کی خدمت میں اسے پیش کر رہے ہیں۔ - مترجم

راپیا اور شیوانا جیسے تیسے ساتویں جماعت تک پہنچ گئے تھے مگر سچ تو یہ ہے کہ انھیں پڑھنے لکھنے سے کوئی دلچسپی نہیں تھی۔ اسکول کے وقت پیشانی پر بل ڈالے بڑی بے دلی کے ساتھ اسکول جاتے۔ گوڑا گروجی تعلیم سے ان کی بیزاری کا سبب پوچھتے تو جواب ملتا۔

ہم پڑھ لکھ کر کیا کریں گے گروجی، کنڑ ہماری مادری زبان ہے، وہ تو ہمیں آتی ہی ہے۔ اب بھلا ہم اِسے سیکھ کر کیا کریں گے؟ ہندی انگریزی کا تو ایسا ہے کہ روزانہ ایک فلم ٹی وی پر دیکھ لیں تو یہ زبانیں بھی آ جائیں گی۔

گوڈا گروجی کو ان کا یہ جواب پسند نہیں آیا۔ مگر ابھی وہ کچھ کہتے کہ شیوانا نے کہنا شروع کیا۔ ہم ٹھہرے زمین جائداد کے مالک، ہماری کھیتی باڑی بہت پھیلی ہوئی ہے اور

ہمیں اس کو بھی تو سنبھالنا ہے۔ ہمیں کون سا شہر میں جا کر نوکری کرنی ہے۔ یہ تاریخ یہ جغرافیہ ہمارے کس کام کے؟

ہمارے کس کام کے؟ گوڈا گروجی یہ سن کر بہت خفا ہوئے۔

یہ تم کیا کہہ رہے ہو؟ تم دونوں کی بے زاری دیکھ کر جماعت کے دوسرے طالب علم بھی تعلیم میں دلچسپی نہیں لے رہے ہیں۔ گوڈا گروجی چراغ پا ہو گئے۔ مگر سوائے خاموشی کے اور کوئی چارہ نہ تھا۔

گوڈا گروجی نے کلاس کے سبھی بچوں کو جنگل میں پکنک پر لے جانے کا پروگرام بنایا۔ رایپا اور شیوانا بھی اس پکنک میں شریک رہے۔

جنگل میں ایک گھنے سایہ دار درخت کے نیچے سب نے پڑاؤ ڈالا۔

اب گوڈا گروجی نے تمام لڑکوں سے مخاطب ہو کر کہا۔

سنو! تم سب لوگ شام تک مجھے ایک ایسا پتا لا کر دو جو بے مصرف اور غیر ضروری ہو۔

بس! اتنی سی بات ہے۔ رایپا اور شیوانا نے کہا اور چل دیے۔

رایپا اور شیوانا جنگل میں بے مصرف پتا تلاش کرتے رہے۔ بڑی دیر کے بعد انھیں خیال آیا کہ درخت پر اگے ہوئے پتے ہم توڑ نہیں سکتے۔

درخت کے پتے توڑنے سے ہمیں کیا حاصل ہوگا؟ اس کی چھاؤں میں بھلا کون بیٹھے گا؟ رایپا نے کہا۔ اور پھر بیل بکریاں کیا کھائیں گے؟ شیوانا نے بھی کہا۔

ایسا کرتے ہی ایک سوکھا ہوا پتا گروجی کے پاس لے چلتے ہیں۔ رایپا نے مشورہ دیا۔ مگر ان دونوں سے تھوڑی ہی دور پر ایک شخص اس جنگل میں یہ سوکھے پتے جمع کر رہا تھا۔ اس سے دریافت کرنے پر اس نے کہا۔

یہ سوکھے پتّے میں اپنے کھیتوں پر ڈال کر جلاتا ہوں۔ جس سے میرے کھیتوں کی پیداوار دُگنی ہو جاتی ہے۔

کسان کی یہ بات دونوں کو مناسب معلوم ہوئی کیوں کہ ان کے والد بھی اپنے

کھیتوں میں اس طرح سوکھے پتے جلایا کرتے ہیں۔

اب انھیں تین عورتیں بھی سوکھے پتے جمع کرتی ہوئی دکھائی دیں۔ ان عورتوں نے بھی دریافت کرنے پر بتایا۔ ہمارے پاس کھانا بنانے کے لیے لکڑیاں نہیں ہیں۔ نہ ہماری اتنی حیثیت ہے کہ ہم انھیں خرید سکیں۔ لہٰذا ان سوکھی پتیوں کو جلا کر اپنا کھانا بناتے ہیں۔

ایک عورت نے کہا، میں ان پتوں کو کانٹوں کی مدد سے جوڑ کر پتے کی پلیٹ یعنی پتر ولیاں بناتی ہوں اور انھیں لے جا کر گاؤں بیچ آتی ہوں۔ لوگ ان میں کھانا کھاتے ہیں۔ اس طرح میں اپنا پیٹ پالتی ہوں۔

دوسری نے کہا، میں ان پتوں سے مختلف بیماریوں کے لیے دوائیاں تیار کرتی ہوں جنھیں استعمال کرکے میرے مریض اچھے ہوتے ہیں۔

تینوں عورتوں کی باتیں سن کر دونوں چونک گئے۔ اب وہ جنگل کی جڑی بوٹیوں اور پتوں کی اہمیت کو سمجھ گئے تھے۔ اب وہ ایک گھنے سایہ دار درخت کے نیچے آکر ٹھہر گئے۔ اس درخت پر چڑیا کے چہچہانے کی آواز سنی تو اوپر دیکھا، وہ چڑیا تنکوں اور پتوں کی مدد سے اپنا گھونسلا بنانے میں مصروف تھی۔

دوپہر تک جنگل میں بھٹکنے کے بعد انھیں ایک بھی بے مصرف اور لاحاصل پتّا نہ ملا۔ آخر کار نا اُمید ہو کر لوٹنے لگے۔ انھیں ایک چھوٹے سے گڑھے میں ایک زرد پتّا پانی پر تیرتا ہوا دِکھائی دیا۔

ارے واہ! مل گیا۔ راپیا نے اس پتے کو گڑھے میں سے نکال کر شیوانا کے ہاتھ میں دیتے ہوئے کہا۔

یہ بھلا کس کام کا۔ شیوانا نے پتا لے کر کہا۔

دیکھو۔ اس پتے پر ایک لال چیونٹی ہے۔ اس چیونٹی کو اگر اس پتے کا سہارا نہ ملتا تو وہ اس گڑھے کے پانی میں ڈوب کر مرگئی ہوتی۔

آخر کار دونوں نا اُمید ہو کر اپنے گرو جی کے پاس لوٹ آئے۔ دیکھا تو ان کے سبھی ہم جماعت طالب علم خالی ہاتھ واپس لوٹ آئے تھے۔ گرو جی نے ان سب سے مخاطب

ہو کر کہا۔ آپ لوگوں میں سے کسی ایک نے بھی ایسا پتا نہیں لایا جو کسی کام کا نہ ہو۔ اوپر والے نے اس دنیا میں انسان کو عقل اور سمجھ بوجھ دی ہے۔ اسکول کی تعلیم آپ کی اس عقل اور سمجھ کو ایک سمت دینے کا کام کرتی ہے۔ آپ جتنا زیادہ علم حاصل کریں گے تو آپ ہی کے حق میں بہتر ہے۔ راپیا اور شیوانا! تم دونوں یہ بات دھیان سے سنو تم جو کہتے ہو کہ تاریخ اور جغرافیہ پڑھ کر ہمیں کیا حاصل؟ یہ مضامین دراصل تمھارے تعلیم کی بنیاد کو مضبوط کرنے میں مددگار ثابت ہوتے ہیں۔ تمہارے والدین کی اگر کھیتی باڑی ہے اور تمھیں اسی میں محنت مشقت کرنی ہے تو تم اسکول کی تعلیم ختم کر کے کسی ایگری کلچر یونیورسٹی میں داخلہ لے کر کھیتی باڑی کے جدید طریقوں کا علم حاصل کر سکتے ہو۔ جس سے کام لے کر تم اپنی فصل کو دوگنا یا تین گنا بڑھ سکتے ہو۔ راپیا اور شیوانا گروجی کی باتوں کو غور سے سن رہے تھے۔ گروجی نے کہا۔ تعلیم کا فائدہ تو ہونا ہی ہے۔ ہم نے حاصل کیا ہوا علم کب ہمارے کام آئے گا ہم نہیں جانتے۔ زندگی کے کسی موڑ پر اچانک ہمارا سیکھا ہوا سبق ہمیں میٹھا پھل دے جاتا ہے۔ گوڈا گروجی نے لمحہ بھر کی خاموشی کے بعد پھر کہنا شروع کیا۔ سارے بچے ان کی باتوں کو غور سے سن رہے تھے۔ اس بھری پری دنیا میں مشکلات کا سامنا کرنے، سماج میں ایک اچھا شہری بنانے کے لیے ہی تو یہ اسکول قائم کیے گئے ہیں۔ یہ بات اچھی طرح ذہن نشین کر لو کہ حصول علم ہی تمھاری ترقی کی ضمانت ہے۔

راپیا اور شیوانا پر اب علم کی اہمیت واضح ہو چکی تھی۔ دونوں تعلیم پر مکمل توجہ دینے لگے اور اچھے نمبروں سے کام ہوتے رہے۔ کالج کی تعلیم مکمل کر کے دونوں نے جدید سائنسی بنیاد پر بھرپور فصل اُگانی شروع کی۔ اب آپ بھی اپنی پڑھائی میں دل و جان سے محنت کریں اور ایک کامیابی شہری بن کر اپنا اور اپنے ملک کا مستقبل روشن کرنے کی کوشش میں لگ جائیں۔ ہماری نیک خواہشات تمھارے ساتھ ہیں۔

(مئی ۲۰۰۴ء)

❖❖❖

قابلیت

م۔ناگ

عبدل نام کا خرگوش نوکری کی تلاش میں تھا۔اس نے فیصلہ کرلیا تھا کہ وہ اپنی محنت کی کمائی ہی کھائے گا۔لیکن نوکری کا ملنا کوئی آسان کام نہیں تھا۔وہ اِدھر اُدھر بھٹکتا رہا۔پر اسے کہیں کام نہ ملا۔پھر بھی وہ مایوس نہیں ہوا اور اپنی کوشش میں لگا رہا۔ایک دن اسے ندی کنارے رضیہ لومڑی مل گئی۔دیکھتے ہی بولی، کیا بات ہے عبدل، تم کچھ پریشان لگ رہے ہو؟

ہاں چاچی! آج کل میں کام کی تلاش میں ہوں۔

''تم ایک کام کرو، تم شنکر ریچھ کے پاس چلے جاؤ اس کی راجا سنگھ کے دربار میں اچھی پہنچ ہے۔وہ تمھیں ضرور نوکری دِلوا دے گا۔'' چاچی نے صلاح دی۔

عبدل کو رضیہ چاچی کی صلاح پسند آئی اور وہ بڑی اُمیدیں لے کر شنکر ریچھ کے پاس پہنچا اور اپنی پریشانی بتا کر کہا، ''چاچا جی اگر آپ مجھے نوکری دِلوادیں تو میں زندگی بھر آپ کا احسان مانوں گا۔'' ریچھ نے کہا، ''نوکری تو قابلیت سے ملتی ہے، میں کون ہوں نوکری دلانے والا؟''

لیکن چاچا جی، میں نے سنا ہے راجا سنگھ آپ کی بات مانتے ہیں۔

شنکر کچھ غور کرتا رہا۔پھر بولا، ٹھیک ہے، کل صبح دس بجے تم راجا سنگھ کے دربار پہنچ جانا۔

عبدل خوش ہو گیا۔ وہ جانے لگا تو شنکر نے کہا، ''میرا ایک کام کرو گے؟''
''ہاں ہاں بتائیے۔''
شنکر اندر کمرے میں گیا اور تھوڑی دیر بعد ایک لفافہ لیے ہوئے اندر سے نکلا۔ لفافہ عبدل کو دیتے ہوئے بولا، ''ذرا یہ لفافہ ندی کنارے میرے بھائی کو دے دینا۔ تم تو اُسے جانتے ہو نا؟''
''ہاں ہاں بہت اچھی طرح سے۔'' عبدل نے کہا۔
''یہ ذرا ہوشیاری سے لے جانا۔ اِس میں ایک خاص چیز ہے۔''
''جی بہت اچھا۔'' عبدل نے سر جھکا کر کہا۔
''اور دیکھو، بھائی سے کہنا کہ وہ کل صبح دس بجے راجا سنگھ کے دربار میں پہنچ جائے۔''
''جی بہت اچھا۔'' عبدل وہاں سے چل دیا۔
اگلے دن ٹھیک دس بجے عبدل راجا سنگھ کے دربار میں پہنچ گیا۔ اس نے دیکھا کہ شنکر چاچا، رضیہ چاچی اور کئی درباری وہاں موجود ہیں۔ عبدل سلام کر کے کونے میں بیٹھ گیا۔
کچھ ہی دیر بعد راجا سنگھ دربار میں آئے اور عبدل سے پوچھا، ''کیا تمھیں نوکری چاہیے؟''
''جی مہاراج۔''
''شنکر، تمھاری کیا رائے ہے؟'' راجا سنگھ نے شنکر ریچھ سے پوچھا۔
''مہاراج! اسے نوکری دے دیجیے۔'' شنکر ریچھ نے مسکرا کر کہا۔
''تم اِس کا امتحان لے چکے ہو؟''
''جی ہاں مہاراج، عبدل ایمان دار ہے۔ میں نے کل اس کے ہاتھ ایک لفافہ اپنے بھائی کے پاس بھجوایا تھا۔ میں نے اس میں جان بوجھ کر عبدل کی پسندیدہ مٹر کی بیس

پھلیاں رکھی تھیں اور اس سے کہا بھی تھا کہ اس لفافے میں ایک خاص چیز ہے۔

عبدل کی ایمانداری دیکھیے کہ اس نے لفافہ کھول کر دیکھا تک نہیں۔ اس سے پتا چلتا ہے کہ عبدل لالچی نہیں ہے اور ایمان دار ہے۔'' شنکر ریچھ نے تفصیل سے بتایا۔

''ہم عبدل کی ایمان داری سے بہت خوش ہیں۔ ہمیں ایسے ہی ایمان دار کام کرنے والوں کی ضرورت ہے۔ عبدل کو نوکری دے دی جائے۔'' راجا سنگھ نے حکم فرمایا۔

بعد میں جب عبدل خرگوش شنکر ریچھ کے پاس اس کا شکریہ ادا کرنے گیا تو شنکر نے کہا، ''عبدل، یہ نوکری تمھیں میری سفارش سے نہیں، تمھاری ایمان داری سے ملی ہے اور یہی ایمان داری تمھاری قابلیت بھی ہے۔''

(جون ۲۰۰۴ء)

❖❖❖

جان بچی اور لاکھوں پائے

خان نوید الحق انعام الحق

ایک بھولا بھالا دیہاتی سیر کی غرض سے ممبئی شہر آیا۔ اس نے مختلف مقامات دیکھے۔ گھومتے گھومتے دوپہر ہوگئی تو اُسے بھوک محسوس ہوئی۔ اس نے سوچا چلو چل کر کسی ہوٹل میں کھانا کھایا جائے۔ لہٰذا وہ ایک اوسط درجے کے ہوٹل نما بھٹیار خانے میں پہنچ گیا۔ ہوٹل میں لوگوں کی خاصی بھیڑ تھی۔ جس سے اس نے اندازہ لگایا کہ یہاں کا کھانا ضرور اچھا ہوگا۔

وہ ایک طرف کھڑا ہوگیا اور انتظار کرنے لگا کہ کوئی میز خالی ہو تو وہ بھی بیٹھ کر کھانا کھائے۔ اِسے کھڑا دیکھ کر کاؤنٹر پر موجود شخص نے ایک بیرے کو رعب دار آواز میں پکار کر کہا، ''صاحب کے لیے جگہ بناؤ۔'' خیر صاحب بیرے نے ایک میز پر بیٹھے لوگوں کو تھوڑا تھوڑا سمٹ کر بیٹھنے کے لیے کہا اور دیہاتی کے لیے جگہ بنائی۔

دیہاتی کے بیٹھتے ہی ایک بچے نے اس کے سامنے پانی سے بھرا گلاس لاکر رکھ دیا۔ دیہاتی نے ایک دو گھونٹ پانی پینے کے بعد اپنے اطراف میں بیٹھے ہوئے لوگوں کی طرف ایک اچٹتی سی نگاہ ڈالی۔ بے چارہ دیہاتی کھانوں کے نام سے ناواقف تھا۔ اسی لیے اس نے دل ہی دل میں یہ اِرادہ کرلیا تھا کہ مجھے کھانوں کے نام معلوم نہیں، میں دوسرے لوگوں کے کھانوں کو دیکھ کر ان ہی میں سے کوئی چیز اپنے کھانے کے لیے بھی منگوالوں گا۔

وہ ان ہی خیالات میں گم تھا کہ اس کے کانوں میں آواز آئی، ''صاحب کا گردہ

نکال... چاول... ایک آدھا... صاحب کا بھیجا نکال... صاحب کا قیمہ بنا، فرائی صاحب کا آملیٹ بنا... صاحب کی چپاتی بنا...،، دیہاتی سمجھا اس کی سماعت میں خلل پڑ گیا ہے۔ اس نے غور سے سننے کی کوشش کی۔

تبھی ایک بیرے نے پکار کر کہا،،یہ! صاحب کا پایا نکال... بولا نا... کلیم بھائی کی کلیجی نکال... ایک چھوٹے کی بریانی لا!،،

بے چارہ دیہاتی یہ تمام آوازیں سن کر گھبرا گیا اور اس نے سوچا کہ وہ غلطی سے ہوٹل کے بجائے آدم خوروں کے بیچ پھنس گیا ہے۔ اس نے دل ہی دل میں کہا، ،،بیٹے، آج تو اپنی خیر نہیں۔،،

وہ ہڑبڑا کر اُٹھا اور سر پر پیر رکھ کر بھاگنے کی سوچنے لگا۔ اسی ہڑبڑاہٹ میں اس سے میز پر رکھا ہوا گلاس گر کر ٹوٹ گیا۔

ابھی وہ بیروں اور گاہکوں کے درمیان سے گزر کر کاؤنٹر تک پہنچا ہی تھا کہ ایک بیرے نے پیچھے سے آواز لگائی، ،،صاحب کا بل لو... کھایا پیا کچھ نہیں، گلاس پھوڑا پانچ روپیا چار آنہ۔،،

یہ سن کر دیہاتی ہکا بکا رہ گیا اور حیرت سے کاؤنٹر پر بیٹھے شخص کی طرف دیکھنے لگا۔ کاؤنٹر پر بیٹھے شخص نے اُسے خشمگیں نگاہوں سے گھورا۔ دیہاتی اس کی نظروں کی تاب نہ لا سکا اور خاموشی کے ساتھ اپنی جیب سے پیسے نکالے اور کاؤنٹر پر رکھ کر جلدی سے ہوٹل کے باہر آ گیا۔ باہر آ کر اطمینان سے ایک لمبی سانس لے کر چھوڑ دی اور اپنے آپ سے کہنے لگا، ،،جان بچی اور لاکھوں پائے۔،،

(دسمبر 2004ء)

ہم تمھیں پہچانتے ہیں

وردہ دِلشاد

آسمان بادلوں سے ڈھکا ہوا تھا۔ دھیمی دھیمی اور ٹھنڈی ہوائیں چل رہی تھیں۔ سہ پہر کا وقت تھا لیکن آسمان پر گہرے بادل ہونے کی وجہ سے اندھیرا چھایا ہوا تھا۔ ایک گھر کے ہرے بھرے لان میں دو بچے کھیل رہے تھے۔ یہ دونوں جڑواں بھائی تھے اور ہم شکل بھی۔ ایک کا نام نذیر اور دوسرے کا نام نفیل۔ ان کے والدین انھیں ایک جیسا لباس پہناتے۔ اس وقت بھی دونوں نے ایک جیسی نیکر، بشرٹ اور ایک جیسے جوتے پہن رکھے تھے۔ وہ لان میں مالی بابا کے ساتھ کرکٹ کھیل رہے تھے۔ مالی بابا بولنگ کر رہے تھے اور بچے باری باری بیٹنگ کر رہے تھے۔

مالی بابا نے نذیر کو آؤٹ کیا تو نفیل کی باری آگئی۔ مالی بابا نے بولنگ کی۔ گیند تھوڑی تیز تھی مگر نفیل نے بَلّا گھما دیا اور ایک اچھا شارٹ مارا مگر نذیر نے کیچ پکڑ لیا اور خوشی سے چیخا، ''آؤٹ۔ مالی بابا، مَیں نے کتنا زبردست کیچ پکڑا ہے۔''

''ارے مالی بابا۔ میں نذیر ہوں۔ نفیل تو آؤٹ ہوا ہے۔'' نذیر نے منہ پھلا کر کہا اور بھاگ کر نفیل کے پاس پہنچا۔ نفیل نے شور مچانا شروع کر دیا، ''غلط ... آؤٹ نہیں ہے۔ مالی بابا نے گیند تیز پھینکی تھی۔''

دونوں بلّے کے لیے چھینا جھپٹی کرنے لگے۔ مالی بابا بوکھلا کر ان کی طرف دوڑے، ''ارے ارے ... یہ کیا کر رہے ہو؟ کیوں لڑنے لگے ہو؟'' بلا ان کے ہاتھوں سے چھوٹ کر گر گیا تھا۔ ذرا سی دیر میں دونوں گتھم گتھا ہو گئے تھے۔ مالی بابا بولے، ''ارے ہٹو نفیل

میاں! نذیر کو بلّا دے دو۔ گیند ذرا تیز تھی مگر اتنی بھی نہیں کہ تم سے کھیلی نہیں جاتی۔"

مالی بابا نے جسے ڈانٹا تھا وہ منہ بسورتے ہوئے بولا، "مالی بابا! میں نذیر ہوں۔ نفیل تو یہ ہے۔" اس نے دوسرے کی طرف اشارہ کیا۔ پھر چیخا، "یہ دیکھیں! یہ مسکرا رہا ہے۔"

مالی بابا سٹپٹا گئے، "اوہو غلطی ہوگئی بلکہ یہ غلطی تو ہوتی ہی رہتی ہے۔ تم دونوں ایک جیسے ہو۔ تمھاری آوازیں بھی ایک جیسی ہی ہیں اور پھر ایک جیسے کپڑے پہنتے ہو۔ تم دونوں بہت ہی اچھے ہو۔ پھر آپس میں کیوں لڑتے ہو۔ لڑنا تو بہت بُری بات ہے۔"

نفیل نے تنک کر کہا، "میں نہیں لڑا تھا۔ نذیر مجھ سے بلّا چھین رہا تھا۔"

نذیر بولا، "تم آؤٹ ہو گئے تھے۔ اچھا ٹھیک ہے، میں نہیں لڑتا۔ تم دوبارہ بیٹنگ لے لو۔"

اچانک بادل گرجنے لگے اور پھر بارش کی ایک بوند نفیل کے چہرے پر گری جو سر اُٹھا کر آسمان کی طرف دیکھنے لگا تھا۔ وہ خوش ہوکر بولا، "آہا میرے چہرے پر ایک بوند گری ہے۔"

اتنے میں ایک بوند نذیر کے ہاتھ پر بھی گری۔ وہ خوشی سے اچھل پڑا، "ارے دیکھو! میرے ہاتھ پر بھی بوند گری ہے ابھی۔"

نفیل نے منہ بنا کر کہا، "اوہو... پہلے مجھ پر گری تھی۔"

نذیر نے چونک کر اسے دیکھا، "ہاں ہاں تمھارے اوپر ہی پہلی بوند گری تھی۔ میں نے تم سے بحث والی کوئی بات ہی نہیں کی۔"

نفیل نے بے رخی سے کہا، "اچھا میرے منہ مت لگو۔" بے چارہ نذیر خاموشی سے اسے دیکھنے لگا۔ نفیل اس کا جڑواں بھائی تھا مگر کبھی اسے سیدھے منہ جواب نہیں دیتا تھا بلکہ بڑوں سے بھی بدتمیزی کر جاتا تھا۔ جب کہ نذیر اپنے بھائی سے محبت سے پیش آتا اور اس کی بدتمیزی کو برداشت بھی کرتا تھا۔ بارش ایک دم تیز ہوگئی۔ نذیر اور نفیل لان کی ہری ہری گھاس پر اُچھلتے کودتے اور ناچتے ہوئے بارش کا مزہ لوٹنے لگے۔ بارش نے اور زور پکڑ

لیا۔ اب تو بارش کی موٹی موٹی بوندیں اولوں کی صورت میں برس رہی تھیں۔
نفیل اُچھل کر چیخا، ''امی۔''
نذیر گھبرا کر اس کے قریب پہنچا، ''کیا ہوا، چوٹ لگی ہے کیا؟''
''نہیں، بارش کی بوندیں میرے چہرے پر یوں پڑ رہی ہیں جیسے کوئی کنکریاں مار رہا ہو۔''
نفیل نے وجہ بتائی۔ اتنے میں انھیں اپنی امی کی آواز سنائی دی۔ وہ برآمدے میں سے انھیں پکار رہی تھیں، ''چلو بھائی نذیر، نفیل! بارش تیز ہو رہی ہے۔ ٹھنڈ لگ گئی تو بیمار ہو جاؤ گے۔''
''اچھا امی! میں آ رہا ہوں۔'' نذیر بولا اور سنبھل سنبھل کر قدم بڑھانے لگا کیوں کہ پھسلنے کا خطرہ تھا۔ امی نے نفیل کو بدستور بارش میں کھیلتے دیکھا تو پوچھا، ''اور نفیل! تم کیوں نہیں آ رہے ہو؟'' نفیل حیران رہ گیا کہ امی کو کیسے پتا چلا کہ میں نفیل ہوں۔ وہ بولا، ''میں تھوڑی دیر بعد آؤں گا۔''
امی ناراض ہو کر بولیں، ''تھوڑی دیر میں کیوں، ابھی آؤ فوراً۔''
نفیل جھلّاتا ہوا اور پیر پٹختا ہوا آنے لگا۔ قریب آ کر اس نے امی سے پوچھا، ''امی آپ نے کیسے پہچانا کہ میں نفیل ہوں؟''
امی بولی، ''میں نے آواز لگائی تھی نذیر... نفیل، اس لیے سمجھی کہ پہلے نذیر آیا ہے پھر نفیل یعنی تم آؤ گے۔'' نفیل نے منہ بنا دیا اور دل ہی دل میں سوچا، پہلے نذیر پھر میں! امی نذیر کو اہمیت دیتی ہیں۔ برآمدے میں پہنچ کر امی رک گئیں۔ نفیل اندر جانے لگا تو امی نے اسے خبردار کرتے ہوئے کہا، ''نفیل تمھارے جوتے گندے ہو رہے ہیں۔ انھیں باہر اُتار کر آؤ۔ دیکھو نذیر بغیر کہے تمیز سے اپنے جوتے باہر اُتار کر آیا ہے۔'' نفیل دل ہی دل میں تلملا کر رہ گیا مگر امی کی ہدایت پر عمل کرنے لگا۔ وہ ہمیشہ یہ سوچ کر کڑھتا رہتا تھا کہ امی نذیر کو زیادہ اہمیت کیوں دیتی ہیں اور اسے اتنی اہمیت کیوں نہیں دیتیں۔ کیا وہ برا ہے؟ اس

نے کبھی برا کام نہیں کیا بلکہ امی ابو کا کہنا مانا ہے۔ نذیر اور اس میں فرق ہی کیا ہے؟ دونوں ہم شکل اور جڑواں ہیں لیکن اب امی اسے کیسے پہچاننے لگی ہیں کہ وہ نفیل ہی ہے۔ وہ سوچتا ہی رہا مگر کوئی بات اس کی سمجھ میں نہ آسکی۔ تب اس نے ان باتوں کا جاننے کا فیصلہ کرلیا۔ اس کے ذہن میں ایک ترکیب بھی آگئی تھی۔

دوسرے دن دونوں بھائی اسکول جانے کے لیے تیار ہونے لگے۔ نفیل ذرا جلدی تیار ہوکر اپنے کمرے سے نکلا اور دبے قدموں ابو کے کمرے میں گھس گیا۔ وہ آفس جانے کے لیے تیار ہو رہے تھے۔ امی باورچی خانے میں ناشتہ تیار کر رہی تھیں۔ ابو کے بیڈ پر ان کا بٹوا رکھا تھا۔ اس وقت وہ آئینے کے سامنے کھڑے اپنی ٹائی باندھ رہے تھے۔ نفیل نے خاموشی سے بٹوا اُٹھا لیا۔ اسے کوئی خوف نہ تھا کہ ابو اسے دیکھ لیں گے، وہ سمجھ نہیں پائیں گے کہ وہ نذیر ہے یا نفیل۔ وہ یہی جاننا چاہتا تھا کہ امی اور ابو اسے کیسے پہچان لیتے ہیں۔ وہ چپکے سے باہر جانے لگا۔

اسے معلوم نہیں تھا کہ ابو اسے آئینے میں سے دیکھ چکے ہیں لیکن انھوں نے اسے کچھ نہیں کہا۔ نفیل بہت خوش ہوا کہ ابو پوچھیں گے تو وہ سارا الزام نذیر پر لگا دے گا۔ اس نے چپکے سے بٹوا نذیر کے بستے میں رکھ دیا۔ دونوں جب ناشتے کی میز پر آئے تو ابو پہلے سے بیٹھے ناشتہ کر رہے تھے۔ نفیل یہ دیکھ کر حیران ہوا کہ وہ بالکل بھی پریشان نہیں تھے۔ ناشتہ کرتے کرتے انھوں نے دونوں کو دیکھا اور پھر اطمینان سے بولے، ''بھئی نفیل تم جو میرا بٹوا لے گئے تھے، وہ لا دو۔''

نفیل کا دِل اُچھل کر حلق میں آ گیا کہ انھیں کیسے پتا چلا کہ بٹوا میں نے ہی اُٹھایا ہے۔ شاید اُنھوں نے آئینے میں سے دیکھ لیا ہوگا لیکن یہ کیسے پہچانا کہ میں ہی نفیل ہوں۔ اس نے سوچا اور پھر ہکلاتے ہوئے بولا، ''وہ... میں...''

ابو نے اس کی گھبراہٹ پر مسکراتے ہوئے کہا، ''گھبراؤ نہیں! میں نے صرف بٹوا مانگا ہے۔'' نفیل نے نذیر کے بستے میں سے بٹوا نکال کر خاموشی سے ابو کے حوالے کر دیا۔

شرمندگی کے ساتھ اسے غصہ بھی آ رہا تھا۔نفیل نے اپنا غصہ یوں اُتارا کہ جب اسکول میں ہاف ٹائم ختم ہونے لگا تو اس نے اپنے ایک دوست کو دھکا دے کر گرا دیا اور بھاگ کر کلاس میں آ بیٹھا۔ نذیر اور نفیل دونوں ساتھ ساتھ بیٹھتے تھے۔نفیل نے سوچا اب وہ لڑکا پہچان نہیں پائے گا کہ اسے نفیل نے دھکا دیا ہے یا نذیر نے۔ وہ مس سے شکایت کرے گا تو وہ نذیر کو پٹوا دے گا۔ جب وہ لڑکا اپنی چوٹیں سہلاتا اور روتا ہوا مس کے پاس پہنچا تو نفیل بہت خوش ہوا مگر اسے حیرت تب ہوئی جب اس لڑکے نے بلا جھجک نفیل کا نام لیا کہ اسے دھکا دینے والا نفیل ہی تھا۔نفیل کی تو شامت ہی آ گئی۔مس نے اس کی پٹائی کی اور اسے ہم جماعتوں کے سامنے شرمندہ ہونا پڑا۔نفیل کی سمجھ میں نہیں آ رہا تھا کہ آخر جڑواں اور ہم شکل ہونے کے باوجود سب انھیں کیسے پہچاننے لگے ہیں۔

اسکول سے گھر آنے کے بعد بھی وہ سوچتا رہا۔ اس کا دماغ اُلجھتا اور غصہ بڑھتا رہا۔اس نے سوچا شاید کپڑوں میں کوئی فرق ہوگا جس کی وجہ سے سب انھیں پہچان جاتے ہیں۔تب اس کے دماغ میں ایک خیال آیا اور اس نے نذیر کے کپڑے پہن لیے۔ یہ ان کے سونے کا وقت تھا۔ان دونوں کے سوا اس وقت کمرے میں اور کوئی نہ تھا۔اس نے نذیر کو دیکھا جو سونے کے لیے لیٹ چکا تھا۔نفیل نے کرکٹ کھیلنے والا بلا اُٹھا لیا اور نذیر کے قریب پہنچ کر رک گیا۔ نذیر حیرت اور خوف سے اسے دیکھنے لگا۔ پھر بولا، ”یہ کیا کر رہے ہو؟“

نفیل کو کچھ ہوش آیا۔ اس نے بلا نیچے کر لیا اور نفرت سے بولا، ”امی، ابو اور سب لوگ تمھیں اہمیت دیتے ہیں۔آخر کیوں؟ سب کو کیسے پتا لگ جاتا ہے کہ میں نفیل ہوں۔“ اس نے بلا اُٹھایا اور الماری کے شیشے پر دے مارا۔شیشہ بڑی تیز آواز کے ساتھ ٹوٹ کر چکنا چور ہو گیا اور اس کی کرچیاں دور دور تک بکھر گئیں۔ نذیر کے حلق سے ڈری ڈری چیخ نکل گئی، ”اُف خدایا! یہ کیا کر رہے ہو تم؟“

نفیل غصّے سے بولا، ”خاموش! اگر تم نے میرا نام لیا تو بلا مار کر تمھاری کھوپڑی توڑ

دوں گا۔'' نفیل نے دوبارہ بلا اُٹھایا اور کمپیوٹر کے مانیٹر پر دے مارا۔ اس کی اسکرین ٹوٹ گئی۔ اتنے میں ان کے کمرے کے دروازے پر دستک ہوئی اور امی ابو کی آوازیں آنے لگیں۔ ''نذیر، نفیل! یہ کیا ہو رہا ہے؟ تم دونوں ٹھیک تو ہو نا؟''

نفیل نے بلا گھما کر کھلونوں پر مارا اور چیخا، ''او نذیر! یہ کیا کر رہے ہو۔ آخر تمھیں کیا ہو گیا ہے؟'' نذیر ہکا بکا اس کی شکل دیکھنے لگا۔ نفیل نے بلا نذیر کی طرف پھینکا اور بھاگ کر دروازہ کھول دیا۔

امی ابو تیزی سے اندر آ گئے۔ امی گھبرا کر بولیں، ''کیا ہوا؟ یہ سب کس نے کیا؟''

نفیل نے رونی صورت بنا کر نذیر کی جانب اشارہ کیا، ''یہ سب اس نے کیا ہے۔''

ابو نے نفیل کو گھورا اور سخت لہجے میں پوچھا، ''تم نفیل ہو؟''

نفیل نے اَٹکتے ہوئے کہا، ''ہاں ابو... مگر...''

ابو نے کچھ سمجھتے ہوئے گردن جھٹک کر بولے، ''تمھیں شرم آنی چاہیے نفیل! تم اپنے بھائی پر الزام لگا رہے ہو۔''

نفیل کے چہرے کا رنگ اڑ گیا۔ ''ابو! یہ سب میں نے نہیں کیا۔''

''اوپر سے جھوٹ بولتے ہو۔'' ابو نے تیز لہجے میں اسے ڈانٹا تو نفیل رونے لگا۔ وہ پریشان ہو رہا تھا کہ آج ابو نے کیسے پہچان لیا کہ یہ سب میری حرکت ہے۔ اتنے میں نذیر بول اُٹھا، ''ابو یہ سب میں نے کیا ہے۔'' ابو نے چونک کر اسے دیکھا۔ نفیل بھی حیرت سے اسے تکنے لگا۔

ابو نے نفیل سے کہا، ''دیکھو، تمھارا بھائی تمھیں بچانے کے لیے سارا الزام اپنے اوپر لے رہا ہے۔''

نفیل کا سر شرم سے جھک گیا، ''یہ سب کچھ میں نے کیا ہے۔''

امی نے حیرانی سے کہا، ''آخر کیوں؟''

نفیل خفگی سے بولا، ''اس لیے کہ آپ دونوں نذیر کو زیادہ اہمیت دیتے ہیں اور مجھے

کم۔''

ابو بولے، ''تم دونوں ہمارے لیے برابر ہو۔ ہم نے کبھی ایسا نہیں سوچا۔''

نفیل نے پوچھا، ''پھر آپ یہ کیسے جان لیتے ہیں کہ میں نفیل ہوں اور یہ نذیر ہے اور یہ کہ تمام غلط کام میں نے ہی کیے ہوں گے؟'' ابو نے نفیل کی آنکھوں میں جھانک کر کہا، ''تو یہ بات ہے۔ تمھیں نہیں معلوم کہ ہمیں اس بات کا کیسے پتا چلتا ہے؟''

نفیل نے انکار میں سر ہلایا۔

ابو نے گہری سانس لی اور بولے، ''تمھاری عادتوں کی وجہ سے۔''

نفیل حیران ہو کر بولا، ''عادتوں کی وجہ سے؟''

اس بار امی نے جواب دیا، ''ہاں ہم تمھیں عادتوں سے ہی پہچانتے ہیں کیوں کہ تمھاری عادتیں مزید خراب ہوتی جا رہی ہیں اور تم ہی سب کو تنگ کرتے رہتے ہو۔''

ابو بولے، ''تم دونوں ہم شکل ہو۔ تم نذیر کے کپڑے پہن کر بھی ہمیں دھوکا نہیں دے سکتے کیوں کہ تمھاری عادتیں نذیر سے مختلف ہیں۔ وہ سب کی عزّت کرتا ہے، اخلاق سے پیش آتا ہے اور کبھی کسی کو تنگ نہیں کرتا۔''

امی نے نصیحت کی، ''اس بات سے سبق لو کہ تم دونوں ایک جیسے ہو مگر سب نذیر کو اچھی عادتوں کی وجہ سے پہچانتے ہیں۔ عزّت شکل، صورت اور ظاہری حلیہ دیکھ کر نہیں کی جاتی۔ انسان کو عزّت اس کے اچھے اخلاق اور کردار کی بدولت ہی ملتی ہے۔''

نفیل بڑا نادم ہوا۔ اس نے امی ابو سے معافی مانگی اور وعدہ کیا کہ وہ آئندہ نذیر کی طرح اچھا بن کر دِکھائے گا۔ اس بات پر ابو نے بوکھلا کر کہا، ''بھئی اس طرح تو بڑی گڑبڑ ہو جائے گی۔ دونوں اچھے بچے بن گئے تو ہم انھیں پہچانیں گے کیسے؟''

ان کی اس بات پر سب کے ہونٹوں پر مسکراہٹ پھیل گئی۔

(جولائی ۲۰۰۵ء)

دوہری عید

رونق جمال

عادل ایک ہوشیار، ذہین، مخلص، خدا ترس اور رئیس والدین کا اکلوتا لڑکا تھا۔ عامر بھی ذہین، بااخلاق، محنتی لیکن غریب والدین کی چار اولادوں میں سب سے بڑا تھا۔ عادل کا ایک چھوٹا بھائی اور دو چھوٹی بہنیں تھیں۔ عادل اور عامر ایک ہی اسکول میں پنجم جماعت میں زیرِ تعلیم تھے۔ پڑھائی میں دونوں میں ہی مقابلہ رہتا۔ کبھی عادل اوّل آتا تو کبھی عامر اوّل آتا۔ کھیل کود میں دونوں کا کوئی ثانی نہیں تھا۔ یہی وجہ تھی کہ دونوں میں گہری دوستی تھی۔ دونوں ایک دوسرے کو دل و جان سے چاہتے تھے۔ عادل ہر روز کار سے اسکول آتا تھا۔ کبھی اس کے ابو امّی اسے چھوڑنے آتے یا کبھی وہ ڈرائیور کے ساتھ اکیلا آتا۔ عامر بیچارہ اکیلا ہی پیدل اسکول آ جایا کرتا تھا۔ روٹی روزی کی تلاش میں مصروف عامر کے ابو کو کبھی اسکول آنے کی فرصت ہی نہیں مل پاتی تھی۔ عامر چونکہ سمجھدار لڑکا تھا اس لیے وہ ان سب باتوں اور اپنے ابو کی مجبوریوں کو خوب سمجھتا تھا۔ اس لیے وہ کبھی دکھی نہیں ہوتا تھا۔ اسی لیے عادل اس کا خاص خیال رکھتا تھا۔ عادل عامر کو اپنی کار میں گھمانے لے جاتا، آئس کریم کھلاتا، اپنی کتابیں اور کاپیاں پڑھنے کو دیتا، اچھے خوب صورت پین، پنسل سالگرہ وغیرہ کے بہانے اسے تحفے میں دیتا۔

عامر کے ابو اس کے اس قیمتی تحفے دیکھ کر کبھی کبھی پریشان ہو جاتے کہ کہیں عامر کے ساتھ دھوکا نہ ہو جائے۔ اگر ایسا ہوا تو وہ غریب کیا کریں گے لیکن عامر ہمیشہ ابو کو سمجھاتا کہ ابو، میں ایسا ویسا لڑکا نہیں ہوں اور عادل میرا دوست و ہمدرد ہے اس لیے وہ بہانے

سے میری مدد کرتا ہے۔ جب میں پڑھ لکھ کر کچھ بن جاؤں گا تو اُسے تحفے دے کر اس کا پورا قرض چکاؤں گا۔ آپ اپنے بیٹے پر بھروسہ رکھیے۔ عامر کے ابو اس کی سمجھداری کی باتیں سن کر مطمئن ہو جاتے۔

رمضان کا مہینہ چل رہا تھا۔ عادل اور عامر کے روزے پورے ہو رہے تھے۔ بیسواں روزہ تھا۔ عادل کے والد نے اپنی خوبصورت کوٹھی پر افطار پارٹی کا اہتمام کیا تھا۔ شہر کے صنعت کاروں، امرا، رؤسا اور تمام افسران کو مدعو کیا تھا۔ عادل نے ابو سے اجازت لے کر اپنے اساتذہ اور کچھ دوستوں کو بھی مدعو کیا تھا۔ عامر عادل کا خاص مہمان تھا۔ افطار کے بعد مغرب کی نماز ادا کی گئی۔ نماز کے بعد شاندار عشائیہ دیا گیا اور پھر عشا کی نماز کا وقت ہو جانے کی وجہ سے تمام مہمان رخصت ہو گئے۔ عادل عامر کو لے کر اپنے کمرے میں آ گیا۔

عامر عادل کے کمرے میں داخل ہوا تو عادل کے کمرے کی سجاوٹ دیکھ کر اس کی آنکھیں چندھیا گئیں۔ دیواروں پر شاندار رنگ وروغن، کشادہ پلنگ، نرم وملائم بستر، فرش پر قیمتی قالین، جھومر، چھوٹا سا صوفہ، ایک کونے میں اسٹڈی ٹیبل، کتابوں کی الماری کے علاوہ ایک بڑی سی الماری جس میں عادل کے قیمتی کپڑے سلیقے سے رکھے تھے۔ عادل نے عامر کو صوفے پر بٹھایا اور الماری سے نکال کر چند قیمتی چاکلیٹ وغیرہ کھانے کو دیے اور عید کے لیے خریدے کپڑے اور قیمتی شیروانی دِکھائی تو عامر کا دل اندر ہی اندر رو اُٹھا کہ اس کے ابو کے پاس عادل کے ابو کی طرح ڈھیر سارے روپے کیوں نہیں ہیں۔ اگر ہوتے تو وہ بھی عید کے لیے ایسے ہی کپڑے خریدتا لیکن ایسے کپڑے تو درکنار ابھی تو اس کے ابو نے عید کے نام پر کسی کے لیے کچھ بھی نہیں خریدا ہے۔ پتا نہیں خرید پائیں گے بھی یا نہیں۔ وہ اندر سے بے چین ہو اُٹھا اور عادل سے ضد کرنے لگا کہ وہ گھر جانا چاہتا ہے۔ عادل اپنے دوست عامر کے دل کی کیفیت کو سمجھ نہیں سکا اور اسے جانے دیا۔

ہفتہ گزر گیا، عامر کی کوئی خبر نہیں تھی۔ وہ کئی دنوں سے اسکول بھی نہیں آ رہا تھا۔ عادل اسکول کی چھٹی کے بعد ڈرائیور کو لے کر عامر کے گھر پہنچ گیا۔ عادل کی چمچماتی کار کو

دیکھ کر محلے والے عامر کے گھر کے اِرد گرد جمع ہو گئے۔ عادل عامر کے گھر میں داخل ہوا تو عامر کی امی بیمار عامر کو گود میں لیے بیٹھی تھی۔ عامر بیماری سے سوکھ کر کانٹا ہو گیا تھا۔ عامر کی حالت دیکھ کر عادل کو بہت دکھ ہوا اور وہ اپنے دوست کا ہاتھ میں لے کر رو پڑا... ''بتا میرے دوست! تجھے کیا ہوا ہے؟ آنٹی! آپ نے مجھے بتایا کیوں نہیں...!؟ میں ابھی ڈاکٹر کو لاتا ہوں۔ سب ٹھیک ہو جائے گا۔ آپ فکر نہ کریں۔''

''بیٹے عادل! اسے کچھ نہیں ہوا ہے۔ اسے دوا کی ضرورت نہیں ہے۔''

''آنٹی، پھر یہ ایسا کیوں بدل گیا ہے... بتاؤ...!''

''بٹیا ہم غریب ہیں نا... اس لیے اس کے ابو اس کے لے عید پر کپڑے جوتے وغیرہ نہیں خرید پا رہے ہیں اس لیے اس نے صدمے سے کھانا پینا چھوڑ دیا ہے۔ بس...''

''بس، اتنی سی بات ہے۔؟ میرے دوست! تو نے مجھے بتایا ہوتا... خیر میں ابھی آتا ہوں۔ تیرا علاج میرے پاس ہے۔ صرف مجھے ابو امی سے ملنے گھر تک جانا پڑے گا۔ اچھا آنٹی، میں ابھی گھر جا رہا ہوں، انشاء اللہ جلد ہی لوٹ آؤں گا۔!'' اتنا کہہ کر عادل گھر لوٹ گیا اور اس نے گھر جا کر ابو امی سے عامر کا سارا قصہ ایک ہی سانس میں کہہ ڈالا۔ عادل کے ابو نے سارا ماجرا سننے کے بعد عادل کی امی سے پوچھا، ''بیگم! تمھارے پاس فی الحال زکوٰۃ کی رقم میں کتنے روپے بچے ہیں...؟''

''جی، یہی کوئی پانچ ہزار روپے بچے ہوں گے۔''

''بیگم... ایسا کرتے ہیں اب یہ رقم ہم عامر کے ابو امی کو دے دیتے ہیں تاکہ ہمارے عادل کے دوست کے گھر میں بھی عید کے دن عید کی خوشیاں ہوں...!''

''جی بہت اچھا خیال ہے آپ کا...!''

''تو پھر چلیں! ہم ابھی یہ رقم ان کے حوالے کر آتے ہیں تاکہ وہ عید کی خریداری کر کے سب کے ساتھ خوشیاں منا سکیں۔''

''جی ضرور۔ پانچ منٹ رُکیے، میں ابھی آئی۔!'' کہہ کر وہ اندر گئی اور چند منٹوں بعد لوٹی تو ان کے ہاتھ میں کچھ تھا جسے دیکھ کر عادل نے پوچھا، ''ممی یہ کیا ہے؟''

''بیٹے، اس میں تمھارے دوست کے لیے شیر خُرمے کا سامان اور سویّاں ہیں۔!''

''شکریہ... آپ بہت اچھی ہیں... کتنا پیار کرتی ہیں آپ میرے دوست کو بھی۔!''

''بیٹا عامر، تمھارا دوست ہے تو وہ ہمارا بھی بیٹا ہے۔ چلو اب دیر مت کرو۔ افطار کا وقت قریب آ رہا ہے۔!''

وہ لوگ عامر کے گھر پہنچے تو عامر، اس کے ابو، امی، بہن بھائی انھیں دیکھ کر حیران رہ گئے۔ اتنے بڑے صنعت کار اور ان کے جھونپڑے میں! لیکن عادل کے ابو نے انھیں حیران دیکھ کر کہا ''جی دیکھیے، آپ کا بیٹا عامر ہمارے بیٹے عادل کا دوست ہے اور بیٹے کا دوست بھی بیٹا ہوتا ہے۔ پھر یہ کیسے ہوسکتا ہے کہ ایک بیٹا عید منائے اور دوسرا بیٹا اس طرح صدمے میں رہے... اس لیے بھائی صاحب، آپ یہ روپے رکھ لیجیے اور سب کے کپڑے خریدی کیجیے... اور دھوم دھام سے عید منائیے... اور عید کے دن ہمارے گھر ضرور آیئے گا۔''

''بھائی صاحب... میں آپ کا یہ احسان...''

''اسے احسان کہہ کر مجھے شرمندہ مت کیجیے۔ یہ تو میرا فرض تھا جسے ادا کرنے کا موقع آپ نے مجھے اسے قبول کر کے دیا ہے۔ احسان مند تو میں ہوں آپ کا!''

عامر کے ابو نے کہا، ''اسے میں ایک شرط پر قبول کروں گا بھائی صاحب!''

عادل کے ابو نے پوچھا، ''بولیے، کیا شرط ہے آپ کی؟''

''وہ آج آپ افطار ہمارے ساتھ کیجیے...!''

''ارے واہ، کیوں نہیں... آیئے گلے لگ جایئے... آج سے ہم بھائی بھائی ہوئے۔'' عادل اور عامر کے کے ابو گلے ملے تو عادل نے عامر کو اُٹھا کر گلے لگا لیا۔ دونوں دوست اس قدر گرم جوشی سے بغل گیر ہوئے جیسے ان کی عید آ گئی ہو۔ عادل اور عامر عید کے دن خوب صورت لباسوں میں عید گاہ پر ملے تو انھیں لگا آج عید نہیں دوہری عید ہے۔

(نومبر ۲۰۰۵ء)

بجلی کے بغیر

مایا اچر　　　　انگریزی سے ترجمہ: عطاء الرحمٰن طارق

اتوار کا دن تھا۔ ٹینا اور سندیپ دیوان خانے میں بیٹھے کارٹون چینل پر ''پو کے مون کی دنیا'' دیکھ رہے تھے کہ اچانک ٹی وی کا اسکرین تاریک ہو گیا۔

''ممی... یہ کیا ہوا؟'' ٹینا چلّائی۔

''کیسے مزے کا پروگرام چل رہا تھا...'' سندیپ بڑبڑایا۔

ممی باورچی خانے سے نکل کر آئیں۔ ''لگتا ہے بجلی چلی گئی ہے۔ تھوڑی دیر میں لوٹ آئے گی۔ گھبراؤ نہیں...'' وہ لوگ شہر کے جس علاقے میں رہتے تھے، وہاں اس طرح بجلی فیل ہونے کا واقعہ کم ہی ہوتا تھا۔

''کتنی گرمی ہو رہی ہے... پنکھے کے بغیر تو بیٹھنا دوبھر ہے!'' سندیپ نے کہا۔

''ابھی سب ٹھیک ہو جائے گا...'' ممی نے سمجھایا۔

لیکن جب آدھا گھنٹہ گزر جانے کے بعد بھی بجلی نے منہ نہیں دکھایا، تو ممی نے فون پر کسی سے دریافت کیا۔

''کوئی تکنیکی خرابی آ گئی ہے۔ اب شاید دن بھر اندھیرے میں بیٹھنا پڑے...'' انھوں نے فون رکھتے ہوئے کہا۔

''یعنی نہ ٹی وی، نہ کمپیوٹر گیم!'' سندیپ منمنایا۔

''نہ پنکھا نہ ٹھنڈے پانی کی بوتل!''

''مجبوری ہے!'' ممی نے ٹھنڈی سانس بھر کر کہا۔

''اب ہم دن بھر کریں گے کیا؟ ایک تو آج چھٹی کا دن ہے۔''
''کیوں، تمھارے پاس کتنے سارے کھلونے ہیں۔''
''ممی، اب ہم ننھے پاپا نہیں رہے...'' دونوں نے احتجاج کیا۔ ممی بے چاری چپ ہو کر رہ گئیں۔

سندیپ اور ٹینا بور ہوتے رہے۔ لائبریری سے جو کتاب جاری کروائی تھی وہ دونوں پڑھ چکے تھے۔ اور آج تو لائبریری بھی بند تھی لہٰذا نئی کتاب بدلوا کر لانے کا موقع نہیں تھا۔

''ہمارے بچپن میں تو یہ کمپیوٹر، ٹی وی وغیرہ کچھ نہیں تھا اور گاؤں میں بجلی بھی بار بار چلی جاتی تھی۔ لیکن ہم لوگ تمھاری طرح طرح کبھی بور نہیں ہوئے،'' ممی نے کہا۔
''پھر آپ لوگ اپنا وقت کیسا گزارتے تھے؟ ... خاص طور سے چھٹی کے دن؟'' سندیپ نے پوچھا۔
''ہم لوگ کھلے میں نکل جاتے تھے ... اور طرح طرح کے کھیل کھیلتے تھے۔'' اپنا بچپن یاد کر کے ممی کی آنکھوں میں چمک آ گئی۔ ''ہم سب بھائی بہن پڑوس کے ہم جولیوں کے ساتھ بیٹھ کر گپ شپ کرتے، لطیفے، نظمیں، قصے کہانیاں سناتے۔ اتنا مزہ آتا کہ پوچھو مت۔''
''لیکن ممی... اب یہاں تو ہم سب وہ کرنے سے رہے۔'' ٹینا نے کہا۔
''کیوں نہیں؟... مانا یہاں کھیت کھلیان نہ سہی لیکن برآمدے میں یا لان میں کرسیاں ڈال کر بیٹھا جا سکتا ہے۔ کیا خیال ہے؟''
شام کے کوئی ساڑھے چار بجے ہوں گے۔ ممی نے باہر آم کے درخت سے لگے چبوترے پر کرسیاں ڈال دیں۔
وہ دونوں کرسیوں پر نیم دراز ہو گئے اور پڑے پڑے آسمان پر اُڑتے بادلوں کو دیکھتے رہے۔
''سندیپ، دیکھا اُس ننھے سے بادل کے ٹکڑے کو... بالکل میرے ٹیڈی بیئر جیسا

لگ رہا ہے ... ہے نا!''

''اور وہ دیکھو... اُس طرف وہ تو بالکل مچھلی سا نظر آ رہا ہے...''

پھر ان کی توجہ آس پاس پھیلی ہوئی جھاڑیوں نے کھینچ لی۔

''اِن پتوں کی بناوٹ کیسی عجیب ہے۔'' سندیپ نے ایک پتی کو توڑ کر مسلا۔ اِن میں کیسی بھینی بو بسی ہوئی ہے۔''

''ارے وہ تتلیوں کا جوڑا... کتنا خوبصورت ہے!''

''اُس پودے کی بالیاں تو بالکل انگوٹھی کی شکل کی ہیں۔''

ابھی وہ حیرت اور مسرت سے ہر ایک چیز کو دیکھ رہے تھے کہ ریما اور رومی بھی آ پہنچے، پھر تو خوب رنگ جما۔

سب نے مل کر پودوں، پتوں، بادلوں اور تتلیوں پر کہانی گھڑنا شروع کر دیں۔ رومی نے تو ایسے دلچسپ قصے سنائے کہ سب ہنس ہنس کر لوٹ پوٹ ہو گئے۔ سندیپ نے بھوت پریت کا ذکر چھیڑ دیا۔ ٹینا تو مارے ڈر کے اندر بھاگ جانا چاہتی تھی۔

پھر انھوں نے درخت پر بسیرا کرنے والے پرندوں، مٹی میں رینگنے والے کیڑے مکوڑوں پر بحث شروع کر دی۔ ان میں سے بعض کے بارے میں انھوں نے اپنی سائنس کی کتاب میں پڑھ رکھا تھا۔

ابھی وہ اپنی باتوں میں ہی کھوئے ہوئے تھے کہ بجلی لوٹ آئی۔

ممی نے دروازے سے پکارا، ''بچو! اب اندر آ جاؤ!''

دونوں گھر میں داخل ہوئے تو ممی نے پوچھا ''بہت بور ہو گئے ہوں گے نا؟''

''نہیں!'' دونوں نے بیک آواز کہا۔ ''ہم نے رومی اور ریما کے ساتھ مل کر بہت اچھا وقت گزارا۔ پتا ہی نہیں چلا کب شام ہو گئی اور اب لگ رہی ہے بڑے زور کی...''

''بھوک!'' امی نے جھٹ سے جملہ مکمل کیا اور سب ہنس پڑے۔

(دسمبر ۲۰۰۵ء)

❖❖❖

دلکش سزا

شمیم نکہت راہی

شہزادی زمرد نگار جتنی حسین، نازک، پھولوں جیسی تھی اتنی ہی ضدی بھی تھی۔ جو بات وہ کہہ دیتی، بس پوری کروا کے ہی چھوڑتی۔ اپنی کنیزوں کو خوب پریشان کرتی۔ اس بے جا ضد اور اکھڑ پن سے ملکہ اور بادشاہ بھی پریشان رہتے تھے۔ شہزادی ٹیچروں کو بھی ستاتی رہتی۔ وقت پر کام مکمل نہ کرتی لیکن بے چارے سب کے سب صرف دل ہی دل میں کڑھتے رہتے تھے۔

ایک دن شہزادی باغ کی سیر کو گئی۔ دیر تک وہ سارے باغ میں اچھل کود کرتی پھری۔ کتنے ہی خوبصورت پودے اکھاڑ پھینکے۔ ڈھیر سے پھول توڑ توڑ کر پھیلا دیے۔ سنگ مرمر کے حوض سے رنگین ننھی ننھی مچھلیاں پکڑوا کر زمین پر ڈلوا دیں اور ان کے تڑپنے کا منظر دیکھ کر تالیاں بجاتی رہی، ہنستی رہی۔ آخر جب تھک گئی اور آرام کے لیے آم کے گھنے پیڑ کے نیچے بچھے ہوئے تخت پر لیٹی تو کنیزوں نے چین کا سانس لیا کہ چلو اب ہم بھی ذرا آرام کر سکیں گے۔ یکا یک شہزادی کی نظر سامنے امرود کے پیڑ پر بنے ہوئے چڑیا کے گھونسلے پر گئی۔ گھونسلے سے دو ننھے منے بچے چیں چیں کرتے جھانک رہے تھے اور ان کے ماں باپ باری باری چونچ میں دانہ لا لا کر انھیں کھلا رہے تھے۔ شہزادی کچھ دیر تک تماشا دیکھتی رہی۔ پھر اٹھ کر بیٹھ گئی اور کنیزوں کو حکم دیا، "ہمیں فوراً یہ چڑیا کے بچے لا دیے جائیں۔" کنیزیں پریشان ہو گئیں۔ وہ شہزادی کو سمجھانے اور خوشامد کرنے لگیں کہ یہ بچے

چڑیوں سے بچھڑ کر جی نہ سکیں گے۔ انھیں پکڑنا بڑا گناہ کا کام ہے۔ لیکن شہزادی کب ماننے والی تھی! آخر ہار کر کنیزیں گھونسلے سے بچے نکال لائیں۔ چڑیا یہ دیکھ کر بے قرار ہوگئی اور چوں چوں کرکے ان کے آس پاس اُڑنے لگی۔ بچے الگ چیں چیں کرتے رہے لیکن شہزادی پر کوئی اثر نہ ہوا۔

شہزادی نے چڑیا کے بچوں کو محل میں لاکر سونے کے پنجرے میں رکھا۔ پنجرے میں چاندی کی کٹوری میں پانی تھا اور چاندی ہی کی پیالی میں دانہ لیکن چڑیا کے بچوں نے کچھ بھی نہیں کھایا۔ وہ بس باہر جھانک جھانک کر چلاتے رہے۔ ملکہ نے بھی شہزادی کو سمجھایا کہ یہ ظلم ہے لیکن وہ نہ مانی اور سنہری پنجرہ اپنے کمرے میں رکھوا کر سونے کے لیے لیٹ گئی۔ کچھ ہی دیر بعد وہ نیند میں مست سو رہی تھی کہ یکایک اسے زور کا جھٹکا لگا اور وہ جاگ گئی۔ اس نے حیران ہوکر ادھر اُدھر دیکھا۔ نہ اس کا کمرہ تھا نہ نرم گرم بستر۔ وہ اوپر ہی اوپر اُڑی جا رہی تھی اور نیلا آسمان دور دور تک پھیلا ہوا تھا۔ شہزادی بہت گھبرا گئی۔ اس نے آنکھیں بند کرلیں۔

اُڑتے اُڑتے آخر شہزادی کے قدم کہیں ٹک گئے۔ اس نے آنکھیں کھول دیں۔ سامنے اسے ایک بے حد حسین سنہری محل نظر آیا۔ وہ ایک باغ میں کھڑی تھی۔ خوبصورت پھولوں سے ڈالیاں لدی پڑی تھیں۔ پھر شہزادی نے دیکھا کہ ایک بے حد حسین عورت کھڑی مسکرا رہی ہے۔ بالوں میں چمکیلے موتی پروے ہوئے تھے اور بازوؤں پر بے پناہ خوبصورت گلابی پر تھے، بالکل تتلیوں جیسے۔ وہ گلابی پری تھی۔ گلاب کے پھول سے بھی زیادہ حسین۔ آخر شہزادی سمجھ گئی کہ وہ پری ہے۔

پری دھیرے دھیرے شہزادی کے قریب آئی اور اس کا ہاتھ تھام کر اسے محل میں لے گئی۔ شہزادی محل دیکھ کر حیران رہ گئی۔ اندر محل میں مخملی فرش بچھا تھا۔ جگہ جگہ سونے کے تخت، میز اور کرسیاں رکھی تھیں جن میں رنگ برنگے ہیرے جڑے تھے۔ پری شہزادی کو

بہت دیر تک سارے محل کی سیر کراتی رہی، پھر اسے کھانے کے کمرے میں لے گئی۔ یہاں بھی بڑی سی ہیرے موتی جڑی میز پر طرح طرح کے کھانے، پھل اور مٹھائیاں سجی تھیں۔ شہزادی نے پری کی طرف دیکھا، پری مسکرا اُٹھی۔ اس کے سچے موتی جیسے دانت چمک اُٹھے۔ اس نے پیاری آواز میں شہزادی سے کہا، ''جو کچھ کھانا چاہو شوق سے کھاؤ پیو۔ یہ سب تمھارے لیے ہے، بلکہ یہ سارے کا سارا محل تمھارا ہے۔ اب تم یہیں رہو گی۔''

''کیا واقعی؟'' شہزادی خوش ہوگئی۔

کھانا کھا کر شہزادی کو نیند آنے لگی۔ اس کے ساتھ ہی اسے ماں باپ، کنیزیں سب یاد آنے لگے اور اس نے پری سے کہا، ''اچھی پری، اب مجھے میرے محل میں چھوڑ آؤ۔ کل پھر لے آنا۔''

پری بولی، ''ہرگز نہیں۔ اب تم یہاں سے نہیں جاسکتی۔ میں سیر کو نکلی تھی تو تم آ گئی۔ تم مجھے اچھی لگی اس لیے میں تمھیں یہاں لے آئی۔ اب تم یہیں رہو۔''

شہزادی گھبرا گئی اور رو رو کر کہنے لگی، ''لیکن میں تو اپنے ماں باپ کے پاس جاؤں گی۔ وہ مجھے یاد آ رہے ہیں۔''

پری بے پروائی سے بولی، ''ارے واہ، میری مرضی۔ میں نہیں چھوڑتی تمھیں۔''

اب تو شہزادی زور زور سے رونے لگی۔ روتے روتے اس کو چڑیوں کے بچے یاد آ گئے۔ اس نے سوچا وہ بھی اسی طرح رو رہے تھے، چلا رہے تھے اور میں بھی ایسی ہی بے پروائی سے ان سے کھیل رہی تھی۔ یہ یاد آتے ہی اس نے خوشامد بھرے لہجے میں پری سے کہا، ''اچھی پری، مجھے مہربانی کر کے صرف چند منٹ کے لیے میرے محل لے چلو۔ میں نے پنجرے میں چڑیوں کے بچے قید کیے ہیں۔ شاید یہ اُسی کی سزا ہے۔ میں انھیں چھوڑ دوں گی۔ پھر تمھارے ساتھ آ جاؤں گی۔ اس کے بعد تم جب تک چاہو مجھے قید رکھنا۔ میں اسی سزا کی حق دار ہوں۔'' یہ کہہ کر وہ پھر رو پڑی۔

پری مسکرا کر بولی، ''شہزادی! وعدہ کرو کہ اب کسی بے زبان کو نہیں ستاؤ گی؟ ماں باپ کو پریشان نہیں کرو گی۔ مظلوم کنیزوں اور محترم استادوں کو تنگ نہیں کرو گی۔''

شہزادی نے سچے دل سے وعدہ کر لیا کہ وہ اب ایسا کوئی کام نہیں کرے گی جس سے کسی کو تکلیف پہنچے اور ایک اچھی اور نیک لڑکی بن کر رہے گی۔

پری یہ سن کر بے حد خوش ہوئی اور اس نے آگے بڑھ کر شہزادی کی چاند سی پیشانی چوم لی۔ تھوڑی دیر بعد شہزادی پری کے ساتھ فضاؤں میں اُڑتی ہوئی نیچے آ رہی تھی۔ رات ڈھل رہی تھی۔ کہیں کہیں ستارے جل بجھ رہے تھے۔ چاند بھی مسکرا رہا تھا۔

کچھ دیر بعد شہزادی اپنے محل میں اپنے مخملی بستر پر لیٹی تھی۔ کنیزیں جب کمرے میں آئیں تو صبح شہزادی کو جاگتا دیکھ کر حیران رہ گئیں۔ شہزادی نے سب سے پہلا حکم دیا کہ چڑیا کے ان معصوم بچوں کو فوراً ان کے گھونسلے میں پہنچا دیا جائے۔ یہ سن کر سب حیران رہ گئے۔ شہزادی نے اچھے بچوں کی طرح ماں باپ اور سب بزرگوں کو سلام کیا۔ ضد اور شرارت کے بغیر نہا دھو کر تیار ہو گئی۔ اس روز استادوں کا بھی کہنا مانتی رہی۔ سب خوش تھے لیکن ساتھ ہی حیران بھی تھے کہ یہ سب کیسے ہو گیا۔

کوئی نہیں جانتا تھا کہ شہزادی اپنی شرارتوں کی کتنی دلکش سزا پا چکی ہے۔

(فروری ۲۰۰۵ء)

بطخ اور مرغیاں

آفتاب حسنین

ایک گاؤں میں ایک بطخ رہتی تھی۔ بہت ہی سیدھی سادی، بہت ہی بھولی بھالی۔ ایک دن نہانے کے بعد تالاب سے نکلی اور کنارے آکر بدن سُکھانے لگی۔ بدن کا پانی جھٹکنے کے لیے بے خیالی میں پھڑ پھڑاتے ہوئے پر ایک کانٹے دار جھاڑی میں اُلجھ گئے۔ اتفاق سے جھاڑی کے کانٹے اتنے نوکیلے اور ٹیڑھے میڑھے تھے کہ پر چھڑانے کی کوشش میں اس کا تمام بدن کانٹوں میں بندھ گیا اور وہ بالکل بے بس ہوکر امداد طلب نگاہوں سے چاروں طرف دیکھنے اور اِس عذاب سے نجات پانے کے لیے خدا سے دعائیں مانگنے لگی۔

سچے دل سے کی ہوئی دعا کبھی خالی نہیں جاتی۔ اسی وقت چند مرغیاں ٹہلتے اور دانہ چگتی ہوئی وہاں سے گزریں۔ انھیں دیکھ کر بطخ کا چہرہ اُمید کی کرن سے کِھل اُٹھا اور ان کے قریب آتے ہی وہ انھیں مخاطب کرتے ہوئے بڑی عاجزی سے بولی، ''بہنو، میں اس جھاڑی کے عذاب میں اس بری طرح پھنس گئی ہوں کہ خود سے نکل نہیں سکتی۔ خدا کے لیے مجھے اس عذاب سے نکال دو!''

ان میں ایک سفید مرغی کو بطخ کی اس بے چارگی پر بہت ہی ترس آیا اور وہ اپنی تمام ساتھیوں کو امداد دینے والی نظروں سے دیکھنے لگی لیکن وہ تمام کی تمام مغرور قسم کی مرغیاں تھیں۔ بطخ کی التجا سن کر اور سفید مرغی کا مطلب سمجھ کر بُرے بُرے منہ بنانے لگیں۔

''جا، جا..... تو ہماری ذات کی نہیں تو پھر ہماری بہن کیسے ہوئی؟'' ایک بڑی

حقارت سے بولی۔

''ذلیل کہیں کی ..... خوامخواہ ہمیں آواز دے کر ہماری ساری تفریح کا مزہ کرکرا کر دیا!'' دوسری نے اپنی بھدی چونچ کو زوردار جھٹکا دیتے ہوئے کہا۔

''کمینی ذات کی ..... تیرا ہمارا کیا رشتہ؟ کوئی تیری ذات کا آئے تو اسے اپنی مدد کے لیے بُلا لینا!'' تیسری نے بڑے نخرے سے دیدے مٹکاتے ہوئے کہا۔

''اری.....! اس ذلیل کے ساتھ باتیں کر کے تم خود بھی کیوں ذلیل ہو رہی ہو؟'' چوتھی نے بطخ سے نفرت کا اظہار کرتے ہوئے اپنے ہی ساتھیوں کو ڈانٹا۔ ''چلو ہم اپنی تفریح کریں!''

مجبور و بے بس بطخ کی مدد کرنے کی بجائے سفید مرغی کے علاوہ سب کے سب اسے جلی کٹی باتیں سنا کر آگے بڑھنے لگیں۔ سفید مرغی کو اپنی ساتھیوں کی اس بے رحمی پر بڑا غصہ آیا اور وہ سب کو روکتے ہوئے بڑی عاجزی سے بولی، ''بہنو، اس کی جان خطرے میں ہے اور اس وقت ہم کئی ہیں۔ بڑی آسانی سے اس کی جان بچا سکتے ہیں۔ ہمیں ضرور اس کی مدد کرنی چاہیے۔''

''کیا..... تیرا دماغ تو خراب نہیں ہو گیا ہے؟'' ایک مرغی غصّے سے کڑکڑائی۔

''اری..... یہ نہ اپنے ذات کی نہ برادری کی، اس کی مدد کر کے ہمیں کیا ملے گا؟'' دوسری نے جھٹ سے کہا۔

''یہ ہماری برادری کی نہیں لیکن ہماری ہی طرح خدا کی مخلوق ہے اور مصیبت کے وقت کسی کی مدد کرنا ہر جاندار کا فرض ہے اور یقین کرو ہمیں اس نیکی کا بھرپور صلہ بھی ضرور ملے گا۔'' سفید مرغی نے منہ توڑ جواب دیا۔

سفید مرغی کی کھری کھری باتوں نے سب کے منہ بند کر دیے اور وہ اپنی جھینپ مٹانے کے لیے ایک دوسرے سے چھیڑ چھاڑ کرتی ہوئی آگے چلی گئیں۔ انھیں جاتا دیکھ سفید مرغی کے تن بدن میں آگ لگ گئی۔ اس کا جی چاہا کہ اپنی تمام ساتھیوں کے پر نوچ

ڈالے اور تکلیف کیا ہوتی ہے اس کا احساس دلانے کے لیے چونچیں مار مار کر ان سب خودغرضوں کو لہولہان کر دے لیکن ان پر تو بس نہیں چلا، دوڑی دوڑی بطخ کے پاس آئی۔ کچھ دِلاسے دیے اور جلدی جلدی چونچ اور پنجے چلا کر اسے آزاد کرنے کی کوشش کرنے لگی۔ اس جدوجہد میں وہ خود بھی بُری طرح زخمی ہوگئی لیکن ہمت نہیں ہاری اور تھوڑی دیر میں بطخ کو جھاڑی سے آزاد کرانے میں کامیاب ہوگئی۔

خدا کے کرم اور مرغی کے خلوص کو دیکھ کر بطخ کی آنکھیں بھر آئیں۔ دل ہی دل میں اس نے پہلے خدا کا شکر ادا کیا پھر مرغی کے احسان کا شکریہ ادا کرنا چاہا تو مرغی اس کی بات کاٹتے ہوئے بڑے پیار سے بولی، ''بہن، یہ میرا احسان نہیں، خدا کی مہربانی ہے اور اسی نے میرے ذریعے تمھاری نجات کا ذریعہ بنایا ہے۔ میرا نہیں، اُس کا شکریہ ادا کرو۔'' اس کے بعد دونوں اپنی اپنی راہ چلی گئیں۔

کچھ دنوں بعد اسی گاؤں میں سیلاب آ گیا اور سارے گاؤں میں افراتفری مچ گئی۔ دوسرے جانداروں کی طرح مرغیوں میں بھی بھگدڑ مچ گئی جن میں وہ سب مغرور قسم کی مرغیاں اور سفید مرغی بھی شامل تھی۔ جان بچانے کا کوئی راستہ سمجھ میں نہیں آیا تو وہ پر پھڑپھڑاتی ہوئیں ایک درخت پر پہنچ گئیں۔ تھوڑی دیر بعد پانی کا دھارا درخت کے چاروں طرف پھیل گیا۔ ننھی سی جانیں ہر طرف پانی ہی پانی دیکھ کر گھبرا گئیں اور اس پانی میں انھیں چاروں طرف اپنی موت ناچتی نظر آنے لگی کیوں کہ اگر ڈوبنے سے بچ بھی جاتیں تو درخت پر بغیر دانے دنکے کے بھوک سے تڑپ تڑپ کر مر جاتیں۔ تمام کی تمام خوف سے حلق پھاڑ پھاڑ کر کڑکڑانے لگیں۔ اس بے بسی پر سفید مرغی کو بطخ کا جھاڑی میں پھنسنے والا واقعہ یاد آ گیا اور وہ خدا سے اپنی اور اپنی تمام ساتھیوں کی سلامتی کی دعائیں مانگنے لگی۔

ابھی تھوڑی ہی دیر گزری تھی کہ انھیں بطخ نظر آئی جو پانی پر تیرتی ہوئی بڑی تیزی سے اسی درخت کی طرف آ رہی تھی۔ اسے دیکھتے ہی سفید مرغی کی خوشی کی تو کوئی انتہا نہیں رہی۔ باقی سب بھی چیخ چیخ کر اس سے مدد کی التجا کرنے لگیں۔

قریب آتے ہی بطخ نے سب سے پہلے سفید مرغی کی خیریت پوچھی پھر دوسری تمام مرغیوں کی۔ کچھ دنوں پہلے والی مغروریت کو نظر انداز کر کے بڑے ہی خلوص سے بولی، ''بہنو! گھبراو نہیں، اللہ پر بھروسا رکھو، وہ ضرور تمھاری مدد کرے گا!'' اس کے بعد اس نے سفید مرغی کو اپنی پیٹھ پر سوار کیا اور تیزی سے خشکی کی طرف روانہ ہو گئی۔

سفید مرغی کو خشکی پر چھوڑ کر جب بطخ لوٹی تو اس کے ساتھ اس کی بہت ساری بطخ سہیلیاں بھی تھیں۔ ہر ایک بطخ نے ایک ایک مرغی کو اپنی اپنی پیٹھ پر سوار کیا اور پانی کی لہروں سے انھیں بچاتے اور سنبھالتے ہوئے خشکی پر لا چھوڑا۔ خشکی پر پہنچتے ہی سب مرغیوں نے خدا کا لاکھ لاکھ شکر ادا کیا پھر بطخ کے آگے شرم و ندامت سے سر جھکا کر اپنے ناروا سلوک کی معافی مانگنے لگیں۔

مرغیوں کی جان بچانے کی جدوجہد میں بطخ بُری طرح ہانپ رہی تھی۔ اس کا جوڑ جوڑ درد کر رہا تھا۔ اس نے بڑے پیار سے ہانپتے کانپتے لہجے میں کہا، ''بہنو! مجھ سے معافی مانگ کر مجھے شرمندہ اور گنہگار مت کرو۔ اپنی غلطی کا احساس ہو جانا ہی سب سے بڑی سزا اور معافی ہے۔ بس، آئندہ اتنا یاد رکھنا کہ مصیبت کے وقت کسی مجبور و بے بس کے کام آنا سب سے عظیم خدمت و عبادت ہے۔''

(اکتوبر ۱۹۹۵ء - گل بوٹے کا پہلا شمارہ)

دوستی جاگتی ہے

مظفر حنفی

''نیاز!'' ماسٹر صاحب گرجے۔

''جی......!'' لرزتی ہوئی آواز میں جواب ملا۔

''اِدھر آؤ......! نہیں سنا کیا......؟ میرے پاس آؤ؟''

وہ کانپتا ہوا میز کے سامنے جا کھڑا ہوا۔

اس نے بلیک بورڈ کے پاس کھڑے ہوئے ساجد کی طرف دیکھا جس کی پیشانی پر سے بہتی ہوئی خون کی پتلی سی لکیر گالوں پر آ کر جم گئی تھی۔

''کیا تم نے ہی ساجد کو مارا؟''

''جی...... جی ہاں مارا تو تھا......!''

اس نے سر جُھکا کر اقرار کیا۔

''کیوں؟'' آواز میں اتنا رعب تھا کہ پوری کلاس اُچھل پڑی۔

''یہ میری گیند نہیں دیتا...'' نیاز نے گھبرا کر جلدی سے جواب دیا۔

''تمھاری گیند کہاں سے آئی۔'' ساجد نے بات کاٹی۔ ''حوض میں کود کر تو میں نے نکالی تھی۔''

''یہ بھی خوب رہی ......'' نیاز نے دلیل پیش کی۔ ''گیند حوض میں پڑی ہوئی تو میں نے دیکھی تھی، اور میں نے ہی تمھیں بتایا تھا کہ میں تیرنا نہیں جانتا......حوض سے گیند نکال کر مجھے دے دو۔'' اور پھر ان دونوں میں ماسٹر صاحب کے سامنے ہی بحث ہونے لگی۔

ماسٹر صاحب نے اپنی چھڑی زور سے میز پر ماری۔ لڑکے سہم گئے۔ انھوں نے چھڑی سے نیاز کو کونچتے ہوئے پوچھا، ''میں صرف تم سے اتنا پوچھنا چاہتا ہوں کہ تم نے اسے پتھر کیوں مارا؟''

نیاز کی آنکھوں میں آنسو آ گئے۔ ماسٹر صاحب تو صاف ساجد کی حمایت کر رہے تھے۔ اس نے آستین چڑھا کر کلائی پر بنا ہوا دانتوں کا نشان اُنھیں دِکھایا جس میں خون کی سُرخی اب تک جھلک رہی تھی۔

''یہ دیکھیے، اس نے مجھے کاٹ کھایا اور پھر گیند لے کر بھاگا جا رہا تھا۔ اس لیے میں نے بھی...''

ماسٹر صاحب نے خوفناک نگاہوں سے ساجد کی طرف دیکھا اور پھر ایک دم اس پر برس پڑے، ''کیوں، تم نے بھی تو اسے کاٹا تھا۔ مجھ سے کہتے تھے کہ نیاز نے بے قصور مجھے پتھر مارا...... اور پھر تم حوض میں کیوں کودے تھے؟ ... ایں؟ ... کل کوئی بات ہو جائے تو تمھارے والدین یہی کہیں گے نا کہ ماسٹروں نے نگرانی نہیں کی ... اور پھر اتنی زور سے کاٹا ہے کہ گوشت تک نکل آیا ہے۔ کمبخت ... نالائق ... پاجی ... گدھے۔''

وہ اسے مارتے مارتے ہانپنے لگے۔ آنکھیں لال ہو گئیں۔ نتھنے اور ہونٹ پھڑکنے لگے اور مونچھیں... وہ تو اتنی زور زور سے اوپر نیچے ہل رہی تھیں جیسے کوئی مورچھل ہلا رہا ہو۔ ساجد بالکل بے دم ہو گیا۔ آخر میں جب ماسٹر صاحب مارتے مارتے تھک گئے تو بولے، ''لاؤ، گیند کہاں ہے......؟''

ساجد نے روتے ہوئے اپنی نیکر کی جیب سے گیند نکال کر میز پر ڈال دی۔ وہ لڑھکتی ہوئی دوسری طرف زمین پر جا گری اور اُچھلنے لگی۔ ساجد کو ایسا معلوم ہوا جیسے گیند اس کی مرمت پر خوشی سے اُچھل رہی ہو۔ وہ منہ بسورنے لگا۔ نیاز گیند اُٹھانے کے لیے جھکا تو ماسٹر صاحب حلق کے بَل چیخ کر بولے، ''کیا یہ گیند تمھاری ہے؟''

''جی ہاں! میں نے اسے حوض میں پڑے ہوئے دیکھا تھا۔''

''حوض میں پڑے ہوئے دیکھا تھا۔'' ماسٹر صاحب نے الفاظ چباتے ہوئے کہا۔
''تو پھر وہ تمھاری کیسے ہوگئی۔؟ ایں......؟ باغ میں بینچ پڑی ہو تو وہ بھی تمھاری ہے۔ میری میز پر کتاب پڑی ہے اس لیے یہ بھی تمھاری ہے کیوں کہ تم نے اسے دیکھا ہے...... کیوں ہے نا......؟''

اور پھر انھوں نے نیاز کو اس طرح اُچک اُچک کر اور چیخ چیخ کر چھڑی، چپت اور گھونسوں سے پیٹنا شروع کر دیا کہ شور وغل اور رونے دھونے کی آواز سے بس ایسا معلوم ہوتا تھا جیسے تیسری جنگِ عظیم اس کلاس میں ہی چھڑ گئی ہو۔

دل کے ارمان پورے کر لینے کے بعد اور اپنی عینک کے موٹے موٹے شیشوں کے پیچھے سے آنکھیں جھپکتے ہوئے ماسٹر صاحب کرسی پر دراز ہو کر لمبی لمبی سانسیں بھرنے لگے۔ دونوں لڑکے جو اس لڑائی سے پہلے گہرے دوست تھے، سسکیاں لیتے ہوئے اپنی جگہوں پر جا کر بیٹھ گئے اور آنکھیں ملنے لگے۔ گیند جو اس جھگڑے کی اصل بنیاد تھی، اسٹور روم میں جمع کر دی گئی۔

بات بالکل معمولی تھی لیکن اتنی معمولی سی بات نے دونوں دوستوں کے دلوں میں دشمنی کا بیج بو دیا۔ نیاز کو بالکل یاد نہ رہا کہ ساجد نے پچھلے امتحان کی تیاری میں کتنی مدد کی تھی ورنہ وہ فیل ہو گیا ہوتا۔ اُسے یہ بھی یاد نہ رہا کہ وہ دونوں پچھلے چار سال سے لنگوٹیے یار رہے ہیں اور ہر معاملے میں انھوں نے ایک دوسرے کا ساتھ دیا ہے۔ اس کو بس اتنا ہی یاد رہا کہ گیند جس پر اس کا حق تھا ساجد کی وجہ سے اسے نہ مل سکی اور گیند کے بجائے، صرف ساجد کی خود غرضی کی وجہ سے اسے اتنی مار کھانی پڑی۔ اس نے ڈبڈبائی ہوئی آنکھوں سے اپنی رانوں پر پڑی ہوئی بدّھیوں کو دیکھا۔ پھر قمیض اُٹھا کر اس نے ان نیلے داغوں پر ہاتھ پھیرا جو ماسٹر صاحب کی بے رحم چھڑی نے ڈال دیے تھے اور دانت پیستے ہوئے اس نے دل میں ٹھان لی کہ وہ ساجد سے اتنا سخت بدلہ لے گا...... کہ...... کہ......

''کشمیر ہمارے دیس کے شمال میں ایک بہت خوبصورت خطّہ ہے......'' جغرافیہ کے

ماسٹر صاحب کی آواز نے اس کے خیالات کا سلسلہ توڑ دیا اور وہ سیاہ تختے پر لٹکے ہوئے نقشے پر کشمیر دیکھنے لگا۔

اور اُدھر ساجد اپنے دل میں سوچ رہا تھا، ''دیکھا اس دغاباز نیاز کو! کیسا ذرا سی گیند پر لڑ بیٹھا...... صرف دیکھ لینے سے ہی گیند اس کی ہوگئی اور میں جو اپنی جان جوکھم میں ڈال کر گہرے حوض سے اسے نکال کر لایا، وہ کچھ بھی نہیں! اچھا انصاف ہے...... اور پھر مجھے پتھر بھی کھینچ مارا۔ ماسٹر صاحب نے اُلٹا مجھے ہی پیٹا...... باتیں کیسی میٹھی میٹھی کرتا تھا، جیسے مجھے اپنے بھائی سے بھی زیادہ چاہتا ہو۔ اس دن وہ پانچ آنے والی شیشے کی دوات اس نے مجھے دی تھی یا اس نے مجھے موٹے بلبیر کے ہاتھ سے پٹنے سے بچا لیا تھا تو کیا ہوا......؟ میں نے بھی تو اپنا بارہ آنے والا فاؤنٹین پین اسے دے دیا تھا اور امتحان کی پوری تیاری کرائی تھی۔ نہیں تو بچہ اس وقت چھٹی کلاس میں رگڑ رہے ہوتے...... سچ کہتے ہیں لوگ...... نیکی کا زمانہ نہیں آج کل...... کتنا احسان فراموش ہے یہ خودغرض...... ایک سڑی سی گیند کے پیچھے لڑ بیٹھا۔

میں نے بھی ایسا کاٹا ہے کہ یاد کریں گے بیٹا...... لیکن یہ پتھر...... اُف سر پھٹا جا رہا ہے...... اچھا بیٹا سمجھ لوں گا۔''

ٹن...... ٹن...... ٹن...... ٹنن ٹنن ٹنن...... ٹن!...... اسکول کی گھنٹی نے چھٹی کا اعلان کیا۔ وہ انہی خیالوں میں ڈوبا ہوا گھر کی طرف روانہ ہوگیا۔ راستے بھر وہ اسی قسم کی باتیں سوچتا رہا۔

''اب میں اسی طرح ذرا ذرا سی باتوں پر ماسٹر صاحب سے نیاز کی شکایت کیا کروں گا...... کل ہی اس کی وہ مٹکا سی بدصورت دوات لاکر پٹخ دوں گا اس کے منہ پر اور کہوں گا لاؤ میرا نیا قلم...... اب کمبخت اگر امتحان میں فیل بھی ہو رہا ہوگا تو ایک سوال نہ بتاؤں...... ہونہہ! گیند میری ہے...... اس کے باپ کی ہے گیند!''

اسی وقت زور کا ایک دھکّا لگا اور وہ منہ کے بل زمین پر آ رہا...... نیاز اس کے اوپر

تھا۔

پوں پوں کرتی ہوئی بس ان کے پاس سے نکل گئی! نیاز نے دھکّا دے کر اسے کچلنے سے بال بال بچالیا تھا۔

ساجد منہ سے بہتے ہوئے خون کو پونچھتا ہوا اُٹھا...... نیاز سے اُٹھا نہ جا رہا تھا۔ اس کے پیر میں موچ آ گئی تھی۔ ساجد تھوڑی دیر تک گردن جُھکائے ہوئے کچھ سوچتا رہا اور پھر نیاز کا ہاتھ نرمی سے پکڑ کر اُٹھاتا ہوا بولا، ''تم نے میری جان بچائی بھیّا! بہت بہت شکریہ۔

''آؤ، تمھیں گھر پہنچا دوں!'' اور وہ دونوں ایک دوسرے کے گلے میں ہاتھ ڈال کر جھوم جھوم کر چلنے لگے۔

اوپری زخموں نے دِل کے زخم بھر دیے تھے!

(جولائی ۲۰۱۱ء)

الٹا پانسا

ڈاکٹر جاوید احمد کامٹوی

جس طرح بیربل اپنی چالاکی، ذہانت اور حاضر جوابی کے لیے مشہور ہے کم وبیش ایسا ہی ایک کردار جنوبی ہند میں اپنے کارناموں کے لیے یاد کیا جاتا ہے۔ یہ شخصیت ہے تینالی رمن کی۔تینالی رمن بھی شاہی دربار سے منسلک رہے۔

وجے نگر کے حکمراں راجا کرشن دیورائے کے معزّز درباریوں میں اُن کا شمار ہوتا تھا۔ وہ اپنی پُرلطف اور حکیمانہ باتوں سے راجا اور درباریوں کومحظوظ کیا کرتے تھے۔ چنانچہ راجا اُن کی بہت عزت کرتا تھااور اُن کے مشوروں کوقدر کی نگاہ سے دیکھتا تھا۔ دربار میں مقدس برہمنوں کا بھی عمل دخل تھا۔ اُن میں سے کچھ بڑے لالچی اور موقع پرست تھے۔ تینالی رمن کو یہ بات گراں گزرتی تھی کہ راجا کے جذبۂ رحم دلی، گہری مذہبی عقیدت اور دریادلی سے یہ ناجائز فائدہ اُٹھایا کرتے ہیں۔ برہمن بھی اِس بات کو جانتے تھے کہ تینالی رمن اُنھیں راجا کا بدخواہ سمجھتا ہے اور اُن کی چالوں کو ناکام بنانے کی کوشش میں لگا رہتا ہے۔

گوکہ تینالی رمن خود بھی ایک غریب برہمن خاندان کے سپوت تھے مگر اپنی اعلیٰ ظرفی، فراست اور وفاداری نے اُنھیں دربار میں ایک معزّز مقام دلوایا تھا۔تینالی رمن کو خاص طور پر یہ بات بہت بُری لگتی کہ برہمن مقدس گرنتھوں اور مذہب کا سہارا لے کر راجا کو دونوں ہاتھوں سے لوٹ لیا کرتے۔

راجا علوم وفنون کا دلدادہ تھا اور مخصوص دربار سجایا کرتا جہاں دنیا جہان کی باتیں ہوتیں۔ ایک مرتبہ راجا نے دورانِ گفتگو یہ بات کہی کہ مرتے وقت اُس کی ماں کو آم کھانے کی تمنا تھی۔ چونکہ موسم آموں کا نہیں تھا اس لیے وہ یہ حسرت لیے دنیا سے رخصت ہوگئی۔ اُسے ایسا محسوس ہوتا ہے کہ اُس کی ماں کی آتما بے چین ہے چنانچہ معزّز برہمن کوئی ترکیب بتلائیں جس سے اُس کی ماں کی آتما کو شانتی مل سکے۔ لالچی برہمنوں کو تو گویا سنہرا موقع ہاتھ آ گیا۔ انھوں نے معنی خیز نگاہوں سے ایک دوسرے کو دیکھا اور ایک چرب زبان برہمن نے کہنا شروع کیا کہ شاستروں (کتابوں) کے مطابق اگر ۱۰۸ سونے کے بنے آم برہمنوں کو دان کیے جائیں تو یہ دان اوپر اُن کی ماں تک پہنچ جائے گا جس سے اُس کی ماں کی آتما کو شانتی مل جائے گی۔ راجا کے لیے یہ کون سی بڑی بات تھی۔ قبل اس کے کہ تینالی رمن اُس تجویز کا کوئی توڑ پیش کرتا، راجا نے اپنے خزانے کے نگراں کو ۱۰۸ آم سونے کے تیار کرنے کی ہدایت دے دی۔ ادھر تینالی رمن جز بز ہو رہا تھا کہ یہ سب ڈھونگ ہے اور ماں کی محبت میں راجا کو لوٹا جا رہا ہے مگر وہ بے بس تھا۔ البتہ اُس نے یہ پکا ارادہ کرلیا کہ وہ اُن لالچی برہمنوں کو اچھا سبق ضرور سکھائے گا۔

جب سونے کے آم تیار ہو کر آ گئے تو راجا نے ایک عظیم الشان دعوت کا اہتمام کیا جس میں شہر کے معزّزین بھی مدعو کیے گئے۔ تینالی رمن نے دعوت کے دوران ہی لوہے کی لمبی لمبی سلاخوں کو خوب گرم کرنے کا حکم دیا اور دعوت کے اختتام سے قبل اِن برہمنوں کے جسموں کو گرم سلاخ داغنے کا حکم دیا۔ برہمنوں میں کھلبلی مچ جانا فطری بات تھی۔ کچھ لوگوں نے اِس کی اطلاع راجا کو دے دی۔ وہ ہانپتے کانپتے دعوت گاہ میں پہنچا۔ یہاں اُس نے برہموں کو بری خراب حالت میں پایا۔ وہ برس پڑا کہ آخر یہ کیا مذاق ہے اور معزّز برہمنوں کی بے عزّتی کیوں کی جا رہی ہے؟ تینالی رمن نے جواب میں بڑے ادب سے کہا کہ مہاراج! میری ماں گٹھیا کی مریضہ تھی۔ وہ اُس کے علاج سے قبل ہی اِس دنیا سے سِدھار گئی۔ ایسا کہا جاتا ہے کہ گٹھیا کے مریض کو گرم سلاخوں سے اگر داغا جائے تو وہ بیماری اچھی

ہو جاتی ہے۔ میری ماں کی آتما بے چین ہے کہ سورگ میں بھی اُسے اس بیماری سے چھٹکارا نہیں ملا۔ اگر برہمنوں کو دان دیے گئے آم آپ کی ماتا کو پہنچ سکتے ہیں تو سلاخوں کی سینک بھی میری ماں تک پہنچ سکتی ہے جس سے وہ ضرور اچھی ہو جائے گی اور اُس کی آتما کو بھی شانتی مل جائے گی۔

راجا کرشنا دیورائے بات کی تہہ تک فوراً پہنچ گئے۔ اپنی ہنسی کو انھوں نے کسی طرح دبایا اور سنجیدہ ہو کر تینالی رمن کو انعام سے نوازنے کا حکم دیا اور برہمنوں کو شرمندہ اور ہائے وائے کرتے چھوڑ کر وہ وہاں سے روانہ ہو گئے۔

تینالی رمن نے لالچی برہمنوں کو اچھا سبق سکھا دیا، اُسے انعام پانے سے زیادہ اِس بات کی خوشی تھی۔

(مارچ 2006ء)

میاں سیدھے

شکیل شاہ جہاں

میاں سیدھے اپنے نام ہی سے نہیں بلکہ مزاج، طبیعت اور عادت سے بھی بہت سیدھے تھے۔ گاؤں کے سبھی لوگ اُن کے اِس سیدھے پن کا فائدہ اٹھاتے ہوئے انھیں کسی نہ کسی کام میں لگائے رہتے اور میاں سیدھے کو کبھی سیدھے نہیں بیٹھنے دیتے۔ کام کے عوض کچھ پیسے، کچھ کھانا مل جاتا اور میاں سیدھے اُسی میں خوش رہتے۔

میاں سیدھے نے اسکول کا کبھی منہ نہیں دیکھا تھا اِس لیے پڑھنے لکھنے جیسے مشکل کاموں سے ہمیشہ دور رہے۔ یہی وجہ تھی کہ ان کے اندر ہوشیاری اور دانائی نام کو بھی نہیں تھی۔ میاں سیدھے کام کوڑی کا نہیں کرتے مگر اُنھیں ایک منٹ کی فرصت بھی نہیں رہتی تھی۔ کبھی کسی نے کام سے لگا دیا تو کبھی کسی نے کہیں بھیج دیا۔ اِس طرح میاں سیدھے کا سارا دِن گزر جاتا۔

میاں سیدھے کا دنیا میں کوئی نہیں تھا۔ وہ ایک دم اکیلے تھے اِس لیے فکر بھی نہیں تھی۔ جہاں تک رات میں سونے کا سوال ہے، میاں سیدھے گاؤں کی ایک معمر خاتون زلیخا آپا کے مکان کے دالان میں سو جاتے تھے۔ میاں سیدھے کے سونے اور جاگنے کا کوئی وقت مقرر نہیں تھا۔ یوں وہ سوتے اپنی مرضی سے تھے مگر جاگتے ہمیشہ دوسروں کی مرضی سے تھے۔ کب کسے کیا کام نکل آئے اور میاں سیدھے کو خوابِ خرگوش سے بیدار ہونا پڑے۔

زلیخا آپا کا بھی اس دنیا میں کوئی نہ تھا۔ وہ اپنے بڑے سے مکان میں اکیلی رہتی

تھیں۔ زلیخا آپا کو میاں سیدھے کا بڑا سہارا تھا۔ وہ میاں سیدھے کو اولاد کی طرح چاہتی تھیں اور اکثر کہا کرتیں،"تو میرا بیٹا بن کر اس مکان میں رہ اور وقت بے وقت اِدھر اُدھر آنا جانا چھوڑ دے۔" مگر میاں سیدھے تو آزاد پنچھی کی طرح تھے۔ وہ بھلا کیوں قید میں رہنا پسند کرتے۔

ایک دن زلیخا آپا کے ہاں گاؤں کی کچھ خواتین آئیں۔ اِدھر اُدھر کی باتیں چلتی رہیں۔ باتوں باتوں میں زلیخا آپا نے اپنی گھر کی بلّی کا قصہ چھیڑ دیا اور بتایا کہ آج کل بلی بہت پریشان کرنے لگی ہے۔ باورچی خانے میں جہاں برتن کھلا دیکھا فوراً اس میں منہ ڈال دیتی ہے۔ اکثر دودھ پی جاتی ہے۔ ابھی دو دن پہلے مرغی کا ایک چوزہ ہضم کرلیا۔ میں تو اس موٹی بلّی سے بہت پریشان ہوگئی ہوں۔

زلیخا آپا کی باتیں سن کر ایک خاتون نے کہا،"بہن، اس بلی کو خوب مارو کہ وہ ہمیشہ کے لیے گھر چھوڑ دے۔" دوسری خاتون نے بات کو کاٹتے ہوئے کہا،"نہیں بہن نہیں۔ بھلا بلی مار کے ڈر سے کہیں گھر چھوڑتی ہے؟ میری مانو تو اس موٹی کو ہمیشہ کے لیے ختم کرادو۔ نہ رہے بانس نہ بجے بانسری۔" تیسری خاتون نے جھٹ سے کہا،"بہن، بزرگوں کا کہنا ہے کہ بلی کو مارنا نہیں چاہیے۔ ایسا کرو کسی کو روپیا دو روپیا دے کر کہو کہ وہ بلی کو دور جنگل میں کہیں چھوڑ آئے۔"

میاں سیدھے مکان کے باہر بیٹھے اِن خواتین کی باتیں سن رہے تھے۔ جیسے ہی روپوں کی بات آئی تو فوراً وہاں پہنچے اور بولے"اگر روپیا مجھے دیں تو میں بلی کو جنگل میں چھوڑ آؤں۔" اندھا کیا چاہے دو آنکھیں۔ زلیخا آپا خوش ہوگئیں اور بلی کو جنگل میں چھوڑنے کے لیے تیار ہوگئیں۔

گھر میں بلی صرف زلیخا آپا سے ہی نہیں میاں سیدھے سے بھی پر کھی ہوئی تھی۔ بلی زیادہ تر میاں سیدھے کے بستر پر ہی رہتی۔ اُن کی گود میں بیٹھتی اور اُن سے ہی کھیلتی رہتی تھی۔ میاں سیدھے کو بھی یہ بلی بڑی عزیز تھی۔ وہ گھنٹوں اُس کے ساتھ کھیلتے۔ کندھے پر بٹھاتے اور کبھی کبھی سلیمان قصائی کی گوشت کی دکان پر لے جاتے۔ سلیمان قصائی گوشت

کی بوٹی بلی کے سامنے پھینک دیتا۔ بلی بوٹی کو شان سے اُٹھاتی۔ آس پاس کے کتے اُسے گھور کر رہ جاتے اور وہ اکڑتے اور اِتراتے ہوئے اپنے ٹھکانے کی طرف لوٹ آتی۔

اب زلیخا آپا کے سامنے یہ مسئلہ تھا کہ میاں سیدھے بلی کو جنگل میں کس طرح لے جائیں۔ کافی غور و خوض کے بعد اِس نتیجے پر پہنچیں کہ بلی کو ایک جھولے میں بند کر کے میاں سیدھے کو دے دیا جائے۔ مگر دوسرے ہی لمحے خیال آیا کہ اس طرح تو بلی کو سانس لینے میں تکلیف ہوگی اور ہو سکتا ہے کہ وہ مر جائے۔ پھر زلیخا آپا نے سوچا کہ کیوں نہ میاں سیدھے سے ہی رائے لی جائے۔ انھوں نے میاں سیدھے کو بلایا اور کہا، ''تم نے کچھ سوچا ہے کہ بلی کو جنگل میں کس طرح لے جانا ہے؟'' میاں سیدھے نے کہا، ''اس میں سوچنے کی کیا بات ہے۔ بلی ویسے ہی مجھ پر پرکھی ہوئی ہے۔ میں اُس کو گود میں اُٹھاؤں گا اور جنگل کی طرف نکل پڑوں گا۔'' میاں سیدھے نے بہت ہی سیدھے سادے انداز میں زلیخا آپا کی گتھی سُلجھائی اور زلیخا آپا خوش ہوگئیں۔

دوسرے دِن زلیخا آپا نے بلی کو پیٹ بھر دودھ پلایا۔ اپنی گود میں لے کر پیار کیا۔ بلی بھی ان کے پیار کا برابر جواب دیتی رہی۔ اُسے کیا معلوم کہ اس کی مالکن کا یہ آخری پیار ہے۔ پیار کرتے کرتے زلیخا آپا کی آنکھوں میں آنسو آ گئے۔ جانور ہی کیوں نہ ہو، ایک جگہ رہتے ہوئے محبت ہو ہی جاتی ہے۔ مگر زلیخا آپا مجبور تھیں۔ بلی کے لیے اُمڈتی ہوئی ممتا کو ضبط کرتے ہوئے انھوں نے میاں سیدھے سے کہا، ''فوراً اس بلی کو یہاں سے لے جاؤ۔''

میاں سیدھے بلی کو گود میں لیے گھر سے جنگل کی نکل پڑے۔ زلیخا آپا بلی کو دور تک جاتے ہوئے دیکھتی رہیں۔ اُن کا دل چاہا کہ لپک کر میاں سیدھے کے ہاتھوں سے بلی کو لے کر گھر آ جائیں لیکن جب تک میاں سیدھے راستہ مڑ چکے تھے۔

اب زلیخا آپا مسلسل بلی کے بارے میں سوچنے لگیں۔ بلی کے بغیر گھر کتنا سؤنا سؤنا لگ رہا ہے۔ بلی تھی تو کبھی اکیلے پن کا احساس ہی نہیں ہوا۔ جاگنے اُٹھنے کی آہٹ جیسے ہی پاتی فوراً پاس آ جاتی اور تب تک رہتی جب تک نیند نہ آ جاتی۔ گھر میں جب کوئی نہیں ہوتا تو

بلی سے ہی دو چار باتیں کر کے اپنے جی کو ہلکا کر لیتی تھیں۔ اب کس سے بات کروں گی۔ باورچی خانے میں بھی میری ہی لاپروائی تھی۔ اگر میں برتنوں کو احتیاط سے رکھتی تو بلی کیوں منہ ڈالتی۔ زلیخا آپا بلی کو کھو کر بہت پچھتائیں لیکن اب کچھ نہیں ہو سکتا تھا کیوں کہ بلی کو میاں سیدھے لے جا چکے تھے۔

اُدھر میاں سیدھے، سیدھے جنگل پہنچے۔ بلی کے چھوٹنے کا اُن کو بھی بڑا افسوس تھا مگر کیا کرتے۔ زلیخا آپا کے حکم کو ٹال بھی تو نہیں سکتے تھے۔ میاں سیدھے جیسے ہی بلی کو چھوڑنا چاہتے تو سوچتے کہ یہاں سے واپس لوٹ آئے گی۔ اِس لیے ایسی جگہ چھوڑنا چاہیے جہاں سے دوبارہ واپس نہ آ سکے۔ میاں سیدھے جگہ تلاش کرتے کرتے جنگل میں بہت دور نکل گئے۔ ایک جگہ رُک کر چاروں طرف دیکھا۔ سائیں سائیں کرتا ہوا سنّاٹا، ایک دوسرے سے اُلجھے ہوئے درخت اور گھنی کانٹے دار جھاڑیاں۔ میاں سیدھے نے سوچا کہ بلی کو چھوڑنے کے لیے یہ جگہ مناسب ہے۔ اس جگہ سے بلی کسی بھی طرح واپس نہیں آ سکتی۔ اور میاں سیدھے نے بلی کو چھوڑ دیا۔ بلی چھلانگ لگاتے ہوئے سامنے کی جھاڑیوں میں گم ہو گئی۔

اب میاں سیدھے خوشی خوشی واپس جانے لگے۔ جھاڑیوں کو چیرتے ہوئے کچھ ہی دور آئے تھے کہ راستہ بھؤل گئے۔ گھنی جھاڑیوں کی وجہ سے راستہ سمجھ میں نہیں آ رہا تھا۔ میاں سیدھے پریشان ہو گئے اور گھبرا کر آس پاس کی جھاڑیوں کو جلدی جلدی ہٹا کر راستہ تلاش کرنے لگے مگر راستہ نہیں ملا۔ سائیں سائیں کرتا ہوا سناٹا، ایک دوسرے سے اُلجھے ہوئے درخت اور گھنی کانٹے دار جھاڑیاں، جھاڑیوں میں پرندوں کی سرسراہٹ اور دور سے آتی ہوئی جنگلی جانوروں کی آوازیں۔ میاں سیدھے ایک دم خوف زدہ ہو گئے اور زور زور سے چلانے لگے مگر اُس خوفناک جنگل میں کون اُن کی آواز سنتا۔ جب تک بلی پاس تھی کسی طرح کا ڈر محسوس نہیں ہوا مگر جیسے ہی اُن کے پاس سے بلی دور ہو گئی وہ ایک دم اکیلے ہو گئے اور جنگل پہلے سے زیادہ خطرناک اور جان لیوا لگنے لگا۔

میاں سیدھے نے بہت راستہ تلاش کیا مگر جب بالکل مایوس ہو گئے تو زور زور سے

رونے لگے۔ اُن کے رونے کی آواز سن کر بلی جھاڑیوں میں سے باہر آئی۔ جیسے ہی میاں سیدھے نے بلی کو دیکھا اُن کی ہمت بندھی اور وہ روتے روتے مسکرانے لگے اور خوشی سے بلی کو اپنی گود میں اُٹھا لیا اور پیار کرنے لگے۔ چند لمحوں بعد بلی چھلانگ لگا کر گود سے زمین پر آ گئی اور دھیرے دھیرے آگے بڑھنے لگی۔ میاں سیدھے بھی بلی کے پیچھے ہو لیے۔ کافی دور چلنے کے بعد میاں سیدھے کو راستہ نظر آیا۔ اب انھیں احساس ہوا کہ بلی راستہ نہیں بھولی تھی۔ اگر بلی نہ ہوتی تو میاں سیدھے جنگل میں ہی بھٹکتے رہ جاتے اور ممکن تھا کہ کسی جنگلی جانور کا شکار بن جاتے۔ جان بچی لاکھوں پائے۔ میاں سیدھے بلی کو گود میں اُٹھائے خوشی خوشی گھر کی طرف چل پڑے۔ راستہ بھر میاں سیدھے زلیخا آپا کے بارے میں سوچتے رہے کہ بلی کو دیکھ کر وہ ضرور غصہ کریں گی۔ پھر انھوں نے دل ہی دل میں فیصلہ کیا کہ کچھ بھی ہو، اب وہ بلی کو کبھی اپنے سے جدا نہیں کریں گے کیوں کہ بلی نے ہی اُن کو خوفناک جنگل سے باہر نکال کر اُن کی جان بچائی ہے۔

میاں سیدھے بلی کو لے کر گھر پہنچے۔ جیسے ہی بلی نے گھر کو دیکھا میاں سیدھے کی گود سے چھلانگ لگا کر چھت پر چڑھ گئی۔

میاں سیدھے کو اس بات کا خوف تھا کہ زلیخا آپا ضرور باتیں سنائیں گی اس لیے وہ خاموش سر جھکائے گھر میں داخل ہوئے۔ جیسے ہی زلیخا آپا نے میاں سیدھے کو دیکھا اُس پر برس پڑیں اور کہا، ''تم نے بلی کو جنگل میں کیوں چھوڑ دیا۔ میں بلی کے بغیر نہیں رہ سکتی۔ تم جاؤ اور فوراً بلی کو لے کر آؤ۔''

اتنے میں سامنے کی دیوار پر بیٹھی بلی زور سے چلائی، ''میاؤں۔'' زلیخا آپا نے جیسے ہی بلی کو دیکھا سارا غصہ جاتا رہا اور فوراً لپک کر بلی کو گود میں اُٹھا لیا اور پیار کرنے لگیں۔

بلی کے لیے زلیخا آپا کی اس ممتا کو دیکھ کر میاں سیدھے کی آنکھیں خوشی سے بھر آئیں اور فوراً آگے بڑھ کر زلیخا آپا کے ہاتھوں سے بلی کو لے لیا اور سلیمان قصائی کی دکان کی طرف چل پڑے۔

(مئی ۲۰۰۶ء)

❖❖❖

انمول تحفہ

اسلم شفیع

پرانے زمانے کی بات ہے کہ احمد نامی ایک بوڑھا شخص کسی پہاڑی علاقے میں رہتا تھا۔ وہاں اُس کا مکان تھا۔ احمد کے قبضے میں دو جن تھے جو اُس کے ملازموں کی حیثیت سے اُس کے ساتھ رہتے تھے اور اُس کی خدمت میں لگے رہتے تھے۔ ایک جن بہت قد آور تھا۔ اس کا نام عفری تھا جب کہ دوسرا جن ٹھنگنا اور کمزور تھا۔ اُس کا نام ایپوس تھا۔ برسوں تک وہ تینوں ایک ساتھ رہتے رہے۔ اُس جگہ میلوں تک کوئی انسانی آبادی نہیں تھی۔ دور دور تک ویرانی تھی۔

ایک روز احمد نے دونوں جنوں کو اپنے پاس بلایا اور کہا، ''آج مجھے تم سے بہت ضروری کام ہے۔ میرے پاس پینے کا پانی ختم ہو گیا ہے۔ کیا تم میں سے کوئی میرے لیے کنواں کھود دے گا؟''

''آقا! یہ کام میں کروں گا۔'' عفری نے خوشی سے اُچھلتے ہوئے کہا اور فوراً باہر کی طرف بھاگا۔ احمد اور ایپوس اپنی جگہوں پر حیران رہ گئے۔ تھوڑی دیر کے بعد احمد اور ایپوس نے ایک دھماکے کی آواز سنی۔ وہ دونوں باہر کی سمت لپکے اور دروازہ کھول کر باہر جھانکا تو اُن کی آنکھیں حیرت سے پھٹی کی پھٹی رہ گئی۔ عفری باہر کھڑا مسکرا رہا تھا اور اُس کے قریب ایک نیا کنواں کُھدا ہوا تھا۔

عفری نے فخریہ لہجے میں پوچھا، ''آقا! یہ کنواں کیسا ہے؟''

احمد نے اپنی سفید ڈاڑھی پر ہاتھ پھیرتے ہوئے جواب دیا، ''ہاں، یہ بہت عمدہ ہے۔ تمھارا بہت بہت شکریہ۔'' یہ کہہ کر احمد مڑا اور آہستگی سے چلتا ہوا اپنے کمرے میں داخل ہو گیا۔ یہ پہلا موقع تھا جب احمد نے کسی جن سے کوئی بڑا کام لیا تھا۔ اس کے بعد عفری اپنے آقا کی ہر خواہش پوری کرنے لگا۔ اُس نے ایک روز میں نئی سڑک کی تعمیر مکمل کر دی، دوسرے روز پورے مکان پر نیا رنگ کر دیا۔ اب بے چارہ ایپوس بہت غمگین رہنے لگا اور اُسے اپنا وجود بے کار محسوس ہونے لگا تھا۔ وہ بھی اپنے آقا کی خدمت کرنا چاہتا تھا لیکن عفری بہت طاقتور تھا اور وہ احمد کا ہر کام پل بھر میں کر دیتا جس کے باعث ایپوس کو خدمت کرنے کا کوئی موقع نہیں ملتا۔ ایپوس نے اللہ سے دعا مانگی کہ وہ اُسے اتنی طاقت اور صلاحیت دے کہ اُسے بھی اپنے مالک کی خدمت کرنے کا کوئی موقع مل جائے۔ احمد بہت رحم دل شخص تھا۔ وہ عفری اور ایپوس سے ایک جیسی محبت کرتا تھا۔

ایک روز ایپوس کنویں کی منڈیر پر بیٹھا تھا۔ موسم بہت خوشگوار تھا لیکن ایپوس کا دل بہت اُداس تھا۔ اپنی بے چارگی پر اُس کی آنکھیں بھر آئیں اور وہ سسکیوں کے ساتھ رونے لگا۔ اُس کی آنکھوں سے آنسو بہنے لگے اور کنویں کے اندر گرنے لگے۔ وہ کافی دیر تک اسی طرح روتا رہا یہاں تک کہ اس کے تمام آنسو خشک ہو گئے۔ اچانک اُس کے آقا نے کمرے میں سے دونوں کو آواز دی: ''عفری، ایپوس! دونوں فوراً میرے پاس آؤ۔''

ایپوس سست قدموں سے چلتا ہوا بوڑھے کے پاس گیا، جب کہ عفری نے ایپوس کو حقارت بھری مسکراہٹ سے دیکھا اور دوڑ کر ایپوس سے پہلے احمد کے پاس جا پہنچا۔ احمد نے بتایا، ''مجھے ابھی اپنی پوتی کا پیغام ملا ہے، جو یہاں سے بہت دور ایک شہر میں رہتی ہے۔ وہ پہلی بار مجھ سے ملنے کے لیے آ رہی ہے۔ میں اُسے کوئی عمدہ سا تحفہ دینا چاہتا ہوں لیکن افسوس کہ بڑھاپے کی وجہ سے میں اس قابل نہیں رہا کہ کوئی اچھا سا تحفہ لا سکوں۔ کیا تم دونوں کوئی ایسی کوئی خوبصورت چیز لا سکتے ہو جسے میں فاطمہ کو تحفے کے طور پر دے

سکوں؟''

عفری نے جواب دیتے ہوئے کہا، ''کیوں نہیں، ضرور۔ میں ابھی تحفہ لے کر آتا ہوں۔'' اور یہ کہہ کر وہ دوڑا اور دیکھتے ہی دیکھتے نظروں سے اوجھل ہو گیا۔

جنگل میں پہنچ کر عفری نے خوبصورت پھول تلاش کیے، لیکن جیسے ہی وہ کوئی پھول توڑتا وہ اُس کے ہاتھوں سے مسل جاتے اور اُس کی پتیاں بکھر جاتیں۔ اصل میں اُس کی انگلیاں اِس قدر سخت اور مضبوط تھیں کہ نازک پھول عفری کی انگلیوں میں مسل جاتے تھے۔ اس سے مایوس ہو کر عفری نے ایک سفید خرگوش پکڑا لیکن اُس کے ہاتھوں کی سخت گرفت میں ننھا سا خرگوش بھی مر گیا۔ اب تو عفری بہت پریشان ہوا۔ ایسا واقعہ تو اُس کے ساتھ پہلے کبھی بھی پیش نہیں آیا تھا۔ وہ ہمیشہ اپنے آقا کے حکم کی تعمیل بڑی کامیابی اور پھرتی کے ساتھ کیا کرتا تھا۔

رات کا اندھیرا بڑھتا جا رہا تھا۔ چنانچہ مایوس ہو کر عفری اپنے آقا کے گھر کی طرف تھکے تھکے قدموں سے جانے لگا۔ وہ بہت پریشان تھا۔ گھر پہنچ کر اس نے احمد اور ایپوس کو بتایا کہ وہ فاطمہ کے لیے کوئی بھی تحفہ نہیں لا سکا۔ عفری کی بات سننے کے بعد احمد نے کہا، ''اچھا چلو، اب ہم ایپوس کو ایک موقع دیتے ہیں۔ شاید وہ کامیاب ہو جائے۔''

عفری یہ سن کر زور سے ہنسا اور بولا، ''ایپوس تو محض ایک بے کار جن ہے۔ وہ کبھی بھی کچھ نہیں کر سکتا۔''

عفری کی اس بات سے ایپوس کو بہت دُکھ ہوا۔ اُس نے منہ پھیر لیا اور رونا شروع کر دیا۔ اُس کی آنکھ سے صرف ایک آنسو نکلا اور گال پر سے پھسلتا ہوا زمین پر جا گرا لیکن یہ دیکھ کر وہ حیران رہ گیا کہ زمین پر گرتے ہی وہ آنسو سخت اور سفید ہو گیا تھا۔ وہ آنسو لڑھکتا ہوا احمد کے پاس جا کر رُک گیا۔

احمد نے خوشگوار حیرت کے ساتھ کہا، ''اوہو! یہ تو بہت خوبصورت ہے۔ میرے

خیال میں تو یہ اصلی موتی ہے۔ ویسا ہی موتی جو گہرے سمندروں میں پایا جاتا ہے۔'' حیرت کے مارے عفری کا منہ بھی کھلا کہ کھلا رہ گیا۔ اُس کے حلق سے کوئی آواز ہی نہیں نکل سکی تھی۔ ایپوس بہت خوش تھا کہ آخر وہ بھی اپنے آقا کی خدمت کرنے میں کامیاب ہوگیا لیکن وہ ایک سے زیادہ موتی نہیں بنا سکا کیوں کہ اُس کی آنکھوں سے آنسو خشک ہو چکے تھے۔ اچانک اُسے یاد آیا کہ ابھی چند گھنٹے پہلے وہ کنویں کی منڈیر پر بیٹھ کر بڑی دیر تک روتا رہا تھا۔ ایپوس نے عفری سے کہا کہ وہ اُس کے ساتھ چلے۔ کنویں پر پہنچ کر اُس نے عفری سے وہ بالٹی باہر نکالنے کو کہا جو کنویں کے اندر ایک رسّی سے بندھی لٹک رہی تھی۔ عفری نے زور لگا کر بالٹی باہر کھینچ لی اور یہ دیکھ کر حیران رہ گیا کہ بالٹی کے اندر سیکڑوں خوبصورت موتی بھرے ہوئے تھے۔ یہ ایپوس کے وہ آنسو تھے جو بالٹی کے اندر گرنے کے بعد سفید موتیوں میں تبدیل ہوگئے تھے۔ موتی دیکھ کر احمد بہت خوش ہوا اور ایسا انمول تحفہ دینے پر اُس نے ایپوس کا شکریہ ادا کیا۔

اُس رات ایپوس سونے کے لیے لیٹا تو اُس نے اللہ تعالیٰ کا شکر ادا کیا کیوں کہ اسے معلوم تھا کہ اللہ تعالیٰ نے اُس کی سچے دل سے مانگی ہوئی دعا قبول کر لی تھی اور اُس پر ترس کھا کر اُس کے آنسوؤں کو موتیوں میں تبدیل کر دیا تھا۔ بے شک جو دعا سچے دل اور نیک مقصد سے مانگی گئی ہو وہ ہرگز ضائع نہیں جاتی۔ ایسی دعا اللہ تعالیٰ کی بارگاہ میں ضرور قبول ہوتی ہے اور ایپوس نے سچے دل سے دعا کی تھی۔

(اکتوبر ۲۰۰۶ء)

ایک تھی تتلی

فارغ بخاری

صبح سویرے سعید بستہ لے کر گھر سے نکلا تو ہلکے سے بادل آسمان پر چھائے ہوئے تھے۔ ٹھنڈی ہوا کے نرم جھونکے درختوں کی نازک ٹہنیوں کو جھولا جُھلا رہے تھے۔ سورج کی پہلی کرن مٹیالے بادلوں کے پردے سے جھانک رہی تھی۔ سعید کو اپنے جسم میں سستی اور آنکھوں میں نیند سی محسوس ہونے لگی اور دماغ میں عجیب سے خیالات پیدا ہونے لگے۔ سڑک پر چلتے چلتے وہ کسی گہری سوچ میں پڑ گیا۔ اُس کے قدم تھوڑی دیر کے لیے خود بخود رُک گئے۔ درختوں پر چہچہاتی ہوئی چڑیوں کی طرف دیکھتے ہوئے اُس نے ایک جمائی لی اور اسکول کو جانے والی پکی چوڑی سڑک کو چھوڑ کر کھیتوں کی ہری بھری کی پگڈنڈی پر ہو لیا۔ چلتے چلتے وہ بار بار دائیں بائیں اور پیچھے مڑ مڑ کر دیکھتا جاتا تھا۔ دراصل سعید اسکول سے دور کسی بے خوف جگہ چھپ کر یہ دن گزارنا چاہتا تھا اور اُسے ڈر تھا کہ اس کی اِس چوری کا حال کسی پر کُھل نہ جائے۔ جاتے جاتے وہ باغ کے نکّڑ پر پہنچا تو اُسے تسلی ہوئی۔ جلدی جلدی چلنے کی وجہ سے سعید کچھ تھکا ہوا تھا۔ چمن میں پڑے ہوئے لوہے کی بھاری بینچ پر وہ تھوڑی دیر آرام کرنے کے اِرادے سے بیٹھا لیکن جلد ہی تازہ کِھلی ہوئی کلیوں کی بھینی بھینی خوشبو اُسے پھلواری کی طرف کھینچ کر لے گئی۔ پھلواری میں پہنچ کر سعید نے رنگ رنگ کے پھول کھلے ہوئے دیکھے۔ موتیا اور سوسن کے پھول اپنی بہار دکھا رہے تھے۔ آسمان پر بادل چھا چکے تھے۔ آفتاب کی تیز چمکیلی کرنیں گھنے درختوں کے جھنڈ سے چھن

چھن کے پھلواری میں ناچنے لگیں۔ پرندوں کے گانے کی آواز مدھم ہوتی گئی اور کلیوں نے سورج کی کرنوں کا رِستا ہوا سونا اکٹھا کرنے کے لیے اپنے دامن پھیلا دیے۔ ہوا گرم ہونے لگی۔ ہر طرف خاموشی سی چھا گئی۔ دنیا کا ذرّہ ذرّہ پوری محنت کے ساتھ اپنے کام میں مصروف ہو گیا۔ سعید کو اپنی تنہائی کا خیال آیا۔ بے کاری سے اس کا دِل اُکتانے لگا۔ اتنے میں ایک خوب صورت تتلی پھولوں کی ڈالیوں کے درمیان نظر آئی۔ تتلی کے پر شوخ سبز رنگ کے تھے لیکن کبھی کبھی وہ نیلے بن جاتے تھے۔ اُن پروں کے کونوں پر تین سنہری دھبے تھے اور اُن کے نیچے بہت سی سنہری شعاعیں نظر آتی تھیں۔ وہ تتلی نہایت خاموشی او رتیزی سے پھولوں کی نازک پتیوں کو چھو کر گزر رہی تھی۔ وہ تھوڑی دیر کے لیے بھی کسی ایک جگہ ٹھہرتی نہ تھی۔ یوں معلوم ہوتا تھا جیسے وہ کوئی ہرکارہ ہو جو بہت ضروری پیغام ہر پھول کے کانوں تک پہنچا رہا ہے۔ سعید اس چھوٹے سے پتنگے کی اس قدر ہوشیاری پر حیران ہوا اور اس نے قریب جا کر پوچھا،

''اچھی تتلی! تجھے خدا نے اتنا خوب صورت اور نازک بنایا ہے کہ تیرے حسن اور نزاکت کو دیکھ کر حسین پھولوں کے چہرے سنور جاتے ہیں۔ تیرا جسم اتنا نازک ہے کہ ہوا میں ملی ہوئی خوشبو تجھے زندہ رکھنے کے لیے کافی ہے۔ پھر میں نہیں جانتا کہ تو دِن بھر اِتنی محنت کس لیے کرتی ہے۔ اپنا وقت آرام سے کیوں نہیں گزارتی۔ اے بھولی تتلی، جا بیلوں میں بیٹھ کر جھولا جھول یا پھر آ میرے ساتھ کھیل۔''

تتلی سعید کی بھولی بھالی باتیں سن کر مسکرائی اور اُسے مخاطب کرتے ہوئے بولی، ''میاں لڑکے! میرے پاس اِتنا فالتو وقت تو نہیں کہ میں تیرے ساتھ بحث کروں۔ ہاں مختصر طور پر اپنی سرگزشت تجھے سناتی ہوں۔ جسے غور سے سننے کے بعد یہ بات پوری طرح تیری سمجھ میں آ جائے گی کہ میں اِتنی سرگرمی سے اپنے کام میں کیوں لگی رہتی ہوں۔''

سعید بولا، ''سناؤ، میں پوری طرح دِل لگا کر سنوں گا۔ مجھے ایسی کہانیاں سننے کا بڑا

شوق ہے۔"

تتلی نے کہا، "لو سنو، آج سے بہت عرصہ پہلے جب کہ دنیا میں ابھی پتنگے پیدا نہیں ہوئے تھے، موسمِ بہار کی سہانی صبح تھی۔ پرندے خوشی کے گیت گا رہے تھے اور ٹھنڈی ہوا کے جھونکوں سے درختوں کی ٹہنیاں ناچ رہی تھیں۔ پھول گردنیں اُٹھا اُٹھا کر جھوُمتے تھے، اپنی نزاکت اور خوبصورتی پر وہ اِتراتے تھے لیکن جب انھیں یہ خیال آیا تو اُن کا دل سے غم بھر گیا کہ اُن کی خوشی میں شریک ہونے والا اُن کا کوئی ساتھی نہیں۔ اُن کے پاس رس ہے، مٹھاس ہے لیکن اسے لینے والا کوئی نہیں۔ اُن کے سر جھک گئے اور اُن کے چہروں پر اداسی چھا گئی۔ قدرت کو معصوم پھولوں کے حال پر رحم آیا۔ اُن کی التجا قبول ہوئی اور اُس دِن پتنگوں نے جنم لیا۔

کس قدر خوش ہوئی پھولوں کو جب اُنھوں نے سبزی مائل بھورے پتنگوں کو اپنے گرد منڈلاتے ہوئے دیکھا۔ پتنگے پھولوں کے پاس جانے لگے اور اُن سے شہد لے کر اُس مخلوق تک پہنچانے لگے جس کو اُس چیز کی ضرورت تھی۔ وہ اس کام میں اس قدر مصروف ہوگئے کہ اپنے آپ کو بھول گئے۔ اُنھیں بالکل خیال تک نہ آیا کہ وہ تھک گئے ہیں۔ اب انھیں آرام کی ضرورت ہے۔ وہ نہایت خوشی سے اپنے کام میں لگے رہے۔ کسی ایک پھول کے پاس ذرا سی دیر کے لیے بھی نہ ٹھہرے۔ لگا تار محنت کرتے رہے یہاں تک کہ شام ہوگئی۔ اُن کے لیے صرف یہی خوشی کافی تھی کہ وہ اچھا اور دنیا کے فائدے کے لیے کام کر رہے ہیں۔ جب رات آئی اور پھولوں نے اپنی پتیاں سمیٹ لیں تو پتنگے بھی درختوں کی پھیلی ہوئی پتیوں پر سو گئے۔ رفتہ رفتہ چاند بلند ہوتا گیا اور باغ پر اُس نے اپنی چاندنی پھیلا دی۔ یہ روشنی اتنی زیادہ تھی کہ پتنگوں کی آنکھیں چندھیانے لگیں اور وہ بھاگ اُٹھے۔ جب اُنھوں نے آنکھیں کھول کر اِدھر اُدھر دیکھا تو اُنھیں ایک سیاہ بھتنا نظر آیا جو اُن کی طرف ٹکٹکی باندھے اشاروں سے بلا رہا تھا۔ بھتنے کی بے چینی دیکھ کر ایک پتنگے کو اُس

پر ترس آیا اور اُس نے نیچے آکر بھتنے سے پوچھا، ''تم کیا چاہتے ہو اور ہمیں کیوں اشارے کر رہے ہو؟''

بھتنے نے آہستہ سے کہا، ''خاموش، خاموش، آؤ چاند کی روشنی میں پھولوں سے شہد چُرانے میں میری مدد کرو۔ مجھے اُس کی سخت ضرورت ہے۔ میں تمھیں اُس کی قیمت دوں گا۔''

وہ پتنگا بھتنے کے ساتھ ہولیا۔ رات کے وقت پھولوں کی پتیاں بند تھیں اس لیے شہد چُرانا مشکل کام تھا لیکن بھتنے نے وعدہ کیا کہ اس کام کے بدلے میں وہ اسے ایسی چیز انعام دے گا جس سے وہ رات کے اندھیرے میں اچھی طرح دیکھ سکے گا۔

اُس نے کہا ''میں پھدکنے کی طاقت بھی دوں گا اور دوڑنے کودنے کے کرتب بھی بتاؤں گا۔''

یہ پتنگا جب بھتنے کے لیے بہت سا شہد اکٹھا کر چکا تو بھتنے نے اُسے ایک چھوٹا سا قمقمہ عنایت کیا جسے حاصل کر کے وہ پتنگا پھوُلے نہ سماتا تھا۔ بہت رات گئے وہ تھکا تھکا اپنی جگہ پر واپس آیا۔ صبح اُس نے رات کا سارا حال اپنے ساتھیوں کو کہہ سنایا۔ یہ سن کر اُن میں سے اکثر نے امیر بننے کی خواہش میں اپنے آپ کو اُس بھتنے کا غلام بنا دیا۔ باقی سب اِسی طرح خوش خوش اپنے کام میں لگے رہے۔ وہ دن بھر پھولوں کے جھرمٹ میں اپنا کام کرتے اور رات کو آرام کرتے وقت اپنے پیر سمیٹ کر سو جاتے۔

دن گزرتے گئے۔ تمام پتنگوں نے انڈے دیے اور وہ انھیں سینکنے کے لیے زیادہ وقت گھونسلوں میں گزارنے لگے۔ اُس وقت ایک دلچسپ واقعہ پیش آیا کہ جب بچے پیدا ہوئے تو صرف چند ایک اپنے ماں باپ کی طرح سبزی مائل بھورے رنگ کے تھے اور دوسرے سب کا رنگ اُن سے بہت مختلف تھا۔ وہ جو نہایت سخت محنت سے دن بھر پھولوں میں اپنا وقت گزارتے تھے، ان کے بچے نہایت خوبصورت شہد کی مکھیاں اور حیرت انگیز

رنگ کی تتلیاں بن گئیں جن کے رنگ پھولوں سے بھی زیادہ دلکش تھے اور وہ جو لالچی اور خودغرض تھے اُن کے بچے جھینگر بنے، جن کے بازو شل تھے اور اُڑنے کی طاقت ان میں نہ تھی۔ وہ صرف چھلانگیں لگا سکتے تھے۔ چنانچہ آج تک وہ گھروں میں کپڑے کترتے ہیں اور انسانوں کو تکلیف پہنچاتے ہیں۔ کوئی اُنھیں اچھی نظر سے نہیں دیکھتا اور نہ اُنھیں پسند کرتا ہے۔ اُن میں سے کچھ خوبصورت پروانے بھی نظر آتے ہیں۔ اُن کے ماں باپ نے بھتنے کی شرارت سے بچنے کی کچھ کوشش کی تھی۔

تتلیاں آج بھی اپنے کام اور محنت سے خوش ہیں لیکن جھینگر تمھیں ہمیشہ رات کی تاریکی میں چیختے اور روتے ہوئے سنائی دیں گے۔ وہ اپنے کیے پر پشیمان ہیں اور چاہتے ہیں کہ دن کی روشنی میں وہ بھی کام کرسکیں لیکن اب وہ ایسا نہیں کر سکتے۔ تتلیاں اپنی تھوڑی سی زندگی کو ہنسی خوشی گزار دیتی ہیں۔ وہ اپنا وقت ضائع نہیں کرتیں اور یہی اُن کی کامیابی کا راز ہے۔"

سعید نے ٹھنڈی سانس لی اور بولا، "اچھی تتلی! تمھاری کہانی سن کر میں بڑا خوش ہوا ہوں۔ جاؤ تم اب اپنا کام کرو اور میں بھی تم سے وعدہ کرتا ہوں کہ آئندہ تمھاری طرح نیک اور محنتی لڑکا بنوں گا۔ خوب دل لگا کر سبق پڑھوں گا اور شرارتوں میں اپنا وقت نہ گنواؤں گا۔"

(دسمبر ۲۰۰۶ء)

خزانے کا راز

حافظ محمد شفیق

تین سائیکلیں آگے پیچھے نہر کے ساتھ ساتھ کچّے راستے پر دوڑ رہی تھیں۔ تینوں سائیکل سوار بہت گہرے دوست اور ہم جماعت تھے۔ سب سے آگے والی سائیکل پر سوار اَسد غور سے اِدھر اُدھر دیکھتا ہوا جا رہا تھا۔ اُس کے ہاتھ میں ایک پرانا کاغذ تھا، جس پر بہت سی آڑی ترچھی لکیریں کھینچی ہوئی تھیں اور نیچے کچھ ہدایات لکھی ہوئی تھیں۔ یہ کسی خزانے کے نقشے کا راز تھا۔

اَسد کے پیچھے والی سائیکلوں پر ذیشان اور فرحان سوار تھے۔ اَسد کو خزانے کا یہ نقشہ ایک پرانے کنویں کے پاس سے ملا تھا۔ اِس نے دونوں دوستوں کو وہ نقشہ دِکھایا تو دونوں نے اسے خزانہ ڈھونڈنے کا مشورہ دیا۔

آج وہ تینوں اپنے گھروں سے کرکٹ کھیلنے کی اجازت لے کر نکل آئے تھے۔ اب وہ نقشے کے مطابق راستے پر جا رہے تھے۔ نہر کے ساتھ ساتھ درختوں کی قطار میں مطلوبہ درخت جس کی نشانیاں نقشے میں بتائی گئی تھیں، اُنھیں تلاش کرنا تھا۔

اچانک اَسد اور ذیشان بیک وقت چلائے، ''وہ سامنے درخت ہے، جس کی ہمیں تلاش تھی۔'' فرحان نے اُن کی نگاہوں کا تعاقب کیا تو اُسے بھی وہ درخت ڈھونڈنے میں مشکل پیش نہ آئی۔ تینوں نے اپنی سائیکلیں اُس درخت کے پاس روک لیں اور نیچے اُتر آئے۔

اَسد نے نقشہ دیکھتے ہوئے کہا، ''واقعی یہی وہ درخت ہے۔ اِس کی ساری نشانیاں وہی ہیں۔''

فرحان نے پوچھا، ''اب ہمیں کیا کرنا ہے؟''

اَسد نے نقشے پر سے دوسری ہدایت پڑھتے ہوئے کہا، ''درخت کے تنے سے قریب زمین کھودنی ہے۔''

ذیشان اِس کی بات سنتے ہی ایک نوکیلے پتھر کی طرف لپکا اور پھر تھوڑی دیر کے بعد وہ اُس نوکیلے پتھر سے دو فٹ زمین کھود چکا تھا۔ پھر اُسے کُھدی ہوئی جگہ سے ایک چمڑے کی تھیلی ملی۔ اُس نے تھیلی اَسد کو دے دی۔ اَسد نے تھیلی کھولی تو اندر سے ایک تہہ کیا ہوا کاغذ نکلا۔

اُس کاغذ پر بھی پہلے کاغذ کی طرح نقشہ بنا ہوا تھا۔ اَسد نقشے پر دی گئی ہدایات پڑھنے میں مصروف ہو گیا۔ پھر چند لمحوں بعد اُس نے اِرد گِرد کے ماحول پر نظر ڈالی اور بولا، ''ہمیں شمال کی طرف سیاہ پہاڑی پر موجود ایک سُرخ ٹیلے کو تلاش کرنا ہے۔ اُس ٹیلے کے ایک طرف ایک سرنگ نظر آتی ہے، جو کسی غار کی طرح ہے۔ ہمیں اُس غار میں ایک سیاہ صندوق تلاش کرنا ہے جس میں ہمارا مطلوبہ خزانہ ہے۔ اگر وہ خزانہ ہمیں مل گیا تو سمجھو ہمارے وارے نیارے ہو جائیں گے۔''

تھوڑی دیر بعد وہ تینوں آگے روانہ ہو چکے تھے۔ اَسد نے پرانا نقشہ پھاڑ کر پھینک دیا تھا۔ اب اس کے ہاتھ میں نیا نقشہ موجود تھا۔ پہاڑی کے پاس پہنچ کر انھوں نے سائیکلوں کو ایک محفوظ مقام پر چھوڑا اور پہاڑی کی طرف بڑھنے لگے۔ تھوڑی ہی دیر بعد وہ پہاڑی کی چوٹی پر اپنی سانس بحال کر رہے تھے۔ پھر انھوں نے سُرخ ٹیلے کو تلاش کرنا شروع کر دیا جو تھوڑی ہی دیر میں نظر آ گیا۔ انھوں نے ٹیلے کے ایک طرف ایک سرنگ بھی ڈھونڈ لی جس میں ایک آدمی لیٹ کر اندر داخل ہو سکتا تھا۔ اَسد سب سے پہلے سُرنگ میں سے گزرا۔ اس کے پیچھے ذیشان اور فرحان تھے۔

اب وہ تینوں غار کے اندر موجود تھے۔ غار اندر سے کافی بڑا تھا اور اُس میں اندھیرا پھیلا ہوا تھا۔ وہ تینوں غار میں پھونک پھونک قدم رکھتے ہوئے آگے بڑھ رہے تھے۔ غار کافی لمبا تھا۔ آخر وہ غار کے آخری سِرے پر پہنچ گئے۔ یہاں اُنھوں نے تھوڑی سی کوشش کے بعد سیاہ صندوق ڈھونڈ نکالا جس میں اُن کی محنت کا پھل موجود تھا۔

صندوق دیکھ کر وہ تینوں اُس کی طرف لپکے، مگر یہ کیا؟ صندوق پر لگے ہوئے بڑے سے زنگ آلود تالے کو دیکھ کر وہ لوگ پریشان ہوگئے۔ اب وہ تالا توڑنے کی فکر کرنے لگے۔

ذیشان نے ایک بڑا سا ہتھوڑا ڈھونڈ نکالا اور اِس سے تالے پر ضربیں لگانی شروع کردی۔ چند ہی ضربوں میں تالا ٹوٹ گیا۔ اَسد نے جلدی سے صندوق کھولا اور اُس میں پڑا ہوا ریشمی کپڑا نکالا جس میں ایک کاغذ لپٹا ہوا تھا۔ تینوں نے حیرانی سے کاغذ دیکھا۔ اُس پر کچھ لکھا تھا۔ فرحان نے وہ پڑھنا شروع کیا، ''علم سب سے بڑی دولت ہے۔ علم سے بڑھ کر کوئی خزانہ نہیں۔ اگر تم اپنی ساری محنت اِس خزانے کو تلاش کرنے کے لیے لگا دو تو تمھیں کسی چیز کی طلب نہیں رہے گی۔''

فرحان خاموش ہوا تو ذیشان اور اَسد ایک ساتھ بول پڑے، ''واقعی ہم تو یہ بات بھول ہی گئے تھے۔''

اَسد نے کہا، ''اگر ہم اتنی محنت علم کے لیے کریں تو ہماری محنت کبھی رائیگاں نہیں جائے گی۔''

اب اُن تینوں کے قدم واپسی کے لیے اُٹھ رہے تھے۔ وہ حقیقت میں بہت خوش تھے کیوں کہ اُنھوں نے دنیا کے سب سے بڑے خزانے کا راز پا لیا تھا۔

(مارچ ۲۰۰۷ء)

جب لوگ جاگے ...

ڈاکٹر بانو سرتاج

دادی نے ہاتھ پیچھے کر کے دیکھا، سونو لیٹا ہوا تھا۔ انھوں نے پوچھا، ''سونو، نیند آ رہی ہے؟''

''نہیں دادی۔''

''کھیلتے کھیلتے تھک گئے ہو؟''

''نہیں دادی۔''

''تو پھر کیا بات ہے؟'' دادی نے کروٹ بدلی۔ دیکھا، سونو ایک ٹانگ موڑے، اس پر دوسری ٹانگ چڑھائے چھت کو گھور رہا ہے۔ دو تین دن سے یہی ہو رہا تھا۔ کھیلتے کھیلتے نہ جانے کیا ہوتا کہ سونو بھاگ کر دادی کے پاس آ کر شکایتوں کا دفتر کھول دیتا۔ دادی سمجھا بجھا کر اسے واپس بھیجتیں۔ انھوں نے پوچھا، ''کیا لڑائی ہوئی ہے؟''

''نہیں''

''مونو نے مارا ہے؟''

''نہیں''

''یہ نہیں نہیں کی کیا رٹ لگا رکھی ہے؟ کچھ بتاؤ گے بھی کہ کیا ہوا؟ ساتھ نہیں کھیلنے دے رہے وہ دونوں؟''

''نہیں۔ ساتھ تو کھِلا رہے ہیں ... مگر ... مگر ...'' بولتے بولتے سونو رُک گیا۔

اب دادی کا دھیان گیا۔ سونو شاید رویا تھا۔ پھولے پھولے سرخ گالوں پر آنسوؤں کی لکیریں بنی ہوئی تھیں۔ انھوں نے بڑے پیار سے اس کے گالوں کو چھو کر کہا، ''میرا پیارا بیٹا، مجھے بتاؤ کیا ہوا؟ میں ان دونوں کو بلا کر سمجھاؤں گی۔''

''دادی!'' سونو اُٹھ کر بیٹھ گیا۔ ''دونوں بھائی ہر بار ہم کو 'لوگ' بنا دیتے ہیں۔''

''ایں! کیا بنا دیتے ہیں؟''

''لوگ!''

''تو کیا تم لوگ ہاتھی، بھالو، شیر کا کھیل کھیلتے ہو؟''

''نہیں۔ آپ کو پہلے ہمارا کھیل سمجھانا پڑے گا۔'' سونو بڑے بوڑھوں کی طرح بولا۔ ''بھائی بولے، آج چور سپاہی کھیل کھیلیں گے۔ ماہی بھائی جان بنے سپاہی، مونو بھائی بنے چور۔ ہم سے بولے، تم 'لوگ' بنو اور چوری کی رپورٹ لکھاؤ تو سپاہی چور کو پکڑنے جائے گا۔''

''پھر؟'' ویسے اب دادی کی سمجھ میں آیا کہ 'لوگ' سے ان لوگوں کا مطلب عام آدمی یا شہری ہے۔

''پھر کیا! ہم نے 'لوگ' بن کر چوری کی رپورٹ لکھوائی۔ سپاہی بنے ماہی بھائی جان پھر بھاگے چور کے پیچھے۔ اوپر نیچے، باغ میں خوب دوڑے، ہم بیٹھے رہے۔''

''بس! اتنی سی بات؟'' دادی نے بات کو سنجیدگی سے نہیں لیا۔

''نہیں، اتنی سی بات نہیں۔ آگے بھی تو سنیے۔ دوسری مرتبہ مونو بھائی سپاہی بن کر بیٹھے۔ ہم سے بولے، ''سونو، تم جیسے کہ 'لوگ'۔ چلو آکر چوری کی رپورٹ لکھاؤ۔ ہم نے رپورٹ لکھوائی۔ چور سپاہی کا کھیل شروع ہو گیا۔ ہم اکیلے رہ گئے۔''

''اس وقت وہ دونوں کہاں ہیں؟'' دادی کو سونو پر بڑا رحم آیا۔

''ماہی بھائی جان بولے تھے، میں بہت زبردست چور ہوں۔ آسانی سے ہاتھ نہیں آؤں گا۔ انھوں نے تو ہاتھ میں کھلونا پستول بھی پکڑ رکھی ہے۔ سپاہی بنے مونو بھائی انھیں

اب تک پکڑ نہیں پائے ہوں گے ... مگر دادی ہم ہمیشہ 'لوگ' کیوں بنیں؟ ان دونوں سے چھوٹے ہیں، کیا اس لیے؟''

دادی نے اسے بے اختیار اپنے پاس کھینچ لیا اور پیار کرتی ہوئی بولیں، ''چھوٹے، تو تم ہو۔ بھولے بھی بہت ہو... تمھیں تھوڑی عقل لگانی ہوگی۔ تب کہیں ان سے جیتو گے!''

''وہ کیسے دادی؟'' سونو مجسم سوال بن گیا۔

دادی آہستہ آہستہ اسے سمجھانے لگیں۔ عین اسی وقت ماہی اور مونو ہانپتے کانپتے آکر دادی سے لپٹ گئے۔ مونو سانسوں کو قابو میں کرتے ہوئے بولا، ''ماہی بھائی جان بڑے زبردست چور بنے تھے دادی۔ مگر ہم نے انھیں پکڑ کر ہی دم لیا۔''

''شاباش!'' دادی نے اس کی پشت تھپتھپائی۔

''تم سونو، تم یہاں بیٹھے ہو۔ چلو کھیلنے۔ اس مرتبہ سپاہی بننے کی باری پھر میری ہے۔'' ماہی نے سونو کا ہاتھ پکڑ لیا۔

''سنو!'' دادی نے اسے روکتے ہوئے کہا۔ ''تم دونوں ہی ہر مرتبہ چور سپاہی بنتے ہو۔ کبھی سونو کو بھی موقع دو۔''

''یہ کیا سپاہی بنے گا؟'' مونو کھِلکھِلا کر بولا۔ ''سپاہی تو خوب طاقتور ہوتا ہے۔ اسے چور کو پکڑنا جو پڑتا ہے۔ یہ تو بہت چھوٹا ہے۔''

ماہی نے اس کا ساتھ دیا، ''اور چور بھی یہ بن نہیں سکتا۔ چور تو اِدھر کچھ چُراتا ہے اُدھر زوں ہو جاتا ہے۔ پھر اسے دیواریں پھاندنی پڑتی ہیں، چھت پر چڑھنا پڑتا ہے... لمبی چھلانگیں لگانی پڑتی ہیں۔''

''یہ تمھارا چھوٹا بھائی ہے۔ تمھیں اسے کھیل میں شامل کرنا چاہیے۔'' دادی نے سمجھایا۔

''تو اسے 'لوگ' بنا تو رہے ہیں۔ چلو سونو چلو۔'' مونو کھڑا ہو گیا۔

سونو نے دادی کی طرف دیکھا۔ انھوں نے اجازت دے دی۔ تینوں باہر بھاگ

گئے۔ کچھ ہی دیر بعد ماہی اور مونو دوڑتے ہوئے واپس آکر بولے ''دادی دیکھیے نا! سونو ہمارے ساتھ نہیں کھیل رہا ہے۔''

''کیوں نہیں کھیل رہا ہے؟'' دادی نے انجان بن کر پوچھا۔

''ہم نے رپورٹ لکھانے کو کہا تو کہتا ہے نہیں لکھاتے رپورٹ۔ ہمارے گھر چوری نہیں ہوئی۔''

''صحیح بات ہے۔ چوری نہیں ہوئی تو رپورٹ کیسے لکھائے گا وہ۔'' دادی نے سونو کی طرف داری کی۔

''یہ تو کھیل ہے دادی۔'' ماہی روہانسا ہوکر بولا۔ ''لوگ رپورٹ نہیں لکھائیں گے تو سپاہی چور کو پکڑنے کیسے جائے گا؟''

''یہی تو میں بھی کہہ رہی تھی کہ کھیل تو کھیل ہوتا ہے۔ بچے بھی چھوٹے بڑے ہوتے ہیں۔ طاقتور اور بڑے ہی کھیل کا لطف لیں، چھوٹوں کو ساتھ نہ لیں تو کھیل کیسا کھیل ہوا؟''

ماہی اور مونو ایک دوسرے کا منہ تکنے لگے۔

دادی نے کہا، ''تم اپنی مرضی سے ہر مرتبہ خود چور اور سپاہی بن جاتے ہو۔ سونو تمھاری مرضی سے 'لوگ' بن بھی جائے تو رپورٹ لکھانا نہ لکھانا اس کی مرضی ہوئی۔ 'لوگ' کبھی نہ کبھی تو جاگیں گے۔ ایسا سمجھو سونو جاگ گیا ہے۔''

دادی نے تینوں بچوں کو نزدیک بٹھا کر بہت سمجھایا۔ مل کر رہنے، کھیلنے کے فوائد بتائے۔

کچھ ہی دیر بعد سب نے دیکھا ... تینوں مل کر کھیل رہے تھے۔ ان کی آوازوں سے پورا گھر گونج رہا تھا۔

(فروری ۲۰۰۹ء)

جھوٹا کہیں کا

حکایات شیخ سعدیؒ

شاہی دربار میں بادشاہ تخت پر بیٹھا فریادیوں کی فریاد سن رہا تھا اور اُن کی داد رسی کے لیے احکامات دے رہا تھا۔ اِتنے میں ایک آدمی دربار میں داخل ہوا۔ اُس نے پارساؤں اور پرہیز گاروں والا حلیہ بنا رکھا تھا۔ وہ بادشاہ کی خدمت میں پیش ہوا، ''عالی جاہ! میں ایک غریب سیّد ہوں۔ حضرت علیؓ کی اولاد سے ہوں۔'' اُس پارسا نے بادشاہ کو بتایا۔ پھر اُس نے بادشاہ کی تعریف میں ایک قصیدہ پڑھا اور بولا، ''یہ قصیدہ حضور کی شان میں مَیں نے لکھا ہے۔'' بادشاہ بہت خوش ہوا۔ اُس نے پارسا کی بڑی عزّت کی۔ اُسے بہت سارے مال و زر اور خلعت سے نوازا اور اپنے مصاحبوں کے ساتھ بٹھا کر اُس کی عزّت بڑھائی۔

اِسی وقت بادشاہ کا ایک مقرب دربار میں آیا تھا۔ وہ سمندری سفر سے لوٹا تھا۔ اُس نے پارسا کو دیکھا تو پہچان لیا۔ ''عالی جاہ! یہ شخص جو پارسا بنا ہوا ہے، اوّل درجے کا جھوٹا اور مکّار آدمی ہے۔ اس کی بات کا ہرگز اعتبار نہ کیا جائے۔'' مقرب نے بادشاہ سے کہا۔

''کیوں!'' بادشاہ حیران ہو کر پوچھا، ''یہ تو سیّد اور اولادِ علیؓ ہے۔''

''حضوٗر! یہ بہت ہی جھوٹا اور فریبی ہے۔ یہ پارسا نہیں بہروُپیا ہے۔ خود کو سیّد کہتا ہے حالانکہ یہ تو مسلمان بھی نہیں۔ یہ ملاطبہ کا رہنے والا عیسائی ہے۔ اس نے ابھی ابھی آپ کی شان میں جو قصیدہ پڑھا ہے وہ بھی اس کا اپنا نہیں بلکہ مشہور شاعر نوریؔ کا کہا ہوا ہے۔'' مقرب نے بتایا۔

بادشاہ کو حقیقت معلوم ہوئی تو اُسے جھوٹے پارسا پر بے حد غصہ آیا جس نے عیسائی ہوکر خود کو سیّد بتایا تھا۔ بادشاہ نے اس کے فریب پر غضبناک ہوکر کہا، ''اس بدکار سے سارے انعامات واپس لیے جائیں اور اس کا منہ کالا کر کے شہر سے نکال دیا جائے۔''

بہروپیا بہت خوفزدہ ہوا۔ پھر اس سے پہلے کہ بادشاہ کے حکم کی تعمیل کی جاتی، وہ ہاتھ باندھ کر بادشاہ سے کہنے لگا، ''عالی جاہ! میں یہ مان لیتا ہوں کہ میں نے جو کچھ کہا وہ جھوٹ تھا لیکن اب میں ایک ایسا سچ بولنا چاہتا ہوں جو واقعی سچ ہوگا اور اس میں ایک حرف بھی جھوٹ نہ ہوگا۔ اس لیے مجھے یہ سچ بولنے کی اجازت دی جائے کیونکہ اس سچ سے بڑھ کر اور کوئی سچ نہیں ہوگا۔ اگر یہ سچ نہ ہوا تو حضور جو بھی سزا دیں گے میں اس کا مستحق ہوں گا۔''

اُس آدمی کی بات پر دربار میں سناٹا چھا گیا۔ ہر آدمی سوچنے لگا کہ وہ کون سا سچ کہنا چاہتا ہے۔ بادشاہ نے اس آدمی کی بات مان لی۔ ''ٹھیک ہے۔ کہو کیا کہنا چاہتے ہو؟''

وہ کہنے لگا، ''اے بادشاہ! جھوٹ کو پسند کرنے والا سب سے بڑا جھوٹا ہے۔ غریب تو انعام کے لالچ میں مجبور ہوتا ہے کہ بادشاہ کی تعریف کرے اور اگر اس میں ایک خوبی بھی ہو تب بھی دو چار خوبیاں بیان کرے کہ بادشاہ خوش ہو جائے۔ چنانچہ میں نے جو قصیدہ سنایا ہے وہ میرا تھا اور نہ تمھاری شان میں شاعر نے لکھا تھا لیکن میں جھوٹ بولا کہ میں نے تمھاری شان میں قصیدہ لکھا ہے۔ تم نے اس جھوٹ کو پسند کیا اور مجھے انعام سے نوازا۔ کیا یہ سچ نہیں ہے؟''

اس کی بات سن کر بادشاہ ہنس پڑا۔ پھر بولا، ''او بہروپیے! واقعی اس سے بڑا سچ تو نے اپنی ساری عمر میں نہ بولا ہوگا۔'' پھر بادشاہ نے حکم دیا کہ اس آدمی سے انعامات نہ چھینے جائیں اور اسے آزاد چھوڑ دیا جائے۔

سبق: وہ بادشاہ خود بھی جھوٹ بولتا تھا اور اپنی تعریف کو پسند کرتا تھا۔ اس لیے اسے نقلی پارسا کی بات سن کر احساس ہوا تھا کہ پارسا نے اب سچّی بات کہی تھی کہ جھوٹ کو پسند کرنے والا سب سے بڑا جھوٹا ہوتا ہے۔

(مارچ ۲۰۰۹ء)

مہنگی کھیر

مرزا ادیب

شبنم نے دوسری بار اپنے سارے کمرے کی تلاشی لی۔ ایک ایک الماری کو کھولا۔ اُس کی تمام چیزوں کو باہر نکال نکال کر دیکھا۔ میز کی ایک ایک دراز کو خوب اچھی طرح دیکھا اور جس جس جگہ اس کو شک ہوسکتا تھا کہ وہاں اُس نے ڈیٹ شیٹ (ٹائم ٹیبل) رکھی ہوگی، وہاں بھی اُس نے نظریں ڈالیں مگر ہر جگہ اُس کو مایوسی ہوئی۔ نہ جانے وہ اُسے کہاں رکھ کر بھول گئی۔

اس کے بھائی ناصر نے اُسے پریشانی کے عالم میں دیکھ کر کہا، ''باجی، آخر ہوا کیا ہے؟''

''کیا کروں ناصر! وہ کمبخت ڈیٹ شیٹ ملتی نہیں ہے۔''

''میں ڈھونڈوں باجی؟''

''کیا ڈھونڈو گے۔ میں ہر ایک جگہ ڈھونڈ چکی ہوں۔''

شبنم تھک کر کرسی میں گر پڑی۔

''ڈیٹ شیٹ بہت ضروری ہے کیا؟''

''ضروری کیوں نہیں، بغیر اس کے کیسے پتا چلے گا کہ کس دن کس چیز کا پرچہ ہے۔''

''اور کیا۔ ہاں سنو! عاصمہ کا گھر تو بہت دور ہے۔ نزہت کا مکان زیادہ دور نہیں۔ کیا تم...'' ناصر سمجھ گیا شبنم کیا کہنا چاہتی ہے۔

جلدی سے بولا، ''باجی! آج تو میں اس قدر تھک گیا ہوں کہ اسکول بھی نہیں جا سکا، کل لا دوں گا۔''

''کل تک کیسے انتظار کر سکتی ہوں؟ کل پرچہ ہے۔''

''مجبوری ہے باجی۔'' ناصر کمرے سے باہر نکلنے لگا۔

''دیکھو۔''

ناصر جاتے جاتے رک گیا۔ ''جی، فرمائیے باجی؟''

''تمھیں کھیر بہت پسند ہے؟''

''سچ۔ بہت پسند ہے!''

''تو بس فیصلہ ہو گیا۔''

ناصر سوچنے لگا، ''باجی! ایک مرتبہ آپ نے پہلے بھی مجھ سے کام کروایا تھا۔ کھیر پکانے کا وعدہ بھی کیا تھا مگر پکائی نہیں تھی۔''

''اب کے ایسا نہیں ہوگا۔ پکا وعدہ کرتی ہوں۔ نزہت ڈیٹ شیٹ کی فوراً نقل کر کے دے دے گی۔ شاباش! میرے اچھے لاڈلے بھائی!''

ناصر لالچ میں آ گیا اور گھر سے نکل کر کھڑا ہوا۔

موسم خوش گوار تھا۔ اُس نے بس کا انتظار نہ کیا اور پیدل ہی چل پڑا۔ شام ہونے میں کچھ ہی دیر باقی تھی کہ نزہت کے گھر پہنچ گیا۔ وہاں زبردست ہنگامہ تھا۔ معلوم ہوا کہ نزہت کے چھوٹے بھائی کی سالگرہ کی تقریب بڑی دھوم دھام سے منائی جا رہی ہے اور آفتاب نے اپنے سارے دوستوں کو بلا رکھا ہے۔ آفتاب نے جو ناصر کو دیکھا تو اُسے فوراً بلا لیا۔

''معاف کرنا میرے دوست۔ میں تمھیں بلانا بھول گیا تھا۔ اب فنکشن ہونے کے بعد ہی جانا۔ اس سے پہلے ہرگز نہیں۔''

ناصر نے بار بار اپنی مجبوری کا اظہار کیا مگر آفتاب اور سب دوستوں نے اُسے

جانے نہ دیا۔ رات کے آٹھ بجے تک جب سب چلے گئے تو ناصر نے نزہت سے کہا، ”باجی کی ڈیٹ شیٹ گُم ہوگئی ہے۔ آپ اپنی ڈیٹ شیٹ سے نقل کر دیں۔“

نزہت کہنے لگی، ”اوہو... میں تو اس سال امتحان نہیں دے رہی ہوں۔ رفعت کے گھر جا کر لے لو۔“

”مگر میں تو کبھی رفعت کے گھر گیا ہی نہیں۔ پتا نہیں اُن کا مکان کہاں ہے۔“

نزہت اُسے رفعت کے گھر کا پتا بتانے لگی، ”بڑی آسانی سے پہنچ جاؤ گے۔ حافظ احمد بخش بڑے مشہور آدمی ہیں۔ ان کا نام کسی سے بھی پوچھ لینا۔ اُن کے بالکل سامنے رفعت کا گھر ہے۔ میں رقعہ لکھ دیتی ہوں۔“ اور نزہت نے رقعہ لکھ کر ناصر کے حوالے کر دیا۔ نزہت نے تو کہا تھا کہ حافظ احمد بخش مشہور آدمی ہیں مگر جس شخص سے بھی حافظ احمد بخش کا نام معلوم کیا اُس نے نفی میں سر ہلا دیا۔ آخر ایک شخص ایسا مل گیا جسے حافظ احمد بخش کا علم تھا اور اُس نے حافظ احمد بخش کا پتا بتا دیا۔

نزہت نے بتایا تھا کہ حافظ صاحب کے مکان کے سامنے رفعت کا گھر ہے۔ آخر گھر مل گیا۔

ناصر نے کال بیل بجائی۔ رفعت کا بھائی دروازے پر آیا۔ ناصر نے رقعہ اُس کے حوالے کر دیا۔

”اچھا ٹھیک ہے۔ رفعت آپا خالہ جان کے گھر گئی ہیں۔ بس آنے ہی والی ہیں۔ آپ اندر بیٹھ کر انتظار کر لیں۔“

ناصر اُن کے ڈرائنگ روم میں بیٹھ گیا۔ تھوڑی دیر بعد چائے آ گئی۔ کافی دیر ہوگئی، رفعت نہ آئی۔ وہ جب بھی اُس کے بھائی سے کہتا ہے کہ رفعت باجی کب آئیں گی تو وہ جواب دیتا کہ بس آنے ہی والی ہیں۔ پندرہ بیس منٹ گزر گئے۔ اللہ اللہ کر کے وہ آ گئیں۔ کئی منٹ میں انھوں نے ڈیٹ شیٹ نقل کی اور ناصر اُسے لے کر اُٹھ کھڑا ہوا۔

”آپ چند منٹ اور ٹھہر جائیں تو میں آپ کو موٹر سائیکل پر چھوڑ آؤں گا۔“

"مہربانی!" ناصر خوش ہو گیا۔

"میرا ایک دوست موٹر سائیکل لے گیا ہے۔ بس لاتا ہی ہو گا۔"

پہلے رفعت صاحبہ کا انتظار کیا۔ اب موٹر سائیکل کا انتظار کرو۔ ناصر نے دل میں کہا اور صوفے پر بیٹھ گیا۔

"پتا نہیں اب تک کیوں نہیں آئے۔ اُسے اب تک آ جانا چاہیے تھا۔" ناصر کے بار بار پوچھنے پر رفعت کا بھائی یہی جواب دیتا۔

"اب تو بڑی دیر ہو گئی۔ شکریہ آپ کا، مجھے جانے کی اجازت دے دیں۔"

رفعت اور اُس کے بھائی نے ہر چند روکا مگر وہ گھر سے باہر آ گیا۔ اُسے توقع تھی کہ تھوڑی دور چل کر اُسے رکشا مل جائے گا۔ اُس نے بہت دعا کی کہ اللہ کرے رکشا مل جائے مگر رکشا نہ مل سکا۔

وہ ایک جگہ کھڑا رہا کہ رکشا جو سواری لے کر گیا ہے وہ واپس آئے گا تو اُس میں بیٹھ جائے گا۔ رکشا واپس آیا ضرور مگر وہ خالی نہ تھا۔ اب اس کے سوا کوئی چارہ نہ تھا کہ وہ پیدل ہی سفر کرے۔ تھکان سے اُس کا برا حال تھا اور جب وہ گھر پہنچا تو گھر والے اُس کے لیے بے حد پریشان تھے۔

"رکشا نہیں ملا تھا!" اُس نے جلدی جلدی جواب دیا اور اپنے کمرے میں چلا گیا۔

شبنم وہیں بیٹھی اُس کا انتظار کر رہی تھی۔

"باجی! آپ کی کھیر بہت مہنگی پڑی ہے۔"

شبنم کچھ کہنے ہی والی تھی کہ ابا جی اندر آ گئے۔ "ناصر بیٹا، لالچ کی کھیر بہت مہنگی پڑتی ہے۔ اُمید ہے یہ بات تم کبھی نہیں بھولو گے۔"

یہ سن کر ناصر اور شبنم نے شرمندگی سے اپنے سر جھکا لیے۔

(مئی 2009ء)

تین بھائی

دیپک کنول

بچو! کشمیر کے ایک گاؤں میں تین بھائی رہا کرتے تھے۔ دو کی آپس میں خوب چھنتی تھی جب کہ چھوٹا بھائی بڑے اور منجھلے کو ایک آنکھ نہ بھاتا تھا۔ چھوٹا جتنا سیدھا اور ذہین تھا، بڑا اور منجھلا اتنا ہی چالاک، لالچی اور خود غرض تھے۔ تینوں شادی شدہ تھے۔ وہ جیسے خود تھے ایسے ہی ان کی بیویاں بھی تھیں۔ دونوں بھائیوں نے بٹوارے کے نام پر چھوٹے کے ساتھ بڑی ناانصافی اور سراسر بے ایمانی کی تھی۔ اپنے حصّے میں انھوں نے زرخیز کھیت، اچھے خاصے مکان اور دودھیلی بھینسیں رکھیں جب کہ چھوٹے کے حصے میں ایک بنجر زمین کا ٹکڑا، ایک جھونپڑی اور ایک لنگڑی بھینس آئی۔ چھوٹا اس ناانصافی پر رونے دھونے کے سوا کچھ نہ کر سکا کیونکہ وہ دونوں دبنگ تھے جب کہ چھوٹا جسمانی طور سے بڑا کمزور تھا۔ وہ ان سے ٹکّر نہیں لے سکتا تھا اس لیے وہ اس بے ایمانی پر بس خون کے گھونٹ پی کر رہ گیا مگر اس نے دل ہی دل میں یہ ٹھان لیا کہ وہ ان دونوں کو سبق ضرور سکھائے گا۔

وہ رات کو اپنی لنگڑی بھینس کو ان کے کھیتوں میں گھاس چَرنے کے لیے ڈال دیا کرتا تھا۔ صبح جب دونوں بھائی کھیت کی حالت دیکھتے تو اپنا سر پیٹ کر رہ جاتے تھے۔ انھوں نے اِدھر اُدھر کافی پوچھ تاچھ کی مگر انھیں چور کے بارے میں کچھ پتا نہ چلا۔ کافی سوچ بچار کے بعد انھیں ایک ترکیب سوجھی۔ انھوں نے ایک دن کھیت کی منڈیر پر آگ جلا کر رکھی اور ساتھ ہی ایک کٹوری میں کھیر بنا کر رکھی۔ چھوٹا جب رات کو اپنی بھینس لے کر پہنچا تو وہ کھیر دیکھ کر بڑا خوش ہوا۔ اس نے جھٹ سے کھیر چٹ کر لی۔ وہ یہ نہیں جانتا تھا کہ کھیر

میں دونوں بھائیوں نے ایسی جڑی بوٹی ملا کر رکھ دی تھی جسے کھاتے ہی نیند آ جاتی تھی۔ جوں ہی چھوٹے نے کھیر کھائی اسے زور کی نیند آ گئی۔ جب اس کی آنکھ کھلی تو دن کب کا چڑھ آیا تھا۔ دونوں بھائیوں کو چور کا پتا مل چکا تھا۔ انھوں نے اس رات چھوٹے کی بھینس کو مار ڈالا۔

بھینس کی موت پر چھوٹا بڑا رویا دھویا، خوب واویلا کیا۔ بیوی نے سمجھایا کہ اب رونے دھونے سے کچھ فائدہ نہیں۔ اس نے چھوٹے کو بھینس کا چمڑا دے کر شہر روانہ کر دیا۔ چھوٹا بھاری من سے شہر کی جانب چل پڑا۔ راستہ جنگل سے ہوکر گزرتا تھا۔ چلتے چلتے راستے میں ہی شام ہوگئی۔ وہ جنگلی جانور کے ڈر سے ایک پیڑ پر چڑھ کے بیٹھ گیا اور بھینس کے چمڑے کو ٹہنیوں کے ساتھ ایسا باندھ لیا کہ وہ رات کو بستر کا کام دے۔ بہت دیر تک اسے نیند نہیں آئی۔ وہ بس اپنے ہی بارے میں سوچ رہا تھا کہ اچانک اسے قدموں کی چاپ سنائی دی۔ اس کے کان کھڑے ہو گئے۔ چاندنی کی روشنی میں اس نے دیکھا کہ تین چور کافی مال و اسباب لے کر اسی طرف آ رہے ہیں۔ چھوٹا سانس روکے بیٹھا رہا۔ چوروں نے وہ سارا مال اسی پیڑ کے نیچے دفن کیا جس پر چھوٹا بیٹھا تھا۔ چور اس کام سے فارغ ہوکر ٹانگیں پھیلا کر سو گئے۔ ان میں سے ایک چور کو آنکھیں کھلی رکھ کر سونے کی عادت تھی۔ چھوٹے کو لگا کہ وہ اسے ہی تک رہا ہے۔ وہ گھبرا گیا۔ اس گھبراہٹ میں پیڑ کی ڈال ٹوٹ گئی اور وہ دو چوروں کے اوپر گرا۔ وہ سمجھے کہ ان پر ایک ناگہانی بَلا گِری ہے۔

دو کا وہیں دم نکل گیا۔ تیسرا بھاگنے لگا کہ ڈال پر رکھا چمڑا اس پر گرا اور وہ دہشت سے مر گیا۔ چھوٹا اُٹھا، اِدھر اُدھر دیکھ کر تسلی کر لی اور پھر سارا خزانہ چمڑے کی کھال میں بھر کر گھر کی طرف روانہ ہو گیا۔ وہ جب صبح صبح گھر پہنچا تو اس کی بیوی پہلے اسے اتنی صبح دیکھ کر بھونچکی رہ گئی لیکن جب چھوٹے نے اشرفیاں اور زیور اپنی بیوی کے سامنے گرائے تو اس کی بیوی بہت خوش ہوئی۔ چھوٹے نے اسے ترازو لانے منجھلے کے یہاں بھیج دیا۔ منجھلے نے ترازو تو دے دیا مگر من میں ایک کرید سی لگی۔ سوچا کہ دیکھ تو آؤں کہ آخر چھوٹا کیا تولنے جا رہا ہے۔ وہ دبے پاؤں چھوٹے کے گھر پہنچا اور چوری چھپے اندر جھانکنے لگا۔ اس نے جب

چھوٹے کو اشرفیاں تولتے دیکھا تو اس کی آنکھیں پھٹی کی پھٹی رہ گئیں۔ اس نے جا کر بڑے کو خبر دی۔ چھوٹے کا مقصد بھی یہی تھا۔

رات کو دونوں بھائی چھوٹے سے ملنے آئے اور اس سے دولت مند بننے کا راز جاننا چاہا۔ چھوٹے نے بھائیوں کو دیکھ کر اس بات پر بہت افسوس کیا کہ اس کے پاس ایک ہی بھینس کیوں تھی۔ آج اس کے پاس دو چار اور ہوتیں تو وہ اور بھی زیادہ مالا مال ہو گیا ہوتا۔ شہر میں بھینس کے چمڑے کی اتنی مانگ ہے کہ چمڑا سونے کے مول بک جاتا ہے۔ چھوٹے کا اتنا ہی کہنا تھا کہ دونوں وہاں سے اُٹھے اور سیدھا گھر کی طرف بھاگے۔ گھر پہنچ کر انھوں نے اپنی ساری بھینسیں مار ڈالیں اور اگلی صبح ان کا چمڑا لے کر شہر کی طرف روانہ ہو گئے۔ وہ بڑے خوش تھے اور من ہی من دولت مند بننے کے خواب دیکھ رہے تھے۔

شہر پہنچ کر ان کے سارے خواب چکنا چور ہو گئے۔ جب انھوں نے بھینس کی کھال کے عوض سونا مانگا تو لوگوں نے ان کو پاگل سمجھ کر ان کی خوب پٹائی کی۔ ایسی درگت بنی کہ غیر تو غیر اپنے بھی پہچاننے میں دھوکا کھا گئے۔ وہ چھوٹے کی چالاکی کو سمجھ گئے تھے اور اس کے خون کے پیاسے ہو گئے تھے۔ چھوٹے کو پہلے ہی اندازہ تھا کہ اس کے بھائی اس سے بدلہ لینے ضرور آئیں گے۔ اس لیے اس نے پہلے سے ہی بہت سارا مال کہیں اور چھپا کے رکھا تھا۔

رات کو دونوں بھائیوں نے اس کے گھر آگ لگا دی۔ چھوٹے نے صبح ہوتے ہی جلے ہوئے گھر کی راکھ ایک بوری میں بھر دی اور اس راکھ میں کچھ اشرفیاں ملا دیں اور اس بورے کو گھوڑے پر لاد کر شہر کے لیے روانہ ہو گیا۔

راستے میں اسے ایک بڑھیا ملی جو چل نہیں پا رہی تھی۔ اس نے چھوٹے کو روک کر کہا کہ وہ اسے بھی گھوڑے پر بٹھا لے۔ چھوٹے نے بڑھیا کو سمجھایا کہ وہ اسے ساتھ میں نہیں بٹھا سکتا کیوں کہ اس کے پاس بوری میں اشرفیاں بھری ہیں۔ اگر وہ ساتھ میں بیٹھ گئی تو کہیں ایسا نہ ہو کہ اس کی اشرفیاں کوئلے میں بدل جائیں۔ بڑھیا نے اس سے وعدہ کیا کہ اگر ایسا ہوا تو وہ اسے اس سے زیادہ اشرفیاں دے گی۔ چھوٹے نے اسے اپنے ساتھ

گھوڑے پر بٹھا لیا۔ وہ جب اسے لے کر اس کے گھر تک پہنچا تو چھوٹے نے اسے گھوڑے سے اُتار کر ساتھ میں بوری بھی گرادی۔ بوری نیچے آ کر کھل گئی تو اس میں سے کوئلے اور راکھ باہر آ گئے اور ساتھ میں چند اشرفیاں۔ چھوٹا زور زور سے رونے لگا اور ساتھ ہی بڑھیا کو کوسنے لگا کہ اس کی وجہ سے اشرفیاں کوئلے میں بدل گئیں۔ بڑھیا نے اسے چپ کرایا اور اسے اندر لے جا کر ایک بوری اشرفیاں بھر کر دے دیں۔ چھوٹا خوشی خوشی گھر لوٹا۔

بھائیوں کو جب پتا چلا کہ چھوٹے کو جلے مکان کے کوئلوں کے عوض اشرفیاں ملیں تو انھوں نے بھی رات میں اپنے گھر پھونک ڈالے اور صبح کوئلے لے کر شہر کی طرف روانہ ہوئے۔ شہر پہنچ کر پھر وہ لوگوں کے ہاتھوں پٹے اور انھیں خالی ہاتھ گھر لوٹنا پڑا۔

ان کا خون کھول رہا تھا۔ چھوٹے نے انھیں دوبارہ بے وقوف بنایا تھا۔ اس کے بہکانے پر انھوں نے اپنی بھینسیں مار ڈالی تھیں، اب کے اپنے گھر پھونک دیے تھے۔ انھوں نے چھوٹے کا قصہ تمام کرنے کا فیصلہ کیا۔

انھوں نے رات کو گھر جاتے ہوئے اسے ایک جگہ پکڑ لیا اور اس کو ایک بوری میں بند کر کے گاؤں سے باہر لے گئے۔ وہ اسے کسی دریا میں پھینک کر مار ڈالنا چاہتے تھے۔ وہ چلتے رہے۔ چلتے چلتے صبح ہوگئی۔ ان کو بھوک ستانے لگی۔ وہ کچھ کھانے پینے کے واسطے پاس کے ایک گاؤں میں چلے گئے اور بوری گاؤں کے باہر رکھ دی۔ اسی دوران وہاں سے ایک گوالا بھینس لے کر گزرا۔ اس نے جب بوری میں حرکت ہوتے دیکھی تو وہ پاس گیا اور بوری کی رسّی کھول دی۔ چھوٹا باہر آ گیا۔ اس نے گوالے سے یہ بہانہ بنایا کہ اس کے بھائی زبردستی اس کی شادی کرا دینا چاہتے ہیں۔ ابھی وہ پاس میں ہی چائے پینے گئے ہیں۔ وہ جب واپس آئیں گے تو اسے شادی کرانے لے جائیں گے۔ گوالا چھوٹے کے چکر میں آ گیا۔ وہ اسے بچانے کی خاطر خود بوری میں جا کر بیٹھ گیا۔ دونوں بھائی آ گئے۔ بوری کو اُٹھا کر دریا میں پھینک دیا اور چین کی سانس لے کر گھر لوٹے۔

وہ گھر پہنچے تو انھوں نے کیا دیکھا کہ چھوٹا درجنوں بھینسیں لے کر گھر کی طرف چلا

آرہا ہے۔ وہ اسے دیکھ کر حیران وششدر رہ گئے۔ انھوں نے اس سے پوچھا کہ اسے تو انھوں نے دریا میں ڈبو دیا تھا، وہ زندہ بچ کر کیسے آگیا؟ چھوٹے نے جواب دیا کہ جس جگہ انھوں نے اسے ڈبونے کی کوشش کی تھی وہاں پر کوئی ملنگ بیٹھا ہوا تھا جس کے پاس بے شمار بھینسیں تھیں۔ وہ ہر ڈوبنے والے کو درجنوں بھینسیں تحفے میں دیتا تھا۔ اسے افسوس ہے کہ وہ اکیلے کیوں ڈوبا۔ ساتھ میں کسی اور کو لے کے ڈوبا ہوتا تو اس سے دُگنی بھینسیں لے کر لوٹتا۔ دونوں بھائیوں کے من میں پھر لالچ جاگا۔ وہ اپنی بیویوں کو لے کر وہاں پہنچے جہاں چھوٹے کے کہنے کے مطابق بھینسیں بٹ رہی تھیں۔ وہ اس بار چھوٹے کو ساتھ لے گئے تا کہ وہ پھر کوئی چالاکی نہ کر سکے۔

چھوٹے نے اس جگہ کی نشاندہی کی جہاں پر اسے بھینسیں ملی تھیں۔ سب سے پہلے دونوں بھائیوں نے اپنی بیویوں کو دریا میں چھلانگ لگانے کے لیے کہا۔ بیویاں بھی شوہروں کی طرح لالچی تھیں۔ وہ بھینسیں پانے کی لالچ میں جھٹ سے پانی میں کود گئیں۔ پانی کی تیز لہریں انھیں بہا کر لے گئیں۔ جب وہ ڈوبنے لگیں تو انھوں نے ہاتھ ہلا ہلا کر اپنے شوہروں کو بچانے کے لیے آواز لگائی۔ وہ دونوں سمجھے کہ وہ انھیں بلا رہی ہیں۔ وہ بھی پانی میں کود گئے۔

چاروں پانی میں ڈوب کر مر گئے۔ ان کے چلے جانے کے بعد چھوٹا اپنی بیوی بچوں کے ساتھ ایک خوشحال اور پُرسکون زندگی گزارنے لگا اور اس کا بُرا چاہنے والے اپنے انجام کو پہنچ گئے۔ اسی لیے کہتے ہیں جو کسی کے لیے کنواں کھودتا ہے اس کے لیے کھائی پہلے سے تیار رہتی ہے۔

(جنوری ۲۰۱۱ء)

اسٹونیائی لوک کہانی

صبح سے شام تک

محمد سراج عظیم

ایک بار ایک مسافر نے ایک امیر عورت کے دروازے پر دستک دی اور پوچھا، ''کیا آپ مجھے اپنے گھر میں رات گزارنے کی اجازت دیں گی، نیک خاتون؟''

''چلو بھاگو یہاں سے منحوس آدمی! نہیں تو میں تمھارے اوپر اپنا کتا چھوڑ دوں گی۔'' بدمزاج عورت بوڑھے مسافر پر بہت زور سے چیخی لیکن اس عورت کے پڑوس کے گھر کی ایک غریب عورت اور اس کے بچوں نے بوڑھے مسافر کو بغیر دُھتکارے اپنے گھر میں بہت محبت کے ساتھ اندر بلا لیا۔ ان لوگوں کا گھر بہت بوسیدہ تھا اور اس کی ایک دیوار ایک طرف جھکی ہوئی تھی۔ اس چھوٹے سے گھر میں کئی بچے میلے کُچیلے کپڑوں میں بھرے ہوئے شور مچا رہے تھے۔ ''اندر آیئے اور رات کا کھانا ہمارے ساتھ کھایئے۔'' اس غریب عورت نے بوڑھے کو اندر بلاتے ہوئے بہت ادب سے کہا، ''حالانکہ میرے پاس کھانے کے لیے کچھ خاص نہیں ہے کیوں کہ اپنے بچوں کی گزر بسر مجھے تنہا کرنا پڑتا ہے، بہر حال جو بھی ہے حاضر خدمت ہے۔'' عورت نے بہت رنجیدہ آواز میں کہا۔

مسافر نے اپنے جھولے میں سے جو کچھ اس کے پاس کھانے کو تھا نکالا اور بچوں کو دے دیا۔ بچے بہت خوش ہوئے۔ بوڑھا مسافر خود یہ کہتے ہوئے سونے کے لیے چلا گیا کہ اسے بھوک نہیں ہے۔ صبح میں بوڑھے نے اس عورت کا شکریہ ادا کیا کہ اس نے اسے

اپنے گھر میں رات گزارنے دی۔ جاتے جاتے اس نے عورت سے کہا، ''او پیاری خاتون! تم صبح ہوتے ہی سب سے پہلے جو بھی کام کرنا شروع کروگی وہ شام تک کرتی رہوگی۔''

جب بوڑھا چلا گیا تو اس نے سوچا کہ وہ اپنے چھوٹے بیٹے کی شرٹ بنائے گی۔ یہ سوچ کر اس نے ایک کپڑا لیا اور اپنے پڑوس کی امیر عورت سے ناپنے کے لیے گز مانگ کر لائی اور اس سے کپڑے کو ناپنا شروع کیا۔ اس کی حیرت کی انتہا نہیں تھی جب اس نے دیکھا کہ وہ کپڑا ناپ رہی ہے اور کپڑا بڑھتا جا رہا ہے۔ وہ کپڑا ناپتی رہی اور کپڑا بڑھتا رہا۔

سورج کے ڈوبنے تک وہ کپڑا ناپتی رہی۔ شام تک اس کے گھر میں اتنا کپڑا ہو گیا تھا کہ اب اس کے خاندان کے لیے زندگی بھر کپڑوں کی ضرورت نہیں تھی۔ اس کی سمجھ میں اب آیا کہ بوڑھے آدمی نے جو کہا تھا اس کا کیا مقصد تھا۔ وہ اپنی پڑوسن کو ناپ کا گز واپس کرنے گئی اور اس کو اس حیرت انگیز واقعہ کے بارے میں بتایا۔ امیر پڑوسن کے تیور ایک دم چڑھ گئے۔ اس کو حسد ہونے لگا۔ اس نے اپنے کھیت میں کام کرنے والے نوکر کو بلایا اور اس سے گھوڑے کی بگھی منگوائی اور تقریباً چیختی ہوئی بولی، ''جاؤ جلدی کرو اور اس بُڈّھے کو ڈھونڈ کر یہاں لاؤ۔''

اگلے دن نوکر اس بوڑھے کو ڈھونڈ کر عورت کے گھر لایا۔ اس عورت نے بوڑھے کا استقبال ایک عزّت دار مہمان کی طرح کیا۔ بوڑھے نے اس کے گھر میں ایک دن گزارا، دوسرا دن اور پھر تیسرا۔ ان تین دنوں میں وہ صرف کھانا کھاتا رہا، اپنا پائپ پیتا رہا اور سوتا رہا۔ ''یہ کمبخت یہاں سے کب جائے گا۔'' وہ غصّے میں پریشان ہوتی ہوئی بڑبڑائی لیکن اس نے بوڑھے سے کچھ نہیں کہا۔

چوتھے دن بوڑھے نے اپنا سامان باندھا اور جانے کی تیاری کرنے لگا۔ دروازے پر جیسے ہی وہ بوڑھا پہنچا عورت کے صبر کا پیمانہ ٹوٹ گیا اور اس نے بوڑھے سے تُرش لہجے میں پوچھا، ''جانے سے پہلے کیا تم کوئی بات نہیں کہوگے؟''

''تم صبح ہونے سے پہلے جو بھی کام کرنا شروع کروگی شام تک کرتی رہوگی۔''

بوڑھے آدمی نے کہا۔

وہ امیر عورت تیزی سے گھر میں داخل ہوئی اور جلدی سے ناپنے کا گز اُٹھایا لیکن اس سے پہلے کہ وہ ناپنے کے لیے کپڑا ہاتھ میں لیتی اور اس کو ناپنا شروع کرتی اسے بہت زور کی چھینک آ گئی۔ چھینک کیا تھی جیسے کوئی دھماکا ہو۔ حد یہ تھی کہ ڈربے میں سے مرغیاں بھی ڈر کے مارے نکل کر کُڑکُڑاتے ہوئے اِدھر اُدھر بھاگنے لگیں۔

آخر دن بھر وہ عورت چھینکتی رہی۔ اس نے کچھ کھایا نہ پیا اور نہ ہی منہ سے ایک لفظ نکالا۔ بچے اور اڑوس پڑوس کے لوگ اس کو کھڑکی سے جھانک جھانک کر دیکھتے رہے۔ شام ہونے تک اس کی یہ حالت رہی۔

کچھ دنوں بعد وہ غریب عورت کپڑا بیچ بیچ کر دولت مند ہوگئی اور اس کی زندگی ہنسی خوشی گزرنے لگی۔

(جنوری ۲۰۱۱ء)

مالِ مفت دلِ بے رحم

جون کا مہینہ ختم ہونے کو تھا لیکن دھوپ کی شدت نے سب کو حیران کر رکھا تھا۔ کیا انسان کیا حیوان۔ آخر اللہ تعالیٰ کو اپنی مخلوق پر رحم آ ہی گیا۔ دیکھتے ہی دیکھتے آسمان پر کالے کالے بادل آ گئے اور بجلی کی کڑک کے ساتھ پانی کی بڑی بڑی بوندیں گرنے لگیں۔ مٹی سے سوندھی سوندھی مہک اُٹھ رہی تھی۔ کچھ دیر میں موسلا دھار بارش شروع ہوگئی۔ دیر سے ہی سہی مانسون کے آنے سے کسانوں نے راحت کی سانس لی۔ کھیت بوائی کے لیے پہلے ہی تیار کیے جا چکے تھے لہٰذا بوائی بھی شروع ہوگئی۔

کل رات بھی دیر تک بارش ہوتی رہی۔ صبح ہوتے ہی جانکی رام نے اپنی پتنی رادھا کو آواز دی۔ اری بھاگیہ وان! میں بیلوں کو گاڑی میں جوت رہا ہوں، تب تک تم جلدی سے روٹی اور چٹنی باندھ لو۔ آج ہمیں بھی اپنے کھیت میں بوائی کرنی ہے اوپر والے کی کِرپا رہی تو اب کے پھسل (فصل) اچھی آئے گی۔

رادھا جو منہ اندھیرے اُٹھ کر اپنے کام میں لگی تھی چولہا چکی سے نمٹتے ہی روٹیاں، چٹنی، اچار اور پیاز کی ڈلی کپڑے میں جلدی جلدی لپیٹ کر کواڑ کھینچا اور بیل گاڑی میں آ بیٹھی۔

جانکی رام نے بیلوں کو ہانکا اور گاڑی چل پڑی۔ راستے بھر کھیتوں، فصلوں اور بوائی کی باتیں ہوتی رہیں۔ کھیت میں پہنچے تب تک سورج کی کرنوں نے ہر طرف سُنہری چادر بچھا دی تھی۔ دونوں نے جاتے ہی کام شروع کر دیا۔

سورج سر پر آنے لگا تھا۔ تین چار گھنٹے کی لگاتار محنت کے بعد جانکی رام اور رادھا کچھ دیر سُستانے کے لیے منڈھیر پر بیٹھ گئے۔ ''رادھا ذرا پانی تو لا حلق سوکھا جا رہا ہے۔''

جانکی رام نے پسینہ پوچھتے ہوئے کہا رادھا لوٹے میں پانی لے آئی۔ تبھی ادھر سے گزرنے والے ایک مسافر نے جانکی رام سے پانی مانگا۔ جانکی رام نے لوٹا اسے تھما دیا۔ مسافر نے غٹ غٹ پانی پیا اور جانکی رام کا شکریہ ادا کرتے ہوئے اپنی تھیلی سے جام کے پودے کی قلم نکال کر جانکی رام کو دیتے ہوئے کہا یہ نہایت عمدہ نسل کے امرود (جام) کی قلم ہے، جسے میں نے خود تیار کیا ہے اسے مناسب جگہ لگا دو قسمت جاگ جائے تو دیکھنا کیسے میٹھے پھل آئیں گے۔ رادھا حیرت سے منہ تک رہی تھی۔ جانکی رام نے رادھا کی مدد سے منڈھیر کے پاس ہی وہ قلم لگا دی۔

دن گزرتے رہے اور اس ننھی کونپل نے پودے کی شکل اختیار کرلی۔ جب بھی پودے پر نظر پڑتی انھیں مسافر کی یاد آ جاتی۔ پودا جواب درخت بن چکا تھا اس پر پھول آنے لگے اور ایسی بہار آئی کہ درخت جھکا جا رہا تھا۔ جانکی رام اور رادھا دونوں نیک طبیعت کے مالک تھے انھوں نے طے کیا کہ یہ راہ چلتے مسافر کی دین ہے اوپر والے نے مہربان ہوکر پہلی مرتبہ ہی اتنے سارے پھل نکال دیے۔ پہلی بہار کے پھل ہیں۔ ہم لوگوں میں یونہی بانٹ دیں گے۔ جو مسافر چاہے جتنے کھائے یا ساتھ لے جائے کوئی دام نہیں بالکل مفت۔ انھوں نے ایک تختی لکھ کر وہاں لٹکا دی۔

یہ خبر کھیتوں سے ہوتے ہوئے بستی میں پھیل گئی۔ لوگ خوشی خوشی آنے لگے۔ خوب پھل کھاتے اور اِدھر اُدھر بھی پھینکنے لگے تھیلیوں اور ٹوکریوں میں بھی بھرنے لگے۔ سامنے پھل ہوکر بھی شاخوں کو ہلانے لگے تبھی کسی نے کہہ دیا کہ اتنے عمدہ امرود (جام) اور بالکل مفت اپنے علاقے میں دور دور تک ایسے پھل نہیں۔ ضرور اس میں کچھ چال ہے۔ کہیں یہ زہریلے نہ ہوں یا پھر ان پر جادوٹونا تو نہیں کیا گیا؟ پھر کیا تھا لوگوں نے پھل وہیں پھینکنا شروع کر دیے۔ یہ خبر جانکی رام کے کان تک پہنچی وہ لوگوں کی ناقدری پر تڑپ اُٹھا۔

دوسرے دن جب جانکی رام اور رادھا کھیت میں پہنچے تو راستے میں منڈھیر پر اِدھر اُدھر ادھ کھائے، پیروں میں دبے کچلے جام بکھرے پڑے تھے بلکہ کچھ ننھی ننھی شاخوں کو بھی بے دردی سے کھینچا گیا تھا۔ ان کے دل کو بڑی ٹھیس پہنچی۔ ہائے رام کیسے مورکھ اور

ناشکرے لوگ ہیں۔ اتنے میٹھے اور اچھے پھل کی کیا درگت کر دی۔ دونوں روہانسے ہو گئے۔

کافی دیر تک وہ سر پکڑ کر بیٹھے رہے۔ کام میں ان کا دل نہیں لگ رہا تھا۔ تھوڑی دیر میں آس پاس کے کھیتوں سے مزدور اور کسان وہاں جمع ہو گئے۔ ان میں سے ایک نوجوان کرشنا نے آگے بڑھ کر پوچھا، ارے جانکی دادا! یہ پھل اِدھر اُدھر کیسے بکھر پڑے؟

اب کیا بتائیں بھیّا؟ رادھا نے دل پر جبر کر کے اپنی بپتی سنائی۔

کرشنا کے چہرے پر تلخ مسکراہٹ پھیل گئی۔ یہ دنیا کا دستور ہے۔ اب تم میری بات دھیان سے سنو اور جیسا میں کہتا ہوں ویسا ہی کرو۔

دوسرے دن جانکی رام نے وہ تختی ہٹا کر دوسری تختی لگا دی جس پر لکھا تھا: یہاں بہترین امرود (جام) ...... بھاؤ سے ملیں گے۔ جانکی رام نے جاموں کی قیمت بازار بھاؤ کے مقابلے کچھ زیادہ ہی رکھی۔ یہ دیکھ کر لوگ تعجب میں پڑ گئے لیکن وہ جانتے تھے اس علاقے میں ایسے عمدہ پھل اور کہیں نہیں تھے۔ شروع شروع میں دو چار گاہکوں نے خریدے، رفتہ رفتہ گاہکوں کی بھیڑ لگ گئی۔ یہ دیکھ کر جانکی رام نے گاہکوں کی قطار لگا دی۔ رادھا اطمینان سے پیسے جمع کرنے لگی۔ دونوں ایک دوسرے کی طرف دیکھ کر معنی خیز انداز میں مسکرا رہے تھے۔ جن پھلوں کو لوگوں نے پیروں میں روند ڈالا اب پیسے لے کر قطار میں کھڑے ہیں۔ وہ کرشنا کو دعائیں دے رہے تھے۔ سچ ہے، انسان مفت میں ملی ہوئی چیز کی قدر نہیں کرتا۔

پھر وہ ایک ٹوکری جام لے کر کرشنا کے پاس پہنچے۔

یہ لو بھیّا۔ ہماری طرف سے۔

نا بھابی نا! مجھے مفت نہیں لینا۔

ارے! کیا تم بھی وہی سوچنے لگے؟ یہ ہماری طرف سے تحفہ ہے۔ اپنوں سے تو تحفہ لیا جا سکتا ہے نا۔ کرشنا نے ہاتھ بڑھایا۔ تینوں کھلکھلا کر ہنسنے لگے۔

(جنوری ۲۰۱۱ء)

جلیبیاں

احمد ندیم قاسمی

یہ آج سے کوئی ۴۶ سال پہلے کی بات ہے ہم گورنمنٹ اسکول کیمبل پوری میں جماعت پنجم کے طالب علم تھے، ایک دن گھر سے فیس اور فنڈ کے چار روپے لے کر اسکول پہنچے تو پتہ چلا کہ آج فیس لینے والے ماسٹر غلام چھٹی پر ہیں اور فیس کل لی جائے گی۔ دن بھر تو یہ چار روپے ہماری جیب میں چُپ چاپ پڑے رہے۔ مگر جب ہم چھٹی کے بعد اسکول سے نکلے تو یہ روپے بولنے لگے۔ ٹھیک ہے روپے بولتے نہیں ہیں بجتے ہیں یا کھنکتے ہیں۔ مگر بھائی اس روز تو وہ بولے۔

ایک روپیا کہنے لگا، ''سوچتے کیا ہو؟ سامنے کی دُکان پر کڑھاؤ میں سے جو تازہ تازہ جلیبیاں نکل رہی ہیں تو یونہی تو نہیں نکل رہی ہیں۔ جلیبی کھانے کی چیز ہے اور اسے وہی لوگ کھاتے ہیں جن کی جیب میں روپے ہوتے ہیں اور روپے یونہی تو نہیں ہوتے۔ روپے خرچ کرنے کی چیز ہے اور اسے وہی لوگ خرچ کرتے ہیں جنھیں جلیبیاں اچھی لگتی ہیں۔''

ہم نے کہا، ''دیکھو بھائی چار روپے۔ ہم بڑے اچھے لڑکے ہیں۔ ہمیں گمراہ نہ کرو ورنہ ٹھیک نہیں ہوگا۔ گھر میں ہمیں اتنا کچھ کھانے کو مل جاتا ہے کہ بازار کی چیزوں کی طرف دیکھنا تک گناہ سمجھتے ہیں۔ پھر تم تو ہماری فیس فنڈ کے روپے ہو۔ آج ہم تمھیں خرچ کر بیٹھیں گے تو کل اسکول میں ماسٹر غلام محمد اور اس کے بعد قیامت میں اللہ میاں کو کیا منہ دِکھائیں گے۔ تم شاید نہیں جانتے کہ ماسٹر غلام محمد خفا ہوکر کسی کو بینچ میں کھڑا کرتے ہیں تو چھٹی کی گھنٹی تک بٹھانا بھول جاتے ہیں۔ بہتر یہ ہے کہ تم ہمارے کان نہ کھاؤ اور ہمیں سیدھا گھر جانے دو۔''

روپوں کو ہماری یہ بات اتنی بُری لگی کہ سب ایک ساتھ بولنے لگے۔ ایکدم اتنا شور مچا کہ بازار میں سے گزرنے والے لوگ ہماری طرف اور ہماری جیب کی طرف آنکھیں پھاڑ پھاڑ کر دیکھنے لگے۔ اُن دِنوں کا روپیا کم بخت بجتا بھی بہت زیادہ تھا۔ آخر گھبرا کر ہم نے چاروں روپوں کو اپنی مٹھی میں جکڑ لیا تو وہ چپ ہو گئے۔ چند قدم چلنے کے بعد ہم نے اپنی انگلیوں کو ڈھیلا کیا تو سب سے پُرانا روپیا بولا، ''ہم تو تمھارے بھلے کی بات کر رہے ہیں مگر تم ہو کہ ہمارا ٹینٹوا دبائے بیٹھے ہو۔ سچ سچ بتاؤ، کیا تازہ تازہ گرم گرم جلیبیاں کھانے کو تمھارا اپنا جی نہیں چاہ رہا ہے؟ پھر اگر آج تم ہمیں خرچ کر بیٹھو گے تو کیا کل تمھیں وظیفے کی رقم نہیں ملے گی؟ فیس کے روپوں کی مٹھائی کھالو۔ وظیفے کے روپوں کی فیس ادا کر دینا۔ قصہ ختم پیسا ہضم۔''

ہم نے کہا، ''تم جو بات کر رہے ہو ٹھیک بات نہیں ہے۔ مگر کچھ ایسی غلط بات بھی نہیں ہے۔ ایک بات مانو۔ تم اپنی بک بک بند کرو اور ہمیں ذرا دیر سوچنے دو۔ ہم کوئی ایسے ویسے لڑکے نہیں ہیں۔'' پُرانا روپیا بولا، ''ٹھیک ہے تم ایسے ویسے لڑکے نہیں ہو۔ مگر یہ مت بھولو کہ یہ جلیبیاں بھی ایسی ویسی جلیبیاں نہیں ہیں تازہ ہیں اور میٹھے میٹھے رس سے بھری ہوئی ہیں۔

منہ میں پانی تو بھر آیا مگر ہم اس سیلاب میں آسانی سے بہہ جانے والوں میں نہیں تھے۔ اسکول میں ہم بڑے ہونہار بچوں میں گنے جاتے تھے۔ چوتھی جماعت کے امتحان میں ہم نے چار روپے مہینے کا وظیفہ بھی جیتا تھا، پھر ہم ایک کھاتے پیتے گھر سے اسکول آتے تھے۔ اس لیے ہمارے بڑے ٹھاٹ تھے، اب تک کبھی پِٹے نہیں تھے بلکہ ماسٹر جی سے کئی لڑکوں کو ہم نے پٹوایا تھا۔ اتنے رعب داب والا بچہ بازار میں کھڑا ہو کر جلیبیاں کھانے لگے؟ نہیں۔ ہم نے فیصلہ کیا کہ یہ بات ٹھیک نہیں ہے۔ روپوں کو ہم نے مٹھی میں دبایا اور گھر آ گئے۔

اس روز روپوں کو خرچ کرنے کا ایسا شوق تھا کہ باتیں کرتے کرتے ان کی آوازیں بھرّا گئیں ہم گھر جا کر پلنگ پر بیٹھے تو وہ بولنے لگے۔ ہم کھانا کھانے چلے تو وہ چیخنے

لگے۔ ہم نے بستر پر لیٹ کر کروٹیں بدلنا شروع کیں تو وہ رونے لگے۔ تنگ آ کر ہم اُٹھے اور ننگے پاؤں بازار کی طرف بھاگ نکلے۔ گھبرائے ہوئے تو تھے ہی۔ حلوائی کو اکٹھی ایک روپے کی جلیبیاں تولنے کو کہہ دیا۔ حلوائی نے حیران ہو کر ہماری طرف یوں دیکھا جیسے وہ پوچھ رہا ہے کہ اتنی جلیبیاں لادنے کے لیے ریڑھی کہاں ہے! وہ بڑا سستا زمانہ تھا۔ ایک روپے کی اتنی جلیبیاں ملتی تھیں جو اَب دس روپے میں بھی نہ ملے۔ اس نے ایک پرانا اخبار کھولا اور اس پر جلیبیوں کا ایک ڈھیر لگا دیا۔

ابھی ہم ڈھیر سمیٹ ہی رہے تھے کہ دور سے ہمیں اپنا ٹانگا آتا ہوا دِکھائی دیا۔ چچا جان کچہری سے واپس آ رہے تھے۔ ہم جلیبیوں کے ڈھیر کو سینے سے چمٹائے ایک گلی میں بھاگ نکلے۔ ایک محفوظ موڑ پر پہنچ کر جو ہم نے جلیبیاں کھانا شروع کیں تو اتنی کھائی اگر اس وقت کوئی ہمارے پیٹ کو ذرا سا دبا دیتا تو جلیبیاں ہمارے کان اور نتھنے میں سے لٹک پڑتیں۔

گلی میں محلّہ بھر کے لڑکے جمع ہو گئے اور آنکھیں پھاڑ پھاڑ کر ہمیں دیکھنے لگے۔ ہم سیر تو ہو ہی چکے تھے اس لیے موج میں آ گئے اور ایک جلیبی ان کو بھی تھما دی۔ وہ خوش ہو کر کودتے اور چیختے ہوئے اِدھر اُدھر گلیوں میں بھاگ گئے۔ مگر شاید انھی سے یہ خوشخبری سن کر نئے بچے آ نکلے۔ ہم نے لپک کر حلوائی کی دُکان سے ایک اور روپے کی جلیبیاں خریدیں اور واپس آ کر ایک مکان کے چبوترے پر کھڑے ہو کر بچوں میں یوں بانٹ دی جیسے یومِ آزادی پر گورنر صاحب غریبوں مسکینوں میں چاول بانٹا کرتے تھے۔ اب تک ہمارے گرد بچوں کا ایک بہت بڑا ہجوم جمع ہو گیا تھا اور گداگروں نے بھی ہلّہ بول دیا تھا۔ اگر بچے بھی اسمبلی کے ممبر بن سکتے تو اس دن ہماری کامیابی یقینی تھی۔ اس لیے کہ یہ ہجوم ہمارے جلیبی والے ہاتھ کے ایک ذرا سے اشارے پر مرنے مارنے کو تیار ہو جاتا۔ ہم نے باقی دو روپوں کی بھی جلیبیاں خرید کر بانٹ دیں۔ اس کے بعد نل پر آ کر ہاتھ منہ دھوئے اور یوں مسمسی صورت بنائے گھر واپس آ گئے جیسے ہم نے جلیبی کی صورت عمر بھر نہیں دیکھی۔

جلیبیاں تو ہم نے کھالیں مگر انھیں ہضم کرنا مشکل ہو گیا۔ ہر سانس کے ساتھ ڈکار

آ رہی تھی اور ہر ڈکار کے ساتھ ایک آدھ جلیبی کے باہر نکل پڑنے کا ڈر مارے ڈال رہا تھا۔ شام کے بعد کھانا بھی کھانا پڑ گیا۔ اگر نہ کھاتے تو نہ کھانے کی وجہ پوچھی جاتی اور اگر بیماری کا بہانہ کرتے تو ڈاکٹر بلوا لیا جاتا اور اگر ڈاکٹر ہماری نبض دیکھ کر کہہ دیتا کہ منّا جلیبیوں کا ایک ڈھیر ڈکارے پڑا ہے تو جان پر بن آتی۔ نتیجہ یہ نکلا کہ ہم ساری رات پیٹ کے درد کے مارے جلیبی بنے پڑے رہے۔ وہ تو خدا کا شکر ہے کہ چاروں روپوں کی جلیبیاں ہم ہی کو نہیں کھانی پڑی تھیں، ورنہ دوسرے بچے تو جب باتیں کرتے ہیں تو ان کے منہ سے پھول جھڑتے ہیں ہم دنیا کے پہلے بچے ہوتے جس کی ہر بات پر اس کے منہ سے ایک تلی تلائی جلیبی ٹپک پڑتی۔

بچوں کے معدے نہیں ہوتے ہاضمے کی مشینیں ہوتی ہیں۔ سو صبح تک ہماری مشین بھی چالو رہی اور ہم روز کی طرح منہ دھو کر ایک چاق و چوبند طالب علم کی طرح اسکول کی طرف چلے۔ ہمیں معلوم تھا کہ آج پچھلے مہینے کا وظیفہ مل جائے گا اور اس رقم سے فیس ادا کر کے ہم جلیبیوں کو پوری طرح ہضم کر لیں گے مگر وہاں جا کر پتا چلا کہ اس مہینہ کا وظیفہ تو اگلے مہینے ملے گا۔ چکّر آ گیا۔ ایسا لگا جیسے ہم سر کے بل کھڑے ہیں اور اب چاہے بھی تو پاؤں کے بل کھڑے نہیں ہو سکتے۔

ماسٹر غلام محمد نے بتایا کہ تفریح کے گھنٹے میں فیس لی جائے گی۔ تفریح کی گھنٹی بجی تو ہم بستہ بغل میں دبائے اسکول سے نکلے اور ناک کی سیدھ میں یوں چلنے لگے جیسے ہماری راہ میں کوئی پہاڑ یا دریا نہ آیا تو ہم ہمیشہ چلتے رہیں گے اور جب ہم وہاں پہنچیں گے جہاں زمین ختم ہو جاتی ہے اور آسمان شروع ہو جاتا ہے تو وہاں اپنے اللہ میاں سے کہیں گے کہ اللہ میاں اب سے ہماری توبہ، بس اب کے ہمیں بچا لیجیے اور کسی فرشتے کو حکم دیجیے کہ وہ ہماری جیب میں صرف چار روپے ڈال جائے۔ ہم آپ سے وعدہ کرتے ہیں کہ ان چار روپوں سے فیس ہی ادا کریں گے، جلیبیاں نہیں اُڑائیں گے۔

ہم وہاں تو نہ پہنچ سکے جہاں زمین ختم ہو جاتی ہے۔ ہاں وہاں ضرور پہنچ گئے جہاں سے کیمبل پور ریلوے اسٹیشن شروع ہو جاتا ہے۔ بزرگوں نے ہمیں بتا رکھا تھا کہ ریل کی

پٹری پر نہیں گزرنا چاہیے اس لیے ہم وہیں پٹری کے پاس رُک گئے۔ ٹھیک ہے۔ بزرگوں نے ہمیں یہ بھی بتا رکھا تھا کہ فیس کے روپوں سے مٹھائی نہیں کھا لینی چاہیے مگر نہ جانے اُس دن یہ بات ہمارے ذہن سے کیوں نکل گئی تھی۔

ریل کی پٹری کے پاس ایک سایہ دار درخت تھا۔ ہم وہیں بیٹھ گئے اور سوچنے لگے کیا اِس دنیا میں ہم سے زیادہ بدنصیب بچہ بھی کوئی ہوسکتا ہے۔ شروع شروع میں جب روپوں نے ہماری جیب میں شور مچایا تھا تو ساری بات کتنی سیدھی سادی لگتی تھی۔ یہی کہ فیس کے روپوں کی مٹھائی کھا جاؤ اور کل اسکول سے وظیفہ لے کر اسکول ہی میں فیس ادا کر ڈالو۔ ہم نے سوچا تھا کہ دو اور دو ہمیشہ چار ہوتے ہیں۔ پانچ کبھی نہیں ہوسکتے۔ ہمیں کیا پتا تھا کہ کبھی کبھی پانچ بھی ہو جاتے ہیں۔ اگر ہمیں پتا ہوتا کہ وظیفہ اگلے مہینے میں ملے گا تو جلیبیاں کھانے کا پروگرام بھی اگلے مہینے پر ٹال دیتے۔ اب ذرا سی جلیبیاں کھا لینے کے جرم میں ہم زندگی میں اسکول سے پہلی بار غیر حاضر ہوئے تھے۔ درخت کے نیچے بیٹھنے کے بعد پہلے تو ہمیں تھوڑا سا رونا آیا پھر یہ سوچ کر ہمیں ہنسی آ گئی کہ یہ جو ہم آنسو بہا رہے ہیں تو یہ آنسو نہیں ہیں، جلیبیوں کے رس کے قطرے ہیں۔ جلیبیوں سے ہمیں فیس اور فیس سے ماسٹر غلام محمد کے ڈنڈے سے خدا یاد آ گیا۔ ہم نے آنکھیں بند کرلیں اور بڑی رِقّت کے ساتھ دعا مانگنے لگے۔

''اللہ میاں! ہم بڑے نیک لڑکے ہیں۔ ہمیں پوری نماز یاد ہے۔ قرآن مجید کی آخری دس سورتیں بھی ازبر ہیں۔ آپ چاہیں تو ہم سے پوری آیت الکرسی ابھی اُسن لیجیے۔ عرض یہ ہے کہ یہ جو ہم نے فیس کے روپوں کی جلیبیاں کھالی ہیں تو چلیے، ہم مان لیتے ہیں کہ ہم سے غلطی ہوگئی۔ ویسے ہم نے یہ جلیبیاں اکیلے نہیں کھائی تھیں۔ اتنے بہت سے بچوں کو کھلائی ہیں لیکن خیر، ہوگئی غلطی۔ اگر ہمیں یہ پتا ہوتا کہ وظیفہ اگلے مہینے ملے گا تو ہم جلیبیاں نہ کھاتے اور نہ کھلاتے۔ جو ہونا تھا وہ ہو چکا۔ اب آپ یوں کیجیے کہ ہمارے بستے میں چار روپے رکھ دیجیے۔ چار روپوں سے ایک پیسا بھی زیادہ ہوا تو ہم روٹھ جائیں گے۔ ہم وعدہ کرتے ہیں کہ اگر ہم نے فیس کی رقم سے پھر کبھی مٹھائی کھائی تو جو چور

کی سزا وہ ہماری سزا۔ سو اللہ میاں، بس آج ہماری مدد فرما دیجیے۔ آپ کے خزانے میں کوئی کمی نہیں۔ ہمارا چپراسی تک ہر مہینہ پندرہ بیس روپے لے جاتا ہے۔ تو اللہ جی، ہم تو آخر ایک بڑے افسر کے بھتیجے ہیں۔ کیا آپ ہمیں چار روپے بھی نہیں دیں گے؟''

دعا کے بعد ہم نے نماز، آخری دس سورتیں، آیت الکرسی، کلمہ طیبہ، غرض وہ سب کچھ پڑھ ڈالا جو ہمیں یاد تھا۔ پھر ہم نے اپنے بستے پر ''چھوہ'' کی اور جب بسم اللہ کہہ کر بستہ کھولا تو بھئی سچ کہا تھا کسی نے، قسمت کے لکھے کو کون مٹا سکتا ہے۔ بستے میں چار روپے چھوڑ چار پیسے بھی نہیں تھے۔ بس چند کتابیں اور چند کاپیاں تھیں، ایک پنسل تھی، ایک پنسل تراش تھا اور ایک پرانا عید کارڈ تھا جو ہمارے ماموں نے ہمیں پچھلی عید پر بھیجا تھا۔ زور زور سے رو دینے کو جی چاہا مگر پھر خیال آیا اسکول میں چھٹی ہوگئی ہوگی اور بچے گھر جا رہے ہوں گے۔ ہم تھکے ہارے وہاں سے اُٹھے اور بازار میں آکر اسکول میں چھٹی کی گھنٹی بجنے کا انتظار کرنے لگے تاکہ بچے نکلیں تو ہم بھی ان کے ساتھ ساتھ چلتے ہوئے گھر یوں پہنچیں کہ سیدھے اسکول سے آرہے ہیں۔

ہمیں یہ خیال ہی نہ آیا کہ ہم جلیبی والے حلوائی کی دُکان پر کھڑے ہیں۔ اچانک حلوائی کی آواز آئی، ''کیوں بھئی، تولوں ایک روپے کی؟ کیا آج جلیبیاں نہیں کھاؤ گے؟'' جی میں آیا اس سے کہہ دیں جلیبیاں تو نہیں کھائیں گے ہاں آج ہم تمھارا کلیجا بھون کر کھانا چاہتے ہیں۔ مگر اس روز ہماری طبیعت علیل سی ہو رہی تھی۔ اس لیے آگے بڑھ گئے۔ دوسرے دن بھی ہم نے یہی کیا۔ گھر سے تیار ہو کر نکلے، اسکول گیٹ تک آئے اور وہاں سے ریلوے اسٹیشن پر آنکلے۔ اُسی درخت کے نیچے بیٹھ کر وہی دعائیں مانگنا شروع کردیں۔ بار بار عرض کیا کہ ''اللہ میاں! آج تو دے دیجیے آج تو دوسرا دن ہے۔''

''پھر کیا، اچھا، تو آیئے ایک مزے کا کھیل کھیلیں۔ ہم یہاں سے اس سگنل کی طرف چلے جاتے ہیں۔ آپ چپکے سے اس بڑے پتھر کے نیچے چار روپے رکھ جایئے۔ ہم سگنل کو چھو کر واپس آئیں گے اور یہ پتھر اُٹھا کر دیکھیں گے تو نیچے چار روپے پڑے پا کر لطف آجائے گا۔ تو پھر تیار ہو جایئے، ہم چلے سگنل کی طرف۔ ون، ٹو، تھری۔ ہم سگنل تک

گئے۔'' مسکراتے ہوئے واپس آئے مگر وہ پتھر اُٹھانے کا حوصلہ نہ ہوا۔ اگر نیچے سے روپے نہ نکلے تو؟ پھر سوچا نکل پڑے تو؟

آخر ہم نے بسم اللہ کہہ کر پتھر کو جو اُٹھایا تو نیچے سے ایک لمبا بالوں بھرا کیڑا بل کھاتا ہوا اُٹھا اور ہماری طرف بڑھا۔ ہم چیخ مار کر بھاگے اور ایک بار پھر سگنل کو چھو آئے۔ پھر کچھ دیر کے بعد پنجوں کے بل ہم درخت کے نیچے پہنچے۔ پوری کوشش کی کہ ہماری نظریں اس پتھر کی طرف نہ اُٹھیں مگر جب ہم وہاں سے بستہ اُٹھا کر چلے تو پتھر کی طرف ایک بار دیکھنا ہی پڑ گیا اور پتا ہے، وہاں ہم نے کیا دیکھا؟ ہم نے دیکھا کہ کیڑا صاحب پتھر کے اوپر کنڈل مارے بیٹھے ہیں اور ہماری طرف دیکھ رہے ہیں۔

اس کے بعد ہم وہاں سے یہ سوچ کر چلے کہ کل وضو کر کے اور صاف کپڑے پہن کر یہاں آئیں گے اور صبح سے دوپہر تک نمازیں ہی پڑھتے رہیں گے اور اس پر بھی خدا نے ہمیں چار روپے نہ دیے تو کسی سے چلّہ کاٹنے کا طریقہ سیکھیں گے۔ آخر ہمیں چار روپے ہمارا خدا نہیں دے گا تو اور کون دے گا۔ چچا جان کو چار روپے دینے تھے وہ تو ہمیں دے چکے۔ اب خدا کے سوا ہمارا کون ہے۔

مگر اُس دن ظاہر میں اسکول سے اور اصل میں ریلوے اسٹیشن سے گھر واپس پہنچے تو پکڑے گئے۔ اسکول سے ہماری غیر حاضری کی رپورٹ پہنچ چکی تھی۔ یہ بتانا فضول ہے کہ اس کے بعد کیا ہوا۔ صرف اتنا بتا سکتے ہیں کہ اس کے بعد وہی ہوا جو ہوتا ہے یعنی ایک کے دو دو دِکھائی دیتے ہیں اور دن کو تارے نظر آنے لگتے ہیں۔

وہ تو ہوا سو ہوا لیکن ساتویں آٹھویں جماعت تک ہم یہی سوچتے رہے کہ اگر اس روز اللہ میاں ہمیں چار روپے بھیج دیتے تو کسی کا کیا بگڑ جاتا۔ اس کے بعد ہی ہم اس نتیجے تک پہنچے کہ اگر اللہ میاں یونہی مانگنے پر دے دیا کرتے تو انسان آج بھی چیل کوّوں کی طرح درختوں پر گھونسلے بنائے بیٹھے ہوتے اور اب تک انھوں نے جلیبی بنانے کا فن بھی نہ سیکھا ہوتا۔

(مارچ ۲۰۱۱ء)

چالاک لنگور

ڈاکٹر ایم. آئی. ساجد

بہت دِنوں پہلے کی بات ہے کہ ایک بڑے سے گھنے جنگل میں ایک شکاری نے شکار کے لیے بہت سارے پھندے الگ الگ جگہ پر لگا دیے تا کہ چھوٹے موٹے جانور اس میں آ کر پھنس جائیں۔ جنگل کا راجا شیر اتفاق سے اسی پھندے میں اس طرح پھنس گیا کہ لاکھ کوشش کے باوجود پھندے سے نکل نہیں سکا۔ وہ تھک ہار کر بیٹھ گیا۔ کچھ دیر بعد اُدھر سے ایک لکڑ ہارے کا گزر ہوا۔ اس نے شیر کو پھندے میں پھنسا ہوا دیکھا۔ اسے تو بڑا تعجب ہوا۔ اس نے لکڑ ہارے سے درخواست کی کہ ''مجھے اس جال سے باہر نکالو تو مہربانی ہوگی۔'' لکڑ ہارا بڑا چالاک اور سمجھدار تھا۔ اس نے کہا، ''اے جنگل کے راجا شیر! اگر میں نے تجھے اس جال سے آزاد کر دیا تو تو مجھے ہی کھا جائے گا!''

شیر نے عاجزی سے کہا، ''اے لکڑ ہارے! میں تجھے ہرگز نہیں کھاؤں گا، یہ وعدہ کرتا ہوں۔ بس تو مجھے اس جال سے آزاد کرا دے!'' لکڑ ہارا پھر بھی نہیں مانا اور آگے بڑھنے لگا۔

شیر نے گڑگڑا کر اس کی منّت سماجت کی۔ لکڑ ہارے کو اُس پر رحم آ گیا اور اُس نے شیر کو جال سے آزاد کرا دیا۔ آزاد ہوتے ہی شیر نے ایک زوردار دہاڑ مار کر کہا، ''اے لکڑ ہارے! تیرا شکریہ۔ تو نے مجھے اس پھندے سے آزاد کرا دیا لیکن بہت دیر سے میں اس میں پھنسا ہوا تھا، مجھے زوروں کی بھوک لگی ہے اس لیے تجھے کھا جاؤں گا!''

لکڑ ہارا گھبرا گیا اور کہنے لگا، ''یہ سراسر وعدہ خلافی اور دھوکے بازی ہے۔ میں نے

تجھے آزاد کرا دیا، تو مجھے ہی کھا جانا چاہتا ہے؟ یہ کیسا انصاف ہے!''

شیر نے کہا، ''اس وقت مجھے زوروں کی بھوک لگی ہے۔ میں کوئی وعدہ یا احسان نہیں جانتا۔''

وہ لکڑہارے کو کھانے کے لیے آگے بڑھا۔ اپنی جان خطرے میں دیکھ کر لکڑہارے نے کہا، ''پہلے میرے تین سوالوں کے جواب دے دے پھر مجھے کھا جانا۔''

شیر تیار ہو گیا۔ لکڑہارا پہلا سوال کرنا ہی چاہتا تھا کہ نیل گائے ان کے پاس آ پہنچی۔ لکڑہارے نے نیل گائے سے پوچھا، ''اب تم ہی بتاؤ کیا جنگل کے راجا کو یہ زیب دیتا ہے کہ وہ احسان فراموشی اور وعدہ خلافی کرے؟''

نیل گائے نے کہا، ''اے لکڑہارے! یہ دنیا ایسی ہی ہے۔ اپنے مطلب کے لیے کچھ بھی کر سکتی ہے۔ میری ہی مثال لے لے کہ میرا دودھ ختم ہو جانے پر مجھے کھیتی کے کاموں میں جھونک دیا جاتا ہے! روکھا سوکھا کھانے کو دیا جاتا ہے!''

نیل گائے کا یہ جواب سن کر لکڑہارے نے وہیں موجود شاہ بلوط کے بہت پرانے درخت سے یہی سوال کیا۔ شاہ بلوط کے درخت نے ایک سرد آہ بھرتے ہوئے کہا، ''بھائی لکڑہارے! میں لوگوں کو ٹھنڈی چھاؤں دیتا ہوں۔ اپنے سایے میں بیٹھنے دیتا ہوں۔ اس کے باوجود بھی لوگ میری ٹہنیاں توڑ کر مجھے تکلیف دیتے ہیں۔ میری مضبوط ٹہنیوں اور ڈالیوں سے پتا نہیں کیا کیا بناتے ہیں۔''

ان دونوں کے منفی جوابات سن کر لکڑہارا پریشان ہو گیا اور قریب ہی کھڑے ہوئے لنگور سے کہا، ''بھائی لنگور! اب تم ہی انصاف کی بات کرو!''

چالاک لنگور نے کہا، ''ٹھیک ہے لیکن پہلے تم شروع سے اپنی پوری بات مجھے سمجھاؤ کہ ہوا کیا تھا؟ تب ہی انصاف ہوگا!''

لکڑہارے نے شروع سے اپنی بات لنگور کو بتانا شروع کی۔ لنگور نے کہا، ''میں اب بھی نہیں سمجھ سکا کہ اصل میں ہوا کیا تھا؟ کیسے اور کس طرح ہوا تھا۔ تم مجھے اس پھندے کے پاس لے جا کر عملی طور پر سمجھاؤ تو زیادہ بہتر ہوگا!''

تب لکڑہارا اور شیر اُس شکاری کے لگائے ہوئے پھندے کے پاس پہنچے۔ لنگور نے کہا، ''اب یہ بتاؤ کہ جنگل کا یہ راجا کس طرح شکاری کے پھندے میں پھنسا ہوا تھا؟''

یہ سن کر شیر پھر سے شکاری کے لگائے ہوئے پھندے میں جا کر بیٹھ گیا اور اُس کے پیر پھندے میں اس بری طرح جکڑ گئے کہ نکلنا مشکل ہو گیا۔ شیر نے کہا، ''میں اس طرح پھندے میں پھنس گیا تھا۔''

جب شیر اچھی طرح سے پھندے میں پھنس گیا اور اس کے نکلنے کی کوئی گنجائش نہیں رہی تب لنگور نے لکڑہارے کی مدد سے شیر کو اور زیادہ مضبوطی سے گانٹھ مار کے باندھ دیا اس طرح کہ شیر کے پھندے سے نکلنے کی کوئی گنجائش ہی نہیں رہی۔ جب یہ ساری کاروائی مکمل ہوگئی تب شیر نے کہا، ''دیکھا بھائی! میں اس طرح اس جال نما پھندے میں پھنس گیا تھا۔ اب تم مجھے پھر اس جال سے نکال دو تا کہ میں آزاد ہو جاؤں!''

لنگور نے کہا، ''شیر مہاراج! اب تم اسی طرح یہاں قید رہو کہ تم جھوٹے، فریبی اور مکّار ہو۔ جس شخص نے تمھیں آزاد کرایا، تمھاری مدد کی، تم اسے ہی کھا جانا چاہتے تھے؟''

شیر نے پھر سے منّتیں کیں، خوشامد کی۔ اپنے کیے پر شرمندہ ہوا لیکن اب اس کی بات پر کون یقین کرتا۔ لکڑہارے نے لنگور کی ذہانت کو سلام کیا، اس کا شکریہ ادا کیا اور دونوں اپنی اپنی راہ چل دیے۔

سچ ہے احساس فراموشی ہمیشہ مشکلوں میں ڈال دیتی ہے۔ آدمی کو چاہیے کہ وہ کبھی کسی کے چھوٹے سے چھوٹے احسان کو بھی نہ بھولے۔

(اپریل ۲۰۱۱ء)

للکار

عزیز رحیمی

ریحان اپنی کتابوں کا بستہ سنبھالے اسکول کے گیٹ پر کھڑا سامنے پھیلی ہوئی شاہراہ کو اداس آنکھوں سے تک رہا تھا۔ اسے یقین تھا کہ آخری پریڈ ختم ہوتے ہی وکی بھیّا اپنی سائیکل پر جھومتے ہوئے آئیں گے اور اسے گھر پر ڈراپ کرکے اپنے گھر جائیں گے۔ وکی بھیّا اس کے منجھلے ماموں کے فرزند تھے؛ بہت اسمارٹ، بے حد ذہین، کھیل کود میں ایک نمبر، خوش مزاج، اپنے بزرگوں کا احترام کرنے والے، رشتہ داروں کے دلارے اور اپنے والدین کی آنکھ کا تارہ، گیارہویں جماعت کے طالب علم۔ ساتویں پاس کرکے ابّا نے ریحان کو اس اسکول میں اس لیے داخل کروا دیا تھا کہ یہاں اسے وکی بھیّا کا ساتھ اور رہنمائی ملے گی اور کبھی کبھی وہ اپنی سائیکل پر گھر بھی لے آئیں گے۔ وکی بھیّا اپنی یہ ذمے داری پچھلے چھے ماہ سے اچھی طرح نبھا رہے تھے بلکہ پڑھائی میں بھی رہنمائی کر رہے تھے۔

وِکی بھیا کو سائیکل پر سوار ہوکر اپنی طرف آتا دیکھ کر ریحان بغیر سلام کیے سائیکل کی پچھلی سیٹ پر اُچھل کر بیٹھ گیا۔

''کیا بات ہے میاں...... دُعا نہ سلام...... اور یہ چہرے پر اداسی کے بادل کیوں چھائے ہیں؟'' وکی بھیا نے سائیکل اسٹارٹ کرتے ہوئے پوچھا۔

''کچھ نہیں وکی بھیّا... گھر چلیے ... میں آپ کو وہیں بتاؤں گا۔'' ریحان نے بجھے

ہوئے لہجے میں کہا۔

ریحان کا گھر آ گیا۔ وکی نے سائیکل روکی۔ آنگن میں سائیکل کھڑی کر کے دونوں گھر میں داخل ہوئے۔ وکی نے ریحان کی امّی کو آداب کیا اور دونوں ڈرائنگ روم میں صوفے پر دراز ہو گئے۔

''ممانی جان ... ایک ذرا گرم گرم چائے ...اور ہاں ...گرم گرم بھجیے بھی۔'' وکی نے ہانک لگائی اور ریحان سے مخاطب ہوا''ہاں اب بولو شہزادے، کیا پروبلم ہے؟''

''وکی بھیا... اس نالائق دلو نے پھر کھیل کے میدان میں عاقب کو کشمش کہا اور اس کی قمیص کھینچی۔''

''تو عاقب اور تم نے اسے روکا کیوں نہیں؟''

''بھیّا...... وہ بہت بدمعاش ہے...... سب لڑکے اس سے ڈرتے ہیں۔ وہ ہماری کلاس میں سب سے بڑا ہے اور بہت دبنگ بھی۔ وہ ایک مالدار باپ کی بگڑی ہوئی اولاد ہے۔ اس کے چمچے اس کو گھیرے رہتے ہیں اور سب کا مذاق اُڑاتے ہیں۔ عاقب بے چارہ تو رونے لگا تھا۔''

''پھر تم نے اپنے کلاس ٹیچر یا پرنسپل سے اس کی شکایت کیوں نہیں کی؟''

''ہم کو ڈر لگتا ہے اس سے اور اس کے دوستوں سے۔ وہ مرنے مارنے پر اتر آتے ہیں۔''

وکی کچھ سوچنے لگا۔ ریحان کی ممّی نے بھجیے کی پلیٹ لا کر رکھ دی اور دونوں بھجیے کھانے لگے۔ چائے کی پیالیاں آنے سے پہلے وکی نے کہا،''اچھا، کل دور سے اس کے دیدار کروا دو۔ پھر سوچوں گا کہ میں کیا کر سکتا ہوں۔''

ہلکے سے اس ناشتے کے بعد ممانی جان کی اجازت لے کر وکی اپنے گھر کی طرف روانہ ہو گیا۔

دوسرے دن ریحان نے اسکول کے گراؤنڈ پر دور سے ہی اس کی طرف اشارہ کرتے ہوئے کہا، ''وہ دیکھیے وکی بھیّا...... وہ رہا دلاور خان عرف دلو۔''

وِکی نے دلو کی طرف دیکھا۔ ایک بے حد تندرست لڑکا کالا چشمہ لگا کر اپنے ساتھیوں سے گھرا، ہنسی میں مشغول تھا۔ وہ لڑکا یقیناً ریحان سے اونچا اور وزن میں بھی کم از کم دس کلو سے زیادہ ہوگا۔ ہاتھ پاؤں بھی مضبوط تھے۔ رنگ گورا، بال بکھرے ہوئے، شاید وہ اپنے آپ کو اسکول کا ہیرو سمجھتا ہے۔ وکی نے دل ہی دل میں سوچا پھر ریحان کی طرف دیکھ کر کہنے لگا، ''کل تم ابو سے اجازت لے کر میرے گھر آ جاؤ۔''

دوسرے دن اتوار تھا۔ ریحان بہت دنوں سے پھوپھی کے گھر نہیں آیا تھا۔ اسے آتا دیکھ کر پھوپھی بہت خوش ہوئیں۔ دعائیں دینے کے بعد اور اس کے والدین کی خیریت پوچھنے لگیں۔ کچھ دیر بعد وہ باورچی خانے میں چلی گئیں۔

دونوں بھائی ڈرائنگ روم کی بجائے بیڈروم میں آ گئے اور سر جوڑ کر غور وفکر میں ڈوب گئے۔ پھر وکی بھیّا نے صحت کے موضوع پر ایک لمبا سا لیکچر دیا، پھر دیوار پر ٹنگے محمد علی کلے کی مثال دیتے ہوئے کہا، ''اگر عزم پختہ ہو تو انسان کیا نہیں کر سکتا۔'' اس کے بعد اس نے ریحان کی پیٹھ پر ایک چپت لگاتے ہوئے کہا، ''بچو! اگر تم اس کو نیچا دِکھانا چاہتے ہو تو چھ ماہ، صرف چھ ماہ میرے کہنے پر عمل کرو۔ پھر دیکھو کیا ہوتا ہے۔''

اسکیم سن کر ریحان پہلے تو پریشان ہو گیا پھر اس نے وعدہ کر لیا۔ ''وکی بھیا، جو آپ کہیں گے وہی کروں گا۔''

چھ ماہ بعد ایک روز کھیل کے میدان میں دلو اپنے ساتھیوں کے ساتھ کمزور لڑکوں کا مذاق اُڑا رہا تھا کہ ریحان اپنے دوست عاقب کے ساتھ ان بدمعاش لڑکوں کے سامنے سے گزرا۔ اس نے عاقب کے گلے میں ہاتھ ڈال دیا اور دلو کے سامنے سینہ تان کر چلنے لگا۔

''واہ کیا بات ہے......'' دلو سے نہ رہا گیا اور اس نے مذاق اُڑاتے ہوئے کہا، ''کیا لیلیٰ مجنوں کی جوڑی ہے!'' سب لڑکے زور زور سے ہنسنے لگے۔ ریحان رک گیا اور پھر بڑے اطمینان سے کہنے لگا، ''لیلیٰ مجنوں کی نہیں......ویرو اور جےَ کی جوڑی ہے۔''

''اوہ! یعنی دھرمیندر اور امیتابھ بچن کی جوڑی۔ واہ واہ، کیا بات ہے۔'' دلو نے قہقہہ لگایا اور سب دوست ہنسنے لگے۔

''اس میں دھرمیندر اکون ہے اور امیتابھ کون؟'' دلو نے مذاق اُڑاتے ہوئے کہا۔

''جو تمھارے دانت توڑ دے گا وہ امیتابھ اور جو تمھارے......'' ریحان نے بڑے پرسکون لہجے میں کہا اور دلو بھڑک گیا۔ اس نے لپک کر ریحان کو دھکّا مارا اور ریحان زمین پر گر پڑا۔ وہ اُٹھ بھی نہ پایا کہ دلو نے دوبارہ دھکّا دے کر اسے زمین پر گرا دیا۔ ریحان کے چہرے پر پریشانی کے آثار نمودار ہوئے۔ وہ کچھ دیر یوں ہی پڑا رہا۔ پھر تیزی سے اُٹھا اور دلو کی ٹانگوں میں گھسا اور پوری طاقت سے کھڑے ہو کر اسے ہوا میں اچھال دیا۔ زمین پر گرتے ہی دلو بھونچکا رہ گیا۔ وہ اتنی بری طرح زمین سے ٹکرایا کہ اسے اُٹھنے میں تکلیف ہوئی لیکن وہ جیسے ہی اُٹھ کھڑا ہوا ریحان نے ایک زوردار کِک ماردی اور وہ دوبارہ زمین پر لیٹ گیا۔ وہ جب بھی اُٹھنے کی کوشش کرتا ریحان کی کِک اسے زمیں بوس ہونے پر مجبور کر دیتی۔ وہ حیرت زدہ تھا کہ دُبلا پتلا ریحان کتنی بے خوفی سے اور کتنی بے باکی سے اس کی دُھلائی کر رہا تھا۔ اس کے دوست بھی حیران تھے۔ یکایک ایک دوست آگے بڑھا اور ریحان نے اس کے منہ پر ایک زوردار مکّا جمایا اور وہ زمین پر گر پڑا۔

''اور کون ہے جسے زمین چاٹنی ہے؟'' ریحان غرّایا۔

تمام حواری موالی اپنی جگہ پر جم گئے۔ کسی کی ہمت نہیں ہوئی کہ وہ دلو کی مدد کو آگے آتا۔ اتنے میں تین سائیکل سوار ان کے قریب آ کر رُکے۔ ''یہ کیا ہو رہا ہے؟''

ریحان کے ہونٹوں پر مسکراہٹ نمودار ہوئی کیوں کہ سامنے وکی بھیّا دلو سے مخاطب

تھے۔

''تم لوگ آپس میں کیوں لڑ رہے ہو؟ چلو، تم کو پرنسپل صاحب کے پاس......''

دلو کے تمام دوست وہاں سے کھسکنے لگے۔ دلو اُٹھ کھڑا ہوا اور کپڑے جھاڑتے ہوئے کہنے لگا، ''کوئی جھگڑا نہیں ہے بھائی صاحب۔ ہم تو بس یونہی......''

دو تین منٹ میں میدان صاف ہو گیا۔ اب صرف ریحان، عاقب، وکی بھیّا اور ان کے دونوں دوست رہ گئے۔

''بیٹا ریحان!'' وکی بھیّا نے بزرگوں کی طرح ریحان کے کندھے پر ہاتھ رکھ کر کہا۔ ''زندگی کی ہر لڑائی میں صرف اخلاقی طاقت ہی کام نہیں آتی، جسمانی طاقت کی بھی ضرورت پڑتی ہے۔ چھے ماہ کی لگاتار ورزش نے تم کو اپنے دشمن پر ہمیشہ کے لیے جیت دلا دی۔ اب تم جم جانے کی اپنی عادت کو ہمیشہ برقرار رکھو...... اب چلو...... جاؤ اپنی کلاس میں۔ اب تمھیں کوئی نہیں ستائے گا۔''

پھر وکی بھیّا نے ایک زوردار دھپ ریحان کی پشت پر لگائی۔

''جاتے ہیں نا...... وکی بھیّا...... آپ مارا مت کیجیے۔''

دونوں دوست کھلکھلاتے ہوئے بستہ اٹھائے کلاس روم کی طرف دوڑ پڑے۔

(نومبر ۲۰۱۱ء)

❖❖❖

بھوت کی سالگرہ

صغیرہ بانو شیریں

عامر اور اظہر دو بھائی تھے۔ عامر آٹھ سال کا تھا اور اظہر چھ سال کا۔ ان دونوں کو بھوتوں کی کہانیاں پڑھنے اور سننے کا بہت شوق تھا۔ ان کا جی چاہتا تھا کہ ہر وقت بھوتوں کی باتیں کی جائیں۔ وہ ہر ایک سے یہی پوچھتے کہ بھوت کتنا بڑا ہوتا ہے؟ اس کا رنگ کیسا ہوتا ہے؟ وہ کہاں رہتا ہے؟

ایک دن ایک بڑے میاں انھیں ملے۔ عامر اور اظہر ان سے بھی بھوتوں کی بات کرنے لگے۔

بڑے میاں بولے،''لو بھوتوں سے ملنا بھی کوئی مشکل ہے۔ تم نے حلوائیوں کی دکان تو دیکھی ہوگی۔''

اظہر بولا،''سامنے چوک میں حلوائی کی دکان ہے۔''

بڑے میاں کہنے لگے،''تم نے دیکھا ہوگا، شام کو حلوائی کتنی ساری مٹھائی بنا کر رکھتے ہیں۔ یہاں سے وہاں تک تھال ہی تھال مختلف مٹھائیوں سے بھرے ہوتے ہیں اور صبح کے وقت خالی ہو جاتے ہیں، اتنی مٹھائی کون لیتا ہے، تمھیں معلوم ہے؟''

اظہر کہنے لگا،''آدمی ہی خریدتے ہیں اور کون لیتا ہے۔''

بڑے میاں ہنسنے لگے،''مٹھائی کے تمام تھال رات کو ہی ختم ہو جاتے ہیں، اصل خریداری تو رات کے بارہ بجے کے بعد شروع ہوتی ہے۔ جتنے بھی جن بھوت ہوتے ہیں،

وہ انسان کے بھیس میں آ کر مٹھائی خرید لے جاتے ہیں۔"

عامر بولا، "بھوتوں کی کوئی پہچان بھی ہوتی ہے یا وہ سچ مچ کے ہی انسان بن کر آتے ہیں؟ انھیں کوئی دیکھ نہیں سکتا۔"

بڑے میاں کہنے لگے، "ہوتے تو جن بھوت انسانوں کی شکل میں ہی مگر ان کی ایک پہچان ہے۔ وہ بات کرتے وقت نظر ملاتے وقت اپنی پلک نہیں جھپکاتے۔ بس جو آدمی اپنی پلک نہ جھپکائے، وہ جن بھوت ہے۔"

یہ کہہ کر بڑے میاں تو چلے گئے مگر اظہر اور عامر کے لیے ایک نیا شوشہ چھوڑ گئے۔ دونوں بھائی بڑی بے چینی سے رات ہونے کا انتظار کرنے لگے۔ رات ہوئی تو سب سو گئے۔ چپکے سے اظہر اور عامر اُٹھے۔ ان دونوں کے پاس کچھ روپے تھے، وہ جیب میں ڈالے اور دروازہ بند کرکے باہر نکل آئے۔ سڑک پر خوب روشنی ہو رہی تھی اور چوک میں تو میلے کا سا سماں تھا۔ حلوائی کی دکان پر ایک آ رہا تھا، ایک جا رہا تھا۔ اظہر اور عامر دونوں چپکے سے ایک دوسرے کی طرف دیکھے اور ہنس پڑتے۔ حلوائی کی دکان پر وہ ایک طرف کھڑے ہو گئے اور لوگوں کو مٹھائی لیتے دیکھتے رہے۔

اتنے میں ایک دس بارہ سال کا لڑکا آیا اور کہنے لگا، "دس سیر لڈّو دے دو۔"

حلوائی لڈّو تولنے لگا او وہ کھڑا ہوا اظہر اور عامر کو دیکھنے لگا۔

عامر ایک دم چونکا، "ارے، یہ لڑکا تو بالکل بھی پلک نہیں جھپکا رہا ہے۔ مسلسل ٹکٹکی باندھ کر دیکھ رہا ہے۔ ضرور یہ بھوت ہے۔"

اظہر بھی اُسے غور سے دیکھنے لگا۔ وہ لڑکا مسکرایا اور اُن کے پاس آ گیا، کہنے لگا، "مجھے پتا ہے، آپ دونوں بھائی مجھے کیوں گھور گھور کر دیکھ رہے ہیں۔ اب میں آپ لوگوں سے حلوائی کی دکان پر کیا بات کروں۔ آیئے میرے ساتھ گھر چلیں۔"

اظہر اور عامر فوراً تیار ہو گئے۔ لڑکے نے لڈوؤں کی ٹوکری اُٹھائی، حلوائی کو پیسے

دیے اور ان کے ساتھ سڑک پر کھڑے ہو کر کہنے لگا، ''ذرا ایک منٹ کے لیے آنکھیں بند کرلو۔''

اظہر اور عامر نے اپنی آنکھیں بند کیں۔ تھوڑی دیر کے بعد کھولیں تو دیکھا ایک بہت بڑا پتھروں کا قلعہ ہے۔ چاروں طرف روشنی ہو رہی ہے۔ دن کا سماں ہے۔ ایک طرف پتھر کی بڑی بڑی میزیں لگی ہوئی ہیں۔ ان پر بڑے طشت کے اندر مختلف قسم کی چیزیں رکھی ہیں۔ سامنے مُرغ بھونے جا رہے ہیں اور آدمی کوئی بھی نہیں ہے۔ لڑکے نے ٹوکری میز پر رکھ دی اور ایک دم اپنی اصلی شکل میں آ گیا۔ قد تو اتنا ہی رہا مگر جسم بہت پھیل گیا۔ اظہر اور عامر ذرا بھی نہ ڈرے اور اُسے بڑے شوق سے دیکھتے رہے۔

بھوت ہنسا، کہنے لگا، ''میرا نام اسلم ہے، میں بھی پڑھتا ہوں۔''

اظہر کہنے لگا ''میں نے آج ہی سنا ہے بھوت بھی پڑھتے ہیں۔''

اسلم بھوت بولا، ''بھوتوں میں بھی انسانوں کی طرح کچھ اچھے ہیں، کچھ برے۔ جو اچھے ہیں انھیں پتا ہے علم کتنی بڑی دولت ہے۔ وہ اس سے پورا پورا فائدہ اُٹھاتے ہیں۔''

عامر نے پوچھا، ''آپ کا اسکول ہے؟''

اسلم بھوت نے کہا، ''ہاں کیوں نہیں، ہمارا بھی اسکول ہے، کالج ہے، ہم لوگ پڑھ لکھ کر کام بھی کرتے ہیں۔ جو گندے بھوت ہوتے ہیں، وہ لوگوں کو تنگ کرتے ہیں، بھوکے رہتے ہیں، انھیں کوئی پسند نہیں کرتا۔''

اظہر کہنے لگا، ''ہمیں بڑا شوق تھا آپ لوگوں سے ملنے کا، دیکھنے کا، آج خدا کا شکر ہے، ہم نے اپنی آنکھوں سے بھوتوں کا گھر دیکھ لیا۔''

اسلم بھوت کہنے لگا، ''بس پھر میری اور آپ لوگوں کی دوستی پکّی ہوگئی۔ اب میں اکثر آپ کے پاس آیا کروں گا اور آپ کو بھی اپنے ہاں لے کر آیا کروں گا۔ آج میری سالگرہ ہے۔ ابھی میرے دوست آتے ہوں گے، ان سے بھی ملنا۔''

اتنی دیر میں کتنے ہی سارے ننھے بھوت آ گئے۔ ان کے ہاتھ میں کئی طرح کے کھلونے تھے۔ وہ لوگ بھی ان سے مل کر بڑے خوش ہوئے اور اظہر، عامر سے اُن کی دنیا کی باتیں پوچھنے لگے۔ اس کے بعد باقاعدہ کیک پر موم بتیاں جلائی گئیں۔ تالیوں کی گونج میں کیک کٹا اور سب نے چیزیں کھانا شروع کر دیں۔ ساری چیزیں بڑے مزے کی تھیں۔ جب سب کھا پی چکے تو اپنے اپنے گھر چلے گئے۔

اب عامر اور اظہر بھی اسلم بھوت سے کہنے لگے، ''ہمیں گھر چھوڑ آؤ، نہیں تو ہمارے گھر والے پریشان ہو جائیں گے۔''

بھوت نے پھر ان کی آنکھیں بند کرائیں اور انھیں گھر تک چھوڑ گیا۔ اب بھی اسلم بھوت اپنی سالگرہ والے دن آتا ہے اور اظہر اور عامر کو اپنے گھر لے جاتا ہے۔ وہاں جا کر وہ خوب باتیں کرتے ہیں اور پھر اپنے گھر آ جاتے ہیں۔ اُن کی دوستی بڑی پکّی ہے اور وہ دوسرے بچوں کو جب بھوت کے بارے میں بتاتے ہیں تو وہ ڈر جاتے ہیں۔

(دسمبر ۲۰۱۱ء)

چالاک خرگوش

ڈاکٹر محمد کلیم ضیاء

کانچن جنگل کا چلبلا خرگوش منٹو دوسرے خرگوشوں کے جیسا ہی تھا۔ سفید اور ہلکا آسمانی رنگ، نرم ملائم بال، گلابی پتلے پتلے کھڑے کان، چمکدار سرخ آنکھیں اور مڑی ہوئی پتلی دُم۔ باقی تمام ننھے خرگوش اپنے ماں باپ کا کہا سُنتے، گھر کے آس پاس ہی کھیلتے اور گاجر، گوبھی کھانے کے لیے کھیتوں میں جاتے بھی تو اپنے بڑوں کے ساتھ۔

منٹو کا معاملہ سب سے الگ تھا۔ وہ ہر معاملے میں اُتاوَلا تھا۔ جھرنوں کا شور مچاتا پانی، پہاڑوں پر جھکے نیلے نیلے بادل اور چوکڑیاں بھرتے ہرنوں کو دیکھنا اسے بہت بھلا لگتا تھا۔ اتنا ہی نہیں بلکہ دو پیروں پر چلنے والے انسان، بھیانک آنکھوں والے بھیڑیے اور لومڑی وغیرہ کو وہ دیکھنا چاہتا تھا۔ وہ اکثر ماں کی نظروں سے بچ کر بھاگ جاتا، کبھی گاؤں کی طرف، کبھی کھیتوں اور کبھی گھنے جنگلوں میں۔

لالو بھیڑیے نے جب تنہا گھومنے والے اس خرگوش کو دیکھا تو اس کے منہ میں پانی بھر آیا۔ وہ اس پر نظر رکھنے لگا۔ لیکن منٹو کے کان بہت تیز تھے اور اس کے پیر دوڑنے میں ماہر! وہ کبھی اس بھیڑیے کے ہاتھ نہ لگا۔ ایک مرتبہ یوں ہوا کہ ببول کا موٹا سا کانٹا منٹو کے پیر میں چبھ گیا۔ اس کے ابّو نے کانٹا تو نکال دیا مگر پیر زخمی ہوگیا۔ اس کا چلنا دوبھر ہوگیا۔ جب تک اس کا پیر اچھا نہیں ہوا اس وقت تک وہ شرافت سے بِل کے آس پاس ہی رہا۔ یہ بِل انجیر کے درخت کے پاس تھا۔ ذرا سا ٹھیک ہوتے ہی منٹو لنگڑاتے ہوئے

پھر اِدھر اُدھر بھٹکنے لگا۔ ماں نے کہا، ''زیادہ دور نکل نہ جانا، بھیڑیا یا لومڑی آگئی تو تیرا بھاگنا مشکل ہو جائے گا۔''

منٹو سے رہا نہ گیا وہ پہلے کی طرح دور دراز مقامات پر جانے لگا۔ لنگڑے خرگوش کو جنگلوں میں گھومتا دیکھ لالو بھیڑیے کی خوشی کا کوئی ٹھکانہ نہ رہا۔ وہ اکثر اس کی تاک میں رہنے لگا۔ منٹو کے جنگل کے پاس ہی ایک گاؤں تھا۔ گاؤں کے باہر ہرے بھرے گھاس کا ایک ٹاپو تھا۔ منٹو اس ٹاپو میں چلا گیا۔ آس پاس بھیڑ، بکریاں، گائے، بیل چر رہے تھے۔ منٹو ان سب کو دیکھنے میں مگن ہو گیا۔ تھوڑی گھاس اس نے بھی کھائی اور سُستانے لگا۔ اتنے میں ایک جھاڑی کی اوٹ میں اسے لالو بھیڑیا دکھائی دیا۔ منٹو کے چہرے پر ہوائیاں اُڑنے لگیں مگر اسے اس بات کا احساس تھا کہ گھبراہٹ میں کچھ سُجھائی نہیں دیتا۔ لہٰذا وہ اطمینان سے سوچنے لگا اور پھر اچانک اسے ایک ترکیب سوجھی۔

ایک جگہ بیل گھاس چر رہے تھے۔ وہ ان کے پاس گیا۔ مٹی کے ایک ٹیلے پر کھڑے ہوکر اونچی آواز میں بولنا شروع کیا، ''کتنے تندرست اور طاقتور ہیں آپ بیل چچا!'' کالے بیل کی طرف اشارہ کر کے کہنے لگا، ''چچا! آپ کے سینگ کتنے رُعب دار ہیں اور یہ سنہرے چچا کا سنہرا رنگ! چھاتی کتنی مضبوط اور پیٹھ کتنی چوڑی! آپ سب کے سب کتنے سڈول اور تیز ہیں مگر آپ چاروں میں سب سے تیز کون دوڑ سکتا ہے؟''

''جو دُبلا پتلا ہوگا وہی!'' کالے بیل نے ہنستے ہنستے سنہرے بیل کی طرف دیکھتے ہوئے کہا۔

''چلو شرط لگاتے ہیں، ابھی پتا چل جائے گا۔ فیصلہ میں کروں گا۔ کالے چچا کی پیٹھ پر سوار رہوں گا۔'' منٹو نے سب کو تفصیلات سمجھائیں۔ چاروں بیلوں نے منٹو کے پلان پر حامی بھری۔ اس نے دو لکڑیاں جوڑ کر ایک لکیر تیار کی۔ ''چاروں یہاں کھڑے ہو جائیں۔'' پھر اپنے بِل کے پاس والے انجیر کے بڑے درخت کی طرف اشارہ کر کے کہا، ''وہ انجیر کا درخت دکھائی دے رہا ہے، وہاں تک دوڑنا ہے، دیکھیں وہاں کون پہلے پہنچتا

ہے۔'' اور فوراً کالے بیل کی پیٹھ پر سوار ہو گیا اور اس کے دونوں سینگ مضبوطی سے پکڑ کر چلّایا، ''ایک، دو، تین، دوڑو!''

چاروں بیل سرپٹ دوڑنے لگے۔ ٹاپو پر موجود گائیں، بھینسیں، بھیڑ اور بکریاں گھبرا کر بیلوں کے راستے سے دور ہٹنے لگیں۔ ''منٹو بیلوں سے کیا بات چیت کر رہا ہے؟'' بھیڑیا منہ ہی منہ بڑبڑاتے ہوئے ان کی طرف دیکھ رہا تھا۔ وہ اپنا منہ کھولے دیکھتا ہی رہ گیا اور اس کا لنگڑا شکار اس کی نظروں سے اوجھل ہو گیا۔

دھواں اُڑاتے ہوئے چاروں بیل آن کی آن میں انجیر کے درخت تک پہنچ چکے تھے۔ ''واہ! کیا رفتار ہے آپ چاروں کی۔ ہاں مگر سنہرے رنگ والے چچا سب سے آگے تھے، لیکن جیتے آپ سبھی۔ آپ لوگوں سے دوستی کر کے بہت مزہ آیا۔'' فیصلہ سناتے ہوئے لنگڑے جج صاحب اپنے بل میں گھس گئے۔

اس طرح دن گزرتے رہے مگر دوسری مرتبہ پھر منٹو کا سامنا لالو بھیڑیے سے ہو گیا۔ ہوا یوں کہ وہ کھیت میں گاجر کھا رہا تھا۔ اس کے ایک طرف کچھ کسان گھاس اُکھاڑ رہے تھے اور دوسری طرف لالو بھیڑیا کھڑا تھا۔ جان ہتھیلی پر رکھ کر منٹو کسانوں کی طرف سے ہوتا ہوا جھاڑیوں میں چھپتا چھپاتا کھیت سے باہر بھاگا۔ لالو بھی کھیتوں کو پھلانگتا ہوا اس کے پیچھے دوڑا۔ منٹو کے پیر میں اب بھی تھوڑا بہت درد باقی تھا۔ اس سے تیز دوڑا نہ جا رہا تھا۔ اتنے میں اس کی نظر ایک پیڑ کی جڑ میں موجود بِل پر پڑی، وہ فوراً بِل میں داخل ہو گیا۔ وہ نیولے کا پُرانا بِل تھا۔ اندر کانٹے بکھرے پڑے تھے۔

بھیڑیا بھی بِل کے پاس پہنچ گیا اور نیچے سے بل کے سوراخ پر زور زور سے ٹھوکریں لگاتے ہوئے غرّا کر بولا، ''یہیں بیٹھوں گا آرام سے، کبھی نہ کبھی تو نکلے گا باہر!''

منٹو کی حالت خراب ہونے لگی، بِل چھوٹا سا تھا، اس میں بکھرے ہوئے کانٹے اسے چبھ رہے تھے اور اب اسے زور کی پیاس بھی ستانے لگی تھی۔ آخر ہمیشہ کی طرح اسے آج بھی ایک ترکیب سوجھی۔ بل میں پڑا ہوا ایک کانٹا اس نے ترچھا منہ میں دبایا اور

بوڑھے خرگوش کی آواز بنا کر زور سے بولنا شروع کیا۔ ''کون ہے تو؟ اس طرح گھر میں کیوں گھس آیا ہے؟''

پھر کانٹا باہر نکال کر خود کی آواز میں بولا، ''چچا! میں کنچن جنگل کا منٹو ہوں اور لالو بھیڑیا میرے پیچھے پڑا ہے۔''

لالو بھیڑیا یہ آوازیں باہر سے سن رہا تھا۔ ''ٹھیک ہے، جا اب بھاگ یہاں سے!''

وہ پھر بوڑھی آواز میں بولا، ''لیکن چچا! لالو بھیڑیا بل کے باہر بیٹھا ہے۔''

منٹو خود کی آواز میں بولا، ''میں جیسا کہوں، ویسا کرو!'' بوڑھے خرگوش کی آواز آئی۔

لالو بھیڑیے کے کان کھڑے ہو گئے۔ ''میرا بل کتنا بڑا ہے تجھے دکھائی دے رہا ہے نا؟'' پیچھے کی طرف برگد کے پیڑ کی جڑ میں اس کا دوسرا سوراخ بنا رہا ہوں میں۔ کافی کام ہو چکا ہے، باقی کی کھدائی تو کر دے، تو اس بل کا دوسرا سوراخ تیار ہو جائے گا اور پھر تو وہاں سے نکل بھی جانا اور مجھ بوڑھے کا کام بھی ہو جائے گا اور سن! پیڑ کی یہ ٹہنی منہ میں دبا کر میں بیٹھتا ہوں، لالو کو لگے گا کہ یہ تیری پونچھ ہے اور تو بل میں موجود ہے۔''

منٹو نے اپنی پونچھ مٹی میں اَٹالی اور بل کے سوراخ پر منہ رکھ کر بیٹھ گیا۔ یہ دیکھ کر لالو بھیڑیے کو ہنسی آئی، ''یہ خرگوش بے وقوف بنائے گا مجھے!'' یہ کہتے ہوئے وہ دبے پاؤں وہاں سے چل پڑا اور پیچھے کی طرف گیا جہاں برگد کا پیڑ تھا۔ وہاں بیٹھ کر منٹو کے باہر نکلنے کی راہ تکنے لگا۔

منٹو کو بھیڑیے کے پنجوں کی آواز سنائی دی۔ اس نے موقع غنیمت جانا اور بل سے باہر نکل کر نو دو گیارہ ہو گیا اور سیدھے اپنے گھر پہنچ کر سانس لی۔ لالو کو تھوڑی دیر کچھ سمجھ میں نہ آیا لیکن آخر بل کا سنّاٹا دیکھ کر اسے یقین ہو گیا کہ دو آوازیں نکال کر منٹو نے آج اسے پھر بے وقوف بنا ہی دیا۔

جب بھی منٹو کو پیاس لگتی تو اس کے ذہن میں ایک خیال پیدا ہوتا کہ آج تک لالو

سے اس کا سامنا تالاب پر کبھی نہیں ہوا۔ پیاس کے وقت کسی کو کچھ سُجھائی نہیں دیتا۔ اگر تالاب پر سامنا ہو گیا تو کیا ہوگا؟ آگے تالاب اور پیچھے لالو اور یہ بھی سچ ہے کہ لالو نے کبھی تالاب کے پاس منٹو کی گھات نہیں لگائی تھی لیکن کبھی ایسا اتفاق ہو گیا تو کیا کرنا چاہیے۔ اس کا حل بھی منٹو نے تلاش کر لیا تھا۔ جنگل میں بانس کے جھنڈ تھے۔ ان میں سے ایک سوکھا ہوا بانس مل گیا، اسے کھینچ کر وہ تالاب تک لے آیا اور تالاب کے کنارے پڑے کچرے کے ڈھیر میں اسے چھپا کر رکھ دیا۔ ایک روز سچ مچ لالو بھیڑیا تالاب کے پاس آ گیا اور وہاں پر پڑے کچرے کے ڈھیر میں چھپ گیا اور آہستہ سے بانس کا ایک سرا تالاب کے پانی میں ڈال کر دوسرا سرا منہ میں دبا کر تالاب میں چلا گیا اور بانس کی مدد سے سانس لیتا ہوا دوسرے کنارے پر پہنچ گیا۔ لالو کو اس سب کی بھنک بھی نہ لگی۔

اسی طرح دن گزرتے رہے۔ ہر بار منٹو چکما دے کر لالو بھیڑیے سے بچ نکلتا اور مزہ کرتا رہا۔ آہستہ آہستہ اس کے پیر کا زخم بھی بھر گیا اور اب وہ بڑا بھی ہو گیا تھا۔ وہ کبھی بھی لالو بھیڑیے کے ہاتھ نہ لگ سکا۔

سچ ہے ہمیشہ ہوشیار رہنے سے آنے والی مصیبتوں اور آفتوں سے بچا جا سکتا ہے۔

(دسمبر ۲۰۱۲ء)

میگھی راجا

سلام بن رزّاق

ایک تھا راجا...... نام تھا اس کا میگھی راجا...... بھاری بھرکم، تندرست وتوانا۔ اُس کا رنگ تھا تو کالا مگر تھا بڑا رعب داب والا۔ من موجی ایسا کہ جی میں آتا تو آسمانوں کی خبر لاتا...... خوب فراٹے بھرتا...... دوڑتے بھاگتے بادلوں کو پکڑتا، ان کی گردن مروڑتا...... دھکّم پیل کرتا۔ نتیجہ یہ ہوتا کہ برسات کبھی ہوتی اور کبھی نہیں ہوتی۔ لوگ پریشان ہوتے تو یہ خوب ہنستا۔ اس کی ہنسی میں ایسی گرج تھی گویا دو پہاڑ آپس میں ٹکرا گئے ہوں۔

اس کے پاس ایک خوب صورت ننھی سی تھیلی تھی، جو اسے دیوتاؤں سے ملی تھی۔ وہ اس تھیلی کو اپنے بالوں میں چھپا کر رکھتا، مگر جب موج میں آتا تو وہ تھیلی چاہے اندھیرا ہو کہ اجالا، چم چم چمکتی۔

بندھیا چل پہاڑ کے گھنے جنگل میں میگھی راجا کا بسیرا تھا۔ وہ ادیباسیوں کا بہت دُلارا تھا۔ ان پر اس کا ایسا دبدبہ تھا کہ وہ اسی کے حکم کے غلام تھے۔ پھر ایک بار یوں ہوا کہ میگھی راجا نے گلّی راجا سے چھیڑ خانی کی۔ اچانک گیا اور اس کی داڑھی مونچھ کتر لایا۔ اس سے پہلے کہ بے چارے گلّی راجا کو پتہ چلتا، وہ سیدھا آسمان کی طرف اڑن چھو ہو گیا۔ دوسرے دن گلّی راجا ایسا جھنجھلایا کہ غصے میں اپنی ہی بیٹی کی چوٹی کاٹ لی...... بیٹی لگی رونے۔ مگر اس نے دھیان ہی نہیں دیا۔ اور بولا، 'روتی ہے تو رونے دو۔'' اس نے فوج کو حکم دیا کہ کسی طرح میگھی راجا کو زندہ پکڑ لاؤ۔ اس کام میں ساری کی ساری فوج

جٹ گئی۔ راجا کا حکم۔ پھر کیا تھا۔ جنگل، بیابان، پہاڑ، دریا، غار، میدان سب کھنگال ڈالے۔ آخر دو دنوں کی کھوج کے بعد میگھی راجا ایک پہاڑ کی چوٹی پر مل ہی گیا۔ سپاہیوں نے اسے پکڑا اور گلی راجا کے سامنے لے آئے۔ راجا نے اس کی طرف غصے سے دیکھا او رکہا، ''اسے منگل جی پنساری کے پاس لے جاؤ اور اس سے کہو کہ ایسی سزا دے کہ زندگی بھر یاد رکھے راجا کے حکم سے اسے منگل جی کے پاس بھیج دیا گیا۔

منگل جی پنساری بڑا ترش مزاج تھا۔ اس نے بڑی آنکھیں کھول کر اس کی طرف دیکھا، اپنی موٹی موٹی مونچھوں کو بل دیا۔ کھی...... کھی کر کے ہنسا اور پھر بولا، ''جاؤ، اس پاجی انسان کو لے جاؤ...... میں اس کا منہ بھی دیکھنا نہیں چاہتا۔ اسے کال کوٹھری میں ڈال دو۔ دیکھوں گا اب کیسے مستی کرتا ہے یہ......''

میگھی راجا بھی کب کسی سے کم تھا۔ کوٹھری میں ڈالتے ہی ایسا اودھم مچایا کہ چاروں طرف پانی ہی پانی...... پانی کا ایک ریلا منگل جی پنساری کے دروازے تک پہنچا۔ وہ گھبرا گیا۔ بھاگا۔ بھاگتا ہوا گلی راجا کے پاس پہنچا۔ اس وقت گلی راجا بیٹھا پان چبا رہا تھا۔ اس نے منگل جی کی بات سنی۔ منگل جی نے گڑگڑا کر کہا، ''مہاراج! کسی طرح میگھی راجا سے میرا پِنڈ چھُڑائیے۔''

گلی راجا نے میگھی راجا کو ایک گرم کوٹھری میں قید کر دیا۔ لیکن میگھی راجا کہاں باز آنے والا تھا۔ اس نے وہاں بھی جل تھل کر دیا۔ چاروں طرف بھاپ کے بادل اُڑنے لگے۔ راجا نے غصّے سے چیخ کر کہا، ''اس کا ایسا انتظام کرو کہ یہ پھر کوئی ایسی ویسی حرکت نہ کر سکے۔''

سپاہیوں نے اسے جنگل میں لے جا کر جان سے مار ڈالنے کا ارادہ کیا۔ میگھی راجا رونے لگا۔ سپاہیوں کو اس پر ترس آ گیا۔ انھوں نے سوچا اسے مارنا مناسب نہ ہوگا۔ انھوں نے اسے بارہ سنگھا کے سینگوں میں قید کر دیا۔ بے چارہ میگھی راجا وہاں چپ چاپ پڑا

رہا۔ تھوڑے دنوں تک تو کسی کو خبر بھی نہ ہوئی۔ کچھ دن بیت گئے۔ زمین پر اکال پڑا۔ چاروں طرف ہاہا کار مچ گیا۔ پانی نہیں، اناج نہیں۔ لوگ بھوکوں مرنے لگے۔ بستیاں اُجڑنے لگیں۔ ندیوں کا پانی خشک ہو گیا۔ زمین میں دراڑیں پڑ گئیں۔ لوگ گلی راجا کے پاس شکایت لے کر پہنچے..... وہ سوچ میں پڑ گیا۔ کیا کرے.....؟ بارش نہیں تو اناج بھی نہیں.....لوگوں کو کھانے کے لیے کیا دے گا؟ وہ گھبرا گیا.....دن کا چین رات کی نیند حرام ہو گئی۔

راجا نے دربار بلایا۔ دربار میں اعلان کیا کہ جو کوئی میگھی راجا کو ڈھونڈ کر لائے گا، منہ مانگا انعام پائے گا۔"

سب چپ.....خاموش۔ راجا نے بار بار اعلان کیا مگر توبہ! کسی نے بھی ہامی نہیں بھری۔ آخر ایک جوگن آگے بڑھی۔ اور اس نے میگھی راجا کو لانے کا بیڑا اُٹھایا۔

جوگن نے اسے چاروں کھوٹ تلاش کیا۔ وہ بارہ سنگھا کے سینگ کے پاس گئی مگر؟ ہر طرف سے بند تھا۔ اس نے میگھی راجا کو آواز دی، "میگھی راجا، میگھی راجا، جاگتا ہے کہ سوتا ہے؟"

میگھی راجا نے اندر سے جواب دیا، "سوتا ہوں نہ جاگتا ہوں۔"

"پھر باہر کیوں نہیں آتا.....؟"

"میری مرضی!"

"خفا ہونے کا سبب تو بتا؟"

"تو جو سمجھ لے۔"

"آخر تو چاہتا کیا ہے؟"

"گلی راجا کی بیٹی سے شادی۔"

جوگن کھلکھلا کر ہنس پڑی۔ اس نے میگھی راجا کی فرمائش قبول کر لی اور راجا کو

منانے کا ارادہ کیا لیکن اب میگھی راجا کے لیے مشکل یہ تھی کہ وہ سینگوں سے باہر کیسے نکلے؟ جب تک سینگ ٹوٹتی نہیں وہ باہر نہیں آ سکتا تھا۔ بہت کوشش کی مگر کچھ نہیں ہوا۔ پھر جوگن دوڑی دوڑی گئی اور ریشم کی ایک ڈور لائی، سونے کی چھری لائی، موتیوں کی ہتھوڑی لائی، سینگوں کو چاروں طرف سے کس کر باندھا۔ اور لگی ہتھوڑی سے ان پر ضربیں لگانے۔ سینگ پھٹے...... سینگوں کے پھٹتے ہی میگھی راجا باہر آ گیا۔ اُسے دیکھتے ہی آسمان گرجا اور موسلا دھار بارش ہونے لگی۔ ندی نالے بھر گئے۔ زمین سیراب ہوگئی۔ لوگوں نے چین کا سانس لیا۔

گلی راجا نے ہاتھ جوڑ کر میگھی راجا سے معافی مانگی اور اپنی بیٹی کا بیاہ اس سے رچایا۔ بولا، ''میں تو صرف نام کا راجا...... سچا راجا تو تُو ہے۔ تو ہر برسات کا پکھیرو ہے۔ سارے عالم کا تو ساقی ہے۔ تجھ سے دنیا باقی ہے۔ سچ مچ عظیم ہے تو۔''

میگھی راجا جھوم اٹھا...... اس نے چاروں طرف خوشیوں کی بوچھار کر دی...... آؤ ہم تم بھی یہی کریں۔

(جنوری ۲۰۱۳ء)

جل پَری

علی عباس ازل

سمندر کی تہہ میں جہاں سمندری گھاس چاندی کے پنکھوں کی طرح ہلتی رہتی ہے ایک جل پری رہتی تھی۔ اس کے بال سنہری تھے اور آنکھیں سیپ کے موتیوں جیسی چمکدار تھیں۔ وہ اتنا اچھا گاتی کہ دور دور سے مچھلیاں اس کی آواز سننے کے لیے جمع ہوتیں۔ لیکن جل پری خوش نہیں رہتی تھی۔ اس کا باپ پوچھتا ''بیٹی تم اُداس کیوں رہتی ہو؟'' جل پری کی پانچ بڑی بہنیں تھیں جنھیں وہ اچھے اچھے گانے سنا کر خوش کر دیا کرتی تھی۔ بھی اس سے پوچھتیں ''اب تمھارے گانے اتنے غمگین کیوں ہو گئے ہیں؟'' ننھی جل پری جواب دیتی میں کیسے خوش رہ سکتی ہوں۔ کوئی مجھے سمندر کے اوپر جانے ہی نہیں دیتا اور میں دیکھنا چاہتی ہوں کہ آخر وہاں ہے کیا۔ جو کچھ سمندر کی تہہ میں ہے وہ تو میں روز ہی دیکھتی ہوں۔''

جل پری کی بڑی بہنیں اکثر تیرتی ہوئی سمندر کے اوپر چلی جاتیں اور کسی چٹان پر بیٹھ کر آتے جاتے جہازوں اور ساحل پر چلتے پھرتے انسانوں کو دیکھتی تھیں۔

ایک کہتی، ''میں نے نیلے آسمان کو دیکھا ہے جس میں پیلا سورج چمکتا رہتا ہے۔'' دوسری کہتی، ''ارے میں تو ایک مرتبہ طوفان میں پھنس گئی تھی۔ آسمان بالکل کالا ہو گیا تھا اور موجیں اتنی اونچی اُٹھنے لگیں جیسے بادلوں کو پکڑنے کی کوشش کر رہی ہوں۔'' ننھی جل پری سب کی باتیں سنتی اور سن سن کر کڑھتی رہتی تھی۔ ایک دن اس کا باپ بولا، ''تم دل چھوٹا نہ کرو جب تم پندرہ سال کی ہو جاؤ گی تب تمھیں بھی سمندر کے اوپر جانے کی اجازت مل

جائے گی۔"

آخر اس کی پندرہویں سالگرہ آ گئی۔ مچھلیوں نے جب جل پری سے پوچھا، "ارے جل پری آج تم اتنی خوش خوش کہاں بھاگی جا رہی ہو؟"

وہ ہنستے ہوئے بولی، "میں سمندر کے اوپر کی دنیا دیکھنے جا رہی ہوں۔" اور تیرتی ہوئی اوپر چلی گئی۔ جیسے ہی جل پری سمندر کے اوپر پہنچی بڑے زور کا طوفان آیا۔ کالے کالے بادل آسمان پر لوٹنے لگے۔ ہوا نے موجوں کے کوڑے مارنا شروع کر دیا۔ یہ سب کچھ اتنا عجیب اور نیا تھا کہ جل پری کو بالکل ڈر نہیں لگا۔ وہ تو حیرت اور تعجب سے ہر چیز کو دیکھ رہی تھی۔

ایک چھوٹا سا جہاز سمندر کے بیچ اِدھر اُدھر ڈول رہا تھا۔ اس کے بادبان پھٹ چکے تھے اور موجیں اس کو پانی کے بلبلے کی طرح اوپر نیچے اچھال رہی تھیں۔ تھوڑی دیر میں جہاز ڈوب گیا۔ لیکن لکڑی کے ایک تختے کے سہارے اسے ایک آدمی تیرتا ہوا نظر آیا۔ جل پری سوچنے لگی اس آدمی کو بچانا چاہیے۔ جب وہ اس کے قریب پہنچی تو آدمی بے ہوش ہو چکا تھا۔ وہ اسے گھسیٹتی ہوئی ساحل تک لے آئی۔ اس نے بہت اچھے اچھے گانے گائے مگر وہ خوب صورت لڑکا ویسے ہی بے سدھ پڑا رہا۔ اتنے میں جل پری نے دیکھا کہ کوئی اس کی طرف آ رہا ہے۔ وہ جلدی سے پانی میں چھپ گئی۔ ایک لڑکی اس بے ہوش لڑکے کو غور سے دیکھ رہی تھی۔ پھر اس نے جھک کر اس لڑکے کے سینے پر کان لگائے۔ اتنی دیر میں لڑکے نے آنکھیں کھول دیں۔ وہ سمجھا اسی خوب صورت لڑکی نے اس کی جان بچائی ہے۔ اس نے لڑکی کا شکریہ ادا کیا اور پھر دونوں ساتھ ساتھ چلے گئے۔ جل پری چپ چاپ پھر سمندر کی تہہ میں چلی گئی۔ "اب تو تم نے سمندر کے اوپری دنیا دیکھ لی نا، اب کیا ارادہ ہے؟"

اس کے باپ نے پریشان ہو کر پوچھا، "ہاں میری ننھی بہن اب تو تم پہلے سے بھی زیادہ سوچتے رہتی ہو۔"

اس کی بڑی بہن نے کہا، ''میں نے ایک خوبصورت لڑکے کو ڈوبنے سے بچایا تھا۔ وہ مجھے بہت اچھا لگا، لیکن میں اس سے شادی نہیں کرسکتی کیوں کہ میں تو آدھی لڑکی ہوں اور آدھی مچھلی۔ کاش میں بھی اس خوبصورت لڑکی کی طرح ہوتی جس کے ساتھ وہ لڑکا چلا گیا۔''

جل پری کے ماں باپ اور بہنیں سب اسے سمجھانے لگے کہ یہ ممکن نہیں ہے۔ مگر وہ اس خیال کو دل سے نہ ٹال سکی۔ ایک دن جب جل پری کا دل بہت گھبرا رہا تھا تو اسے اپنی بہنوں کی بتائی ہوئی بات یاد آئی، ''گہرے سمندر میں مونگے کے جنگلوں کے اس پار ایک جوالامکھی پہاڑ ہے، جواب ٹھنڈا ہو چکا ہے۔ اس کے غار میں ایک بوڑھی جادوگرنی رہتی ہے جو تمھاری ہر خواہش پوری کرسکتی ہے۔ مگر وہ یوں ہی کسی کا کام نہیں کرتی وہ اپنے جادو کی بہت بڑی قیمت وصول کرتی ہے۔''

جل پری نے سوچا کچھ بھی ہو، وہ جادوگرنی کے پاس ضرور جائے گی۔ صبح ہی صبح وہ اپنے گھر سے نکل پڑی اور جادوگرنی کے پاس پہنچ گئی اور اس سے بولی، ''تم مجھے ایک خوبصورت لڑکی بنا دو کہ میں اس آدمی سے شادی کرسکوں۔''

جادوگرنی بولی، ''ٹھیک ہے۔ میں تمھاری دُم کو پیروں میں بدل دوں گی تاکہ تم زمین پر چل سکو لیکن اس کے بدلے میں تمھاری خوبصورت آواز مجھے مل جائے گی اور دوسری شرط یہ ہے کہ اگر تم اس شہزادے سے شادی نہ کرسکی تو پھر کبھی جل پری نہ بن پاؤ گی۔ ہمیشہ کے لیے سمندر کا جھاگ بن جاؤ گی۔ بولو منظور ہے؟''

''ہاں میں اپنے شہزادے کو پانے کے لیے سب کچھ دے دوں گی۔'' ادھر جل پری کے منہ سے یہ الفاظ نکلے ادھر وہ شہزادے کے محل کے سامنے کھڑی ہوئی تھی۔

دروازہ کھلا اور شہزادہ باہر آیا لیکن جل پری نے اس کی طرف بڑھنے کی کوشش کی تو اس کے پیروں میں درد ہونے لگا۔ اس نے بولنا چاہا تو اس کی زبان بھی نہیں کھلی۔ شہزادہ پہلے تو اسے تعجب سے دیکھتا رہا۔ اتنی خوبصورت لڑکی تو آج تک اس نے نہیں دیکھی تھی۔

پھر جب اسے معلوم ہوا کہ یہ لڑکی گونگی ہے تو اسے جل پری پر بڑا رحم آیا۔ وہ اس کا ہاتھ پکڑ کر اپنے محل میں لے گیا جہاں کی ہر چیز جل پری کے لیے عجیب تھی۔ پتھر کے بڑے بڑے مجسّمے اِدھر اُدھر لگے تھے۔ دیواروں پر رنگین تصویریں لٹک رہی تھیں۔ شیشے کے نازک نازک فانوس تھے جن میں سیکڑوں شمعیں جل رہی تھیں۔ فرش پر نرم نرم گل بوٹے والے قالین بچھے تھے اور بیچ میں ایک خوب صورت لڑکی دلہن کے کپڑے پہنے کھڑی تھی۔

''ارے یہ تو وہی ہے جو شہزادے کو ساحل پر ملی تھی۔ آج ان کی شادی ہونے والی ہے۔ اب میں شہزادے سے کبھی شادی نہ کر سکوں گی۔'' جل پری کی بڑی بڑی آنکھوں میں آنسو بھر آئے۔ ''اب میں اپنے ماں باپ کو بھی کبھی نہ دیکھ سکوں گی کیوں کہ شہزادے کی شادی کے بعد میں تو سمندر کا جھاگ بن جاؤں گی۔''

شادی کے لیے دولہا دلہن اور سب مہمان ایک بڑے اور نئے جہاز پر خوشی منانے گئے۔ شہزادہ جل پری کو بھی اپنے ساتھ لے گیا۔

ادھر جل پری کی بہنوں کو جب معلوم ہوا تو وہ بہت گھبرائیں اور بھاگی بھاگی اپنی بہن کے پاس آئیں۔ انھوں نے پانی میں سے اپنا سر نکالا تو دیکھا سب لوگ خوشیاں منا رہے ہیں، خوب کھا، پی رہے ہیں۔ کوئی ناچ رہا ہے، کوئی گا رہا ہے مگر جل پری جہاز کے ایک کونے میں اکیلی اُداس کھڑی ہے اور سمندر کے پانی کو دیکھے جا رہی ہے۔ وہ اس سے بولیں، ''لو، یہ چُھری جادوگرنی نے دی ہے اور کہا ہے کہ اگر تم یہ چھری شہزادے کے دل میں اُتار دو گی تو پھر سے جل پری بن کر ہمارے ساتھ جا سکو گی ورنہ سمندر کا جھاگ بن جاؤ گی۔''

رات کو جب سب مہمان بے خبر سو رہے تھے، جل پری نے خنجر اُٹھایا اور شہزادے کے کمرے میں داخل ہوئی۔ دولہا دلہن دونوں سو رہے تھے۔ جل پری نے خنجر اُٹھایا اور شہزادے کو مارنا ہی چاہتی تھی کہ اس کا ہاتھ رک گیا۔ وہ سوچنے لگی میں تو شہزادے سے پیار کرتی ہوں میں اس کو کیوں قتل کروں؟ نہیں، میں کسی انسان کو نہیں مار سکتی، چاہے سمندر

کا جھاگ ہی کیوں نہ بن جاؤں۔اس نے چھری سمندر میں اُچھال دی۔جل پری کو ایسا لگا جیسے وہ بہت ہلکی ہوتی جا رہی ہے اور ہوا کی طرح اوپر اُٹھ رہی ہے یہاں تک کہ وہ بادلوں سے بھی اوپر چلی گئی جہاں اسے ایک آواز سنائی دی۔

''جل پری! تم بہت اچھی ہو، بہت نرم دل ہو تم اب سمندر کا جھاگ نہیں بنو گی لیکن دو سو سال تک ان ہواؤں کے ساتھ ان کی قید میں رہوگی۔''

''لیکن دو سو سال تو بہت ہوتے ہیں۔''

''ہوتے تو ہیں لیکن یہ کم بھی ہو سکتے ہیں۔جب بھی کوئی بچہ ایک نیک کام کرے گا تمھاری قید کا ایک دن کم ہو جائے گا۔''

اب جل پری ہواؤں کے گھیرے میں چکر کاٹتی رہتی ہے اور زمین پر بچوں کو اُمید بھری نظروں سے دیکھتی ہے، کیوں کہ جب بھی کوئی بچہ کسی اندھے یا پیروں سے معذور آدمی کو راستہ پار کرا دیتا ہے، کسی بھوکے کو کھانا کھلا دیتا ہے، عید کے دن اپنے نئے کپڑوں میں سے کچھ ان بچوں کو بھی دے دیتا ہے جن کے پاس پہننے کے لیے کچھ بھی نہیں، اپنے استادوں کا کہنا مان لیتا ہے، اپنے ماں باپ کے کاموں میں ان کا ہاتھ بٹاتا ہے، اپنے گھر، محلے یا اسکول کی صفائی میں حصہ لیتا ہے، امتحان میں اچھے نمبروں سے پاس ہوتا ہے، اپنے دوستوں کی مشکل میں کام آتا ہے، کسی بیمار کو ڈاکٹر کے پاس لے جاتا ہے یا اس کے لیے دوا لاتا ہے، لڑنے جھگڑنے کے بجائے غصّے کو پی جاتا ہے تب جل پری کی قید کا ایک دن کم ہو جاتا ہے۔

کیا تم بھی ہر روز ایک اچھا کام کر کے جل پری کو جلد سے جلدی آزادی دلاؤ گے؟ تاکہ وہ بھی اپنے ماں باپ اور بہنوں سے جا ملے۔

(فروری ۲۰۱۴ء)

گل بوٹے سلور سیریز

گل بوٹے کی منتخب نظمیں

حمد

بشیر احمد انصاری

یا رب ، مالکِ بحر و بر   تو یکتا ہے ، تو اکبر
کوئی نہیں تیرا ہم سر   تیرا کرم ہے ہم سب پر
تو خالق ہے ، تو برتر

تو ہی دے پھل پھول اناج   تو ہی بنائے بگڑے کاج
تیرے کرم کے سب محتاج   شاہ و گدا تیرے در پر
تو خالق ہے ، تو برتر

ہم نہ رہیں تجھ سے غافل   کردے ہم کو اس قابل
تیری مرضی ہو حاصل   دل میں رہے بس تیرا ڈر
تو خالق ہے ، تو برتر

اپنے کرم کی نعمت دے   علم و ہنر کی دولت دے
دل میں دردِ محبت دے   میری دعاؤں میں ہو اثر
یا رب ، مالکِ بحر و بر

❖❖❖

نعت شریف

ڈاکٹر ایم.آئی.ساجد

آقائے دو جہاںؐ کا عالی مقام ہے
اونچا ہر اک بشر سے محمدؐ کا نام ہے

دل میں خدا ہے لب پہ محمدؐ کا نام ہے
سادہ سا یہ وظیفہ مرا صبح و شام ہے

در کا گدا ہوں آپؐ کا ادنیٰ غلام ہوں
کیجیے قبول میری وفا کا سلام ہے

خیر الامم ہیں آپؐ ہی ختم رسول بھی
گویا کلام آپؐ کا رب کا کلام ہے

ایماں کی روشنی سے ہے معمور اک جہاں
مومن کے دل میں آپؐ کا ہردم قیام ہے

محسن ہیں کائنات کے سردارِ انبیاءؑ
ساجدؔ کہو کہ اس میں بھلا کیا کلام ہے

❖❖❖

یومِ جمہوریت کا ہے مفہوم کیا؟

نور جہاں نور

مجھ کو امی یہ جلدی بتا دو ذرا
یوم جمہوریت کا ہے مفہوم کیا؟
ہند آزاد پندرہ اگست کو ہوا؟
جنوری والی چھبیس کو کیا ہوا؟
یوم جمہوریت کیوں مناتے ہیں ہم؟
کیوں یہ تاریخ اپنے لیے ہے اہم؟
دوسرا کوئی قصہ سنانا نہیں
مجھ کو امّی تھپک کر سُلانا نہیں

☆☆☆

بیٹا میں اُس سمے کی کتھا کیا کہوں
ہوتی بھارت پہ تھی جو جفا کیا کہوں
جب غلامی میں سو سال تک ہم رہے
اور گوروں کے ظلم و ستم بھی سہے
ہم تو اپنے وطن میں ہی مجبور تھے
اور دنیا میں کمزور مشہور تھے
تم وہ دن اب کبھی پھر سے لانا نہیں
اور آزادی اپنی گنوانا نہیں
پھر تو بھارت کے لوگوں کو ہوش آ گیا
سب کے دل میں بغاوت کا جوش آ گیا
جگ میں ٹیپو اور حیدر کے چرچے ہوئے
جان دی لکشمی نے بھی لڑتے ہوئے
مر مٹے بوس اپنے وطن کے لیے
جانے کتنے کٹے تھے وطن کے لیے
یہ بلیدان بیٹے بھلانا نہیں
سر کٹانا مگر سر جھکانا نہیں
سب کو گاندھی نے سندیش نیارا دیا
کرکے ستیہ گرہ ہند پیارا دیا
تم سے امید باندھے ہوئے ہیں سبھی
تم وطن کو نہ اپنے بھلانا کبھی
ہم نے جانیں گنوائیں کٹائے ہیں سر
یوں ہی ہم کو ملا یہ خزانہ نہیں
بیٹے باپو کو تم بھول جانا نہیں
جان دی ہے وطن پر بھلانا نہیں
پھر بھی قانون انگریزی تھا ہند پر
اپنا قانون اب تک بنا ہی نہ تھا
ڈاکٹر امبیڈکر نے یہ تحفہ دیا
اپنا قانون بھارت میں نافذ کیا

جنوری سَنِ باون کی وہ چھبیس تھی　　یومِ جمہوریت کہتے اس کو سبھی
راج رعیت کا ہے کوئی راجا نہیں　　بات میری سنو ابھی سونا نہیں
آج بھارت کے بچے یہ وعدہ کریں　　چاچا نہرو کے رستے پہ ہم سب چلیں
قتل و نفرت و جنگ و جفا چھوڑ کر　　رشتہ عالم سے پھر پیار کا جوڑ کر
پھر ہمایوں بنے کوئی کرناوتی　　کوئی مریم ہو کوئی سیتا ستی
نور کی یہ نصیحت بھلانا نہیں
ہند کی شان و شوکت مٹانا نہیں

❖❖❖

فروری کی راگنی

عبدالرحیم نشتر

روشنی کی نئی کرن پھوٹی　　پھیلتا ہے نیا اجالا سا
ہر طرف زندگی چمکتی ہے　　ہر طرف جگمگا رہی ہے فضا
نرم و نازک ، شگفتہ رو بچے　　اپنے کاندھوں پہ ڈال کر بستے
مدرسوں کی طرف جو چل نکلے　　راستے خود بہ خود چمک اٹھے
ٹھنڈے ٹھنڈے سے میٹھے میٹھے سے　　فروری کے سہانے دن آئے
ریشمی دھوپ لطف دیتی ہے　　اپنی خوش منظری کو پھیلائے
کیجیے امتحاں کی تیاری　　فروری راگنی سناتی ہے
محنتوں کا یہی تو موسم ہے　　کامیابی صدا لگاتی ہے
مارچ ، اپریل سے ذرا پہلے　　جو کتابوں سے دل لگائے گا
وہی پہنچے گا اپنی منزل پہ
مسکرائے گا ، کھلکھلائے گا

کاش کسی دن ایسا بھی ہو

ظفر گورکھپوری

کاش کسی دن ایسا بھی ہو
بجلی زور سے کڑکے   بادل زور سے گرجے
بیوپاری، مزدور، ملازم   کوئی نہ نکلے گھر سے
پانی زور سے برسے
کاش کسی دن ایسا بھی ہو
سڑکوں پر جھیلیں آ جائیں   ریلوں کی سانسیں رک جائیں
موٹر کے پہیے دھنس جائیں   ساری بسیں لنگڑی ہو جائیں
کاش کسی دن ایسا بھی ہو
گھر، بازار، دکانیں، دفتر   فائل، دستاویز، کتابیں
ہوٹل، چائے کی پیالی، بحثیں   میں اِن سب کی قید سے نکلوں
گاؤں کی اک ندّی پہ جاکر   شوخ سہانے کھیل رچاؤں
کاغذ کی اک ناؤ بناکر   بہتے پانی میں تیراؤں
اپنے بچھڑے بچپن سے میں   پھر اک بار گلے مل جاؤں
کاش کسی دن ایسا بھی ہو

❖❖❖

اسکول کو الوداع...

دسویں جماعت کے طلبہ کی الوداعی پارٹی کے لیے

عبدالاحد ساز

لڑکپن کی رفیق! اے ہم نوائے نغمۂ طفلی!
ہمارے عہدِ زرّیں کی سہانی، جاں فزا وادی

ہماری فکر کی، احساس کی، جذبات کی ساتھی
ہمارے شوق کی رہبر، ہمارے ذوق کی ہادی

ہمارے دامنِ افکار پر تیرا ہی سایہ ہے
خوشا اسکول! کہ ہم نے تجھی سے فیض پایا ہے

ہمارے حوصلوں کو تو نے تعمیریں عطا کی ہیں
ہمارے ذہن کو پُرکار تدبیریں عطا کی ہیں

ہمارے دل نشیں خوابوں کو تعبیریں عطا کی ہیں
ہمیں انسانیت کی ساری توقیریں عطا کی ہیں

ہمارے عزم کو تو نے یقیں کا نور بخشا ہے
ہمیں فردا کا اک سلجھا ہوا دستور بخشا ہے

ہماری دھڑکنیں تیرے ہی بام و در میں پنہاں ہیں
ترے ماحول میں ہم سب کے محسوسات غلطاں ہیں

ہماری آرزوئیں تیرے دالانوں میں رقصاں ہیں
نقوشِ عہدِ رفتہ تیرے ماتھے پر نمایاں ہیں

ہمارے واسطے تو ، ایک لا فانی مسرت ہے
ہمیں اسکول! تیرے ذرّے ذرّے سے محبت ہے

تری آغوش میں بچپن کے ہم نے دِن بِتائے ہیں
ترے آنگن میں کتنا روئے ، کتنا مسکرائے ہیں

یہاں معصوم آنکھوں میں نئے ارماں بسائے ہیں
یہاں مسرور ہونٹوں سے ترانے گنگنائے ہیں

ترے میداں میں بچپن کی سہانی یادگاریں ہیں
ہمارے عہدِ گُم گشتہ کے لمحوں کی قطاریں ہیں

یہاں سے دوستی کی کتنی بنیادیں اٹھائی ہیں
رفاقت کی حیات افروز دنیائیں بسائی ہیں

یہاں پر شوخیوں کی مضطرب موجیں بہائی ہیں
یہاں بزمیں سجائی ہیں ، یہاں دھومیں مچائی ہیں

ترے پہلو میں کتنی ہی سنہری وارداتیں ہیں
ترے ہونٹوں پہ کتنی ہی تبسم ریز باتیں ہیں

ترے دامن میں ہم نے قیمتی لمحات پائے ہیں
خلوص وانسیت کے بے بہا جذبات پائے ہیں

ترے ساغر سے ہم نے فیض کے جرعات پائے ہیں
ہماری فکر نے تجھ ہی سے رجحانات پائے ہیں

تجھے پاکر جو پایا ہے اسے ہم کھو نہیں سکتے
ترے ہیں ، تیرے اپنے ہیں ، پرائے ہو نہیں سکتے

نئے سازوں پہ جب تیرے ترانے گائے جائیں گے
نئے ارمان جب تجھ میں نئی جنت بسائیں گے

نئے غنچے ترے گلزار میں جب مسکرائیں گے
نئی کرنوں سے جب تیرے دریچے جگمگائیں گے

نئے ساتھی ، ترے آنگن میں جب دھومیں مچائیں گے
تو شاید ہم بھی اے اسکول! تجھ کو یاد آئیں گے

یہ مانا ، زندگی ہم کو بہت مصروف کر دے گی
ہمارے ذہن کو دنیا کے اندازوں سے بھر دے گی

ہزاروں مسئلوں پر دعوتِ فکر ونظر دے گی
یہ جب تھوڑی سی مہلت گردشِ شام وسحر کر دے گی

غمِ دوراں سے جب بھی فرصت یک لمحہ پائیں گے
تری یادوں میں کھو جائیں گے خود کو بھول جائیں گے!

✤✤✤

بچوں کی قوّالی

ظفرؔ گورکھپوری

ایک شعر:

نہ مال و زر کی خواہش ہے نہ دلچسپی ہے دولت سے
الٰہی بس دعا یہ ہے بچا ہم کو جہالت سے

مکھڑا:

انساں کی نظر میں انساں کی تکریم نہیں تو کچھ بھی نہیں
دولت چاہے جتنی رکھ لو، تعلیم نہیں تو کچھ بھی نہیں

یہ سچ ہے ضروری ہے پیسا
پیسے سے میسّر ہے روٹی
تعلیم وہ قوت ہے جس سے
چھوٗ لوگے ہمالے کی چوٹی
کہتے ہیں جسے سچّی عزّت
دولت سے نہ ہرگز پاؤگے

تم پیٹ تو اپنا بھر لوگے
تہذیب کہاں سے لاؤگے؟

اسی لیے تو کہتا ہوں میاں ... تعلیم نہیں تو کچھ بھی نہیں

جہالت جس کو کہتے ہیں وہ امّاں ہے بُرائی کی
جسے تعلیم کہتے ہیں وہ سیڑھی ہے بڑائی کی
جہالت وہ اندھیرا ہے ، سدا ٹھوکر کھلاتا ہے
مگر تعلیم کا سورج اجالا لے کے آتا ہے

اسی لیے تو کہتا ہوں جناب ... تعلیم نہیں تو کچھ بھی نہیں

تعلیم نہیں تو یہ سمجھو
جیون جینا آسان نہیں
تعلیم نہیں تو یہ سمجھو
خود اپنی بھی پہچان نہیں
تعلیم نہیں تو روح نہیں
جب روح نہیں تو پیار نہیں
جب پیار نہیں تو یوں سمجھو
اخلاق نہیں ، کردار نہیں
کردار نہیں تو دنیا میں
پھر کوئی کسی کا یار نہیں
اسی لیے تو کہتا ہوں حضور
تعلیم نہیں تو کچھ بھی نہیں
انساں کی نظر میں انساں کی
تکریم نہیں تو کچھ بھی نہیں
تعلیم نہیں تو کچھ بھی نہیں

خوش مزاجی

موجؔ صہبائی

وہ ہے ایک معصوم سی بھولی سی لڑکی
حسیں جیسے کوئی ہو مورت ربڑ کی

کرن صبح کی اس کے رخ کا ہے جلوہ
اور آواز اُس کے گلے کا ہے نغمہ

سلوک اُس کا دنیا میں سب سے نرالا
اُسی کا زمانے میں ہے بول بالا

ہمیشہ اسے پیار کرتا ہے انساں
سمجھتا ہے اس کو مسرت کا عنواں

اُسے چاہیں ہر دم امیر و گدا سب
ہر اِک روگ کی اُس کو سمجھیں دوا سب

جہاں جاتی ہے لوگ کرتے ہیں عزّت
سبھی کے دلوں میں ہے اس کی محبت

کوئی اس سے کرتا ہے بُغض وحسد کب
مدد اس سے لیتے ہیں چھوٹے بڑے سب

ذرا نام اس کا بتاؤ تو بچو!
یقیں ہے کہ تم اُس سے مل بھی چکے ہو

بہت شمسؔ و اخترؔ نے حکمت لڑائی
مگر بات کوئی سمجھ میں نہ آئی

اچانک ظفرؔ بول اُٹھا کہ ''باجی!
بتاؤں میں؟ نام اس کا ہے خوش مزاجی''

❖❖❖

پندِ زریں

جلیل ساز

مانگ اس سے تو رحمت کے کھل جائیں گے دروازے
الطاف و عنایت کے کھل جائیں گے دروازے

ہیں علم و ادب دونوں اعزاز کا سرمایہ
دنیا میں فضیلت کے کھل جائیں گے دروازے

استاد کی عزت کر کہ ان کی دعاؤں سے
عقل اور ذہانت کے کھل جائیں گے دروازے

جو کچھ ہے بزرگوں کی خدمت کا نتیجہ ہے
خدمت ہی سے عزّت کے کُھل جائیں گے دروازے

کر شکرِ خداوندی ، تنگی ہو کہ عُسرت ہو
اک روز مسرّت کے کُھل جائیں گے دروازے

ہنس بول کے مل سب سے ، یہ عجز بڑی شئے ہے
ہر شخص کی چاہت کے کُھل جائیں گے دروازے

ہم ایک تو ہو جائیں ، ہم نیک تو ہو جائیں
ملّت پہ قیادت کے کُھل جائیں گے دروازے

سچائی کا سودا بھی اے سازؔ وہ سودا ہے
تا عمر تجارت کے کُھل جائیں گے دروازے

✤✤✤

ایک کھلنڈرے طالب علم کی التجا

موجؔ صہبائی

اے پیارے ٹیچر ، اچھے جناب! کرو ہم کو اس مرتبہ کامیاب!

انگریزی ہم کو آتی نہیں ہے تاریخ ہم کو بھاتی نہیں ہے
مشکل بہت ہے ہم کو حساب! اے پیارے ٹیچر ، اچھے جناب!
کرو ہم کو اس مرتبہ کامیاب!

کھیلوں سے ہم کو فرصت نہیں تھی پڑھنے سے پھر بھی نفرت نہیں تھی
پڑھتے رہے جاسوسی کتاب اے پیارے ٹیچر ، اچھے جناب!
کرو ہم کو اس مرتبہ کامیاب!

جب امتحان آ پہنچا قریب سوچا کہ ہم تو ہیں خوش نصیب
لیکن یہاں بگڑا ہے نصاب اے پیارے ٹیچر ، اچھے جناب!
کرو ہم کو اس مرتبہ کامیاب!

حالاں کہ پرچے مشکل نہیں تھے لیکن ہمارے قابل نہیں تھے
لکھّے جواب اِن کے لا جواب اے پیارے ٹیچر ، اچھے جناب!
کرو ہم کو اس مرتبہ کامیاب!

امی ہماری گردن مروڑیں ابّو تو شاید زندہ نہ چھوڑیں
ننھی سی جاں پر اِتنے عذاب اے پیارے ٹیچر ، اچھے جناب!
کرو ہم کو اس مرتبہ کامیاب!

اب تو نہیں ہے دل پر بھی قابو	رو رو کے پیتے ہیں اپنے آنسو
کھاتے ہیں ہر دم ہم پیچ و تاب	اے پیارے ٹیچر، اچھے جناب!
کرو ہم کو اس مرتبہ کامیاب!

اب پھر کرم فرماؤ خدارا	پاس ہمیں کرواؤ خدارا
اس کا ملے گا بے حد ثواب	اے پیارے ٹیچر، اچھے جناب!
کرو ہم کو اس مرتبہ کامیاب!

اک درجہ آگے ہم کو بڑھا دو	کشتی ہماری پار لگا دو
موج آ پڑا ہے وقت خراب	اے پیارے ٹیچر، اچھے جناب!
کرو ہم کو اس مرتبہ کامیاب!

♣♣♣♣

حمد

سچائی کی راہ دِکھا دے یا اللہ
یا اللہ ! انسان بنا دے یا اللہ

ایسا کوئی سبق پڑھا دے یا اللہ
دل میرا ہر وقت صدا دے یا اللہ

علم و عمل کی بانٹوں دنیا میں کرنیں!
مجھ کو سورج سا چمکا دے یا اللہ!

مہکے جن کی خوشبوؤں سے باغِ وجود
شاخوں پر وہ پھول کھلا دے یا اللہ

دھوپ کڑی ہے جیون کی تو، بندے کو
اپنی رحمت کا سایا دے یا اللہ

دھول جمی ہے مکر و ریا کی چہروں پر!
سچائی کا آئینہ دے یا اللہ

کام آتے ہیں جو مشکل میں اوروں کی
پھل ان کی اچھائی کا دے یا اللہ!

میری باتوں سے بھی کسی کا دل نہ دکھے
ایسی زبان اور وہ لہجہ دے یا اللہ!

تجھ سے تیری چاہت کا طالب ہے فراقؔ
چاہت ہی میں اُس کو مِٹا دے یا اللہ

✤✤✤

اپنا دیش

ساحؔر لدھیانوی

بچے:

ہم نے سنا تھا ایک ہے بھارت سب ملکوں سے نیک ہے بھارت
لیکن جب نزدیک سے دیکھا سوچ سمجھ کر ٹھیک سے دیکھا
ہم نے نقشے اور ہی پائے بدلے ہوئے سب طور ہی پائے
ایک سے ایک کی بات جدا ہے دھرم جدا ہے ذات جدا ہے
آپ نے جو کچھ ہم کو پڑھایا وہ تو کہیں بھی نظر نہ آیا

استاد:

جو کچھ میں نے تم کو پڑھایا اس میں کچھ بھی جھوٹ نہیں
بھاشا سے بھاشا نہ ملے تو اس کا مطلب پھوٹ نہیں
اِک ڈالی پر رہ کر جیسے پھول جدا ہیں پات جدا
برا نہیں گر یوں ہی وطن میں دھرم جدا ہوں ذات جدا

بچے:

وہی ہے جب قرآن کا کہنا جو ہے وید پران کا کہنا
پھر یہ شور شرابا کیوں ہے؟ اتنا خون خرابا کیوں ہے؟

استاد:

صدیوں تک اس دیش میں بچّو رہی حکومت ہے غیروں کی
ابھی تلک ہم سب کے منہ پر دھوُل ہے ان کے پیروں کی
لڑواؤ اور راج کرو یہ اُن لوگوں کی حکمت تھی
ان لوگوں کی چال میں آنا ہم لوگوں کی ذِلّت تھی
یہ جو بَیر ہے اِک دوُجے سے یہ جو پھوُٹ ہے اور رنجش ہے

اُن ہی بدیشی آقاؤں کی سوچی سمجھی بخشش ہے

بچے :

کچھ انسان برہمن کیوں ہیں؟ کچھ انسان ہریجن کیوں ہیں؟
ایک کی اتنی عزّت کیوں ہے؟ ایک کی اتنی ذِلّت کیوں ہے؟

استاد :

دَھن اور گیان کو طاقت والوں نے ہے اپنی جاگیر کہا
محنت اور غلامی کو کمزوروں کی تقدیر کہا
انسانوں کا یہ بٹوارا وحشت اور جہالت ہے
وہ دھرم نہیں ہے لعنت ہے جنم سے کوئی نیچ نہیں ہے

جنم سے کوئی مہان نہیں
کرم سے بڑھ کر کسی منُش کی
کوئی بھی پہچان نہیں

بچے :

اب تو دیش میں آزادی ہے اب کیوں جنتا فریادی ہے؟
کب جائے گا دَور پُرانا؟ کب آئے گا نیا زمانہ؟

استاد :

صدیوں کی بھوک اور بے کاری کیا اِک دن میں جائے گی؟
اس اُجڑے گُلشن پر رنگت آتے آتے آئے گی
یہ جو نئے منصوبے ہیں یہ جو نئی تعمیریں ہیں
آنے والے دَور کی کچھ دُھندلی دُھندلی تصویریں ہیں

تم ہی رنگ بھروگے ان میں
تم ہی اِنھیں چمکاؤگے

مددگار ندی

ظفرؔ گورکھپوری

بچہ :

مدد کر اے ندی میری ، بہت غم کا ستایا ہوں
میں ترے پاس چھوٹی سی گزارش لے کر آیا ہوں

مری باجی کے گجروں کو گلابوں کی ضرورت تھی
مری امی کو پھولوں سے بڑی گہری محبت تھی

مرے دِل نے بھی چاہا تھا، کِھلیں کلیاں تو میں لے لوں
محبت سے اُنھیں چوٗموٗں ، اُنہی کے درمیاں کھیلوٗں

اِسی اُمید پہ کیا کیا نہ کیں تیاریاں میں نے
زمیں کھودی ، بنائیں خوب صورت کیاریاں میں نے

لگائے جا بجا پودے ، چنبیلی کے ، گلابوں کے
یہی پودے مقدّر تھے مرے معصوٗم خوابوں کے

بُرا ہو ایسی گرمی کا جو پل پل آگ برسائے
مرے پودوں کے چہرے دھوٗپ کی شدت سے مُرجھائے

انھیں پانی کی حاجت ہے ، ندی پانی عطا کر دے
یہ پیلے ہو گئے ، رنگت اِنھیں دھانی عطا کر دے

ندی :

میاں مُنے نہ گھبراؤ ، نہ ہارو حوصلہ بیٹے
تمھاری مشکلیں آسان کردے گا خدا بیٹے

کرو ہرگز نہ جی چھوٹا ، گنواؤ مت قرار اپنا
تمھارے ساتھ ہوں ، سمجھو مجھے خدمت گزار اپنا

زمیں کھودو ، بناؤ نہر ، مجھ کو لے چلو پیارے
تمھاری کیاریوں کو سبز کر دیں گے مرے دھارے

جو یہ ممکن نہیں تم سے تو گرمی اور پڑنے دو
ذرا آکاش پہ سورج کا غصہ اور بڑھنے دو

ابھی بے تاب ہوکر آسماں سے آئیں گی کرنیں
مری بوندوں کی شوخی دیکھ کر للچائیں گی کرنیں

انھیں لے جائے گی بادل کے غباروں میں بھربھر کر
زمیں سے دور برفیلے پہاڑوں کی بلندی پر

ہوا کے سرد جھونکے ان سے جب ٹکرائیں گے پیارے
تو پھٹ جائیں گے کالے بادلوں کے سارے غبارے

برس اُٹھے گا چھم چھم چھم چھما چھم ہر طرف پانی
لہک اٹھے گی دھرتی ، ختم ہو جائے گی ویرانی

تمھارے نیم جاں پودوں میں جان آجائے گی بیٹے
تمھارے گھر میں باغیچے کی شان آجائے گی بیٹے

پندرہ اگست

عبدالرحیم نشتر

بارش کی دھوپ چھاؤں میں پندرہ اگست ہے
ہر شہر اور گاؤں میں پندرہ اگست ہے
ہنستی ہوئی فضاؤں میں پندرہ اگست ہے
چلتی ہوئی ہواؤں میں پندرہ اگست ہے
مستانہ چال ڈھال ، طبیعت بھی مست ہے
میرے وطن میں آج تو پندرہ اگست ہے

موسم ہے خوش گوار ، فضا پر بہار ہے
ہر ایک شئے پہ رحمتِ پروردگار ہے
گرتی ہیں آسمان سے کرنیں سرور کی
چاروں طرف خدا کے کرم کی پھوار ہے
مستانہ چال ڈھال طبیعت بھی مست ہے
میرے وطن میں آج تو پندرہ اگست ہے

موسم بھی گویا جشن مناتا ہے آج تو
کیا کیا نہ سب کے دل کو لبھاتا ہے آج تو
یہ سانولی سلونی سی بھیگی ہوئی سحر
سورج نئی ادائیں دکھاتا ہے آج تو
مستانہ چال ڈھال ، طبیعت بھی مست ہے
میرے وطن میں آج تو پندرہ اگست ہے

بچے اٹھے سویرے نہا دھو کے سج گئے
پیڑوں پہ جیسے شوخ پرندے چہک اُٹھے
ہر راہ سے گزرتی ہیں خوشبو کی ٹولیاں
یہ کیسے ننھے منے شگوفے مہک اُٹھے
مستانہ چال ڈھال ، طبیعت بھی مست ہے
میرے وطن میں آج تو پندرہ اگست ہے
منظر نئے نئے ہیں ٹھکانے نئے نئے
آنکھوں میں خواب ، وہ بھی سہانے نئے نئے
بڑھتے چلے ، بڑھاتے چلو سب کو ساتھیو!
اب راہ دیکھتے ہیں زمانے نئے نئے
مستانہ چال ڈھال ، طبیعت بھی مست ہے
میرے وطن میں آج تو پندرہ اگست ہے
ہاتھوں میں ہاتھ ڈالے ہوئے چل پڑے تمام
یہ دیش کے سپوت ہیں یہ دیش کے امام
رستے کی اونچ نیچ سے ڈرتے نہیں ذرا
تھکنے کے باوجود بھی کرتے نہیں قیام
مستانہ چال ڈھال ، طبیعت بھی مست ہے
میرے وطن میں آج تو پندرہ اگست ہے

❖❖❖

اخبار

موج صہبائی

گھر آتا ہے روز اخبار
لے کر خبروں کا انبار

گاؤں ، شہروں ، ملکوں کی ہر خطّے کے لوگوں کی
دیتا ہے سب معلومات موسم ، فیشن ، کاروبار

گھر آتا ہے روز اخبار
لے کر خبروں کا انبار

نیتاؤں کی تقریریں ہر جلسے کی تصویریں
جنتا میں ان کے اعلان منصوبے ، وعدے ، اقرار

گھر آتا ہے روز اخبار
لے کر خبروں کا انبار

اِک لیڈر کو کھانسی ہے اِک مجرم کو پھانسی ہے
جھارکھنڈ ، گجرات ، آسام سب کی سیاست ہے بیمار

گھر آتا ہے روز اخبار
لے کر خبروں کا انبار

کس نے کس کو قتل کیا کس نے کیا اغوا کس کا
چوری ، ڈکیتی ، آگ زنی کٹّا ، بم ، بندوق ، کٹار

گھر آتا ہے روز اخبار
لے کر خبروں کا انبار

چاول ، گُڑ کا بھاؤ بڑھا   ٹی وی ، فِرج کا دام گھٹا
تیزی ہے یا مندی ہے   کیسا ہے شیئر بازار
گھر آتا ہے روز اخبار
لے کر خبروں کا انبار

بجلی ، پانی کی فریاد   غم کی کون سنے روداد
لیڈر ہے خود ہی مجبور   ہر کشتی ہے بن پتوار
گھر آتا ہے روز اخبار
لے کر خبروں کا انبار

سڑکوں پر ہے چکّا جام   بند پڑے ہیں سارے کام
ہر سو ہے افراتفری   نعرے بازی ، چیخ پکار
گھر آتا ہے روز اخبار
لے کر خبروں کا انبار

جلسوں میں ہے زندہ باد   میدانوں میں مُردہ باد
مزدوروں کی دشمن ہے   پونجی پتیوں کی سرکار
گھر آتا ہے روز اخبار
لے کر خبروں کا انبار

روس ، امریکہ ، انگلستان   سب کی ایک الگ پہچان
کس نے بنائے میزائل   اور کس نے مہلک ہتھیار
گھر آتا ہے روز اخبار
لے کر خبروں کا انبار

نظم ، کہانی ، خط ، مضمون   کھیل ، لطیفے اور قانون
مل جائے گا جو چاہوں   آئے گا جب جب اتوار
گھر آتا ہے روز اخبار
لے کر خبروں کا انبار
آج اخبار اِک طاقت ہے   شہرت بھی اِک آفت ہے
موجؔ قلم رکھ دو ، ورنہ   چھپ جائیں گے یہ اشعار
گھر آتا ہے روز اخبار
لے کر خبروں کا انبار

✤✤✤

ٹیچر خوابوں کے

حیدر بیابانی

ٹیچر میرے خوابوں کے
انگلش بولیں فر فر فر ہندی پر بھرپور نظر
جانے ہیں پہچانے ہیں اُردو کا ہر زیر زبر
ماہر خوب حسابوں کے
ٹیچر میرے خوابوں کے

گیان بڑھاتے رہتے ہیں نظمیں گاتے رہتے ہیں
ہم نادانی کرتے ہیں وہ سمجھاتے رہتے ہیں
جیسے باب کتابوں کے
ٹیچر میرے خوابوں کے

عالم ، فاضل ، عاقل ہیں ہر فن مولا ، قابل ہیں
ہم سے کتنے برتر وہ لیکن ہم میں شامل ہیں
یار بنیں احبابوں کے
ٹیچر میرے خوابوں کے

ڈانٹ نہیں پھٹکار نہیں ہاتھ میں ان کے مار نہیں
کارآمد ہیں سارے بول بات کوئی بیکار نہیں
کھلتے پھول گلابوں کے
ٹیچر میرے خوابوں کے

❋ ❋ ❋

آخری خواب

ظفؔر گورکھپوری

جب جب ٹوٹے خواب ہمارے
ہم نے بُنے کچھ خواب نئے
جب جب گہرا ہوا اندھیرا
اُگا لیے مہتاب نئے

پتّوں کی پوشاک تھی تن پر، جب ہم نے جنگل چھوڑا
گاؤں سجائے، کھیت اُگائے، شاخوں کو انگڑائی دی
ہم نے شہر بسائے لیکن شہروں نے تنہائی دی
اور بھی ٹوٹے بکھرے جڑں اپنائے آداب نئے

جب جب ٹوٹے خواب ہمارے
ہم نے بُنے کچھ خواب نئے

ہم نے علم کے خواب سجائے، علم نے یہ وردان دیا
دریا، پربت، ریت، سمندر، پوَن ہمارے قبضے میں
چاند ستارے سب مُٹھی میں لگن ہمارے قبضے میں
جنگل اور بدن میں پھیلا، جتنے کھولے باب نئے

جب جب ٹوٹے خواب ہمارے
ہم نے بُنے کچھ خواب نئے

بُنتے بُنتے خواب ، لہوٗ کے سارے دھاگے ٹوٗٹ گئے
خود اپنی تہذیب ہمیں یہ کِن راہوں پر لے آئی
خوف کی آندھی پیچھے اپنے ، آگے نفرت کی کھائی
سوداگری ، بازار ، ترازوٗ ، قدم قدم گرداب نئے

جب جب ٹوٗٹے خواب ہمارے
ہم نے بُنے کچھ خواب نئے

اب اِک آخری خواب بچا ہے، جنگ نہ ہواس دھرتی پر
انساں کے سینے سے چلتی سانس کا رشتہ ختم نہ ہو
اپنے بنائے ہتھیاروں سے اپنی دنیا ختم نہ ہو
دھرتی کو شمشان نہ کر دیں لالچ کے سیلاب نئے

جب جب ٹوٗٹے خواب ہمارے
ہم نے بُنے کچھ خواب نئے

✤✤✤

اب وہ میری سہیلی ہے
(ماں کی زبانی)

عبدالاحد ساز

اپنی خوشی بس اتنی ہے
پیاری سی اِک بیٹی ہے
ابھی تو اس کا بچپن تھا
ننھا سا اِک گلشن تھا
پھول ، ستارے ، جگنو تھے
خواب ، کہانی ، جادو تھے
ریت گھروندے ، مٹی ، کھیل
موم کی گڑیا ، کاٹھ کی ریل
وقت مگر کب رُکتا ہے
کس کے آگے جُھکتا ہے
جلد جلد وہ بڑی ہوئی
گڑیا تھی ، اب پَری ہوئی
بیت گئے اسکول کے دِن
نازک نازک پھول سے دِن
اب وہ جاتی ہے کالج
حاصل کرتی ہے نالج
سوچتی ہے دُنیا کیا ہے
جیوَن کا رستہ کیا ہے
کامرس ، انگریزی کے ساتھ
پڑھتی ہے تیزی کے ساتھ
اپنے کلچر کی خوشبو
پاتی ہے پڑھ کر اُردو
اس کی طبیعت ہے حسّاس
دین کا بھی رکھتی ہے پاس
اس کی کچی عمر کی آن
شہد بھری اس کی مسکان
آنکھیں ہیں کجراری سی
زلفیں لمبی پیاری سی
اب وہ مجھ کو جانتی ہے
مرے دکھ پہچانتی ہے
ساتھی میری خوشیوں کی
ساجھی میرے اشکوں کی
پیاری ہے ، البیلی ہے
اب وہ میری سہیلی ہے

دھوم مچاتی آئی دِوالی

عبدالاحد ساز

دُور سے جاگے شوخ دھماکے روشنیوں کے جھرنے پھوٹے
پھیلیں رنگ و نور کی باہیں رنگ برنگی ہوئیں دِشائیں
پھلجھڑیاں ، چُٹپُٹیاں ، پھِرکی دُم تارے ، گلنار ، ہوائی
چہل پہل سی بازاروں میں رونق مندر کے دواروں میں
جگ مگ جگ مگ سی دیپالی دھوم مچاتی آئی دِوالی
شہ راہیں سندر ، البیلی جگ جیسے رنگین پہیلی
نیلے ، پیلے ، لال انگارے ہر سو اُڑتے مڑتے دھارے
گلیوں کوچوں شور مچاتے نٹ کھٹ بالک ، چنچل بچے
کمسن اَبلاؤں کی ٹولی دھیرے دھیرے ہٹتی بڑھتی
راگنیوں میں ڈوبا عالم خوشبوؤں سے مہکا عالم
نِرمل گنگا جمنی نہریں بھیڑ میں لہراتی للنائیں
سندر ، مدماتی ، چمکیلی
دھوم مچاتی آئی دوالی
ڈالے دِیوں کے جِھلمل گہنے ناچ کی مُدرا میں کنیائیں
آنکھوں میں اِک جوت جگائے روپ میں کومل پن گجراتی

سَت رنگی ماحول بپا ہے
دیر سے اِک چھوٹی سی لڑکی
راہ کے اِک کونے میں کھڑی ہے
چپ چپ انگلی منہ میں دباتی
ہاتھ میں دیپک ، سر پر تھالی
دھوم مچاتے آئی دِوالی

روشنیوں کا دلکش موسم
جن میں جل پریاں سی تیریں
کھنچتی ہوئی روشن ریکھائیں
مُڑتی کتراتی ، بل کھاتی
جیسے تھِرکے ناگن کالی
دھوم مچاتی آئی دِوالی

تن پہ چمکتے تارے پہنے
نورَس کمسن دو شیزائیں
سپنوں کا سامان رَچائے
ہونٹوں پر تانیں پنجابی
آنکھوں میں جادو بنگالی
دھوم مچاتی آئی دِوالی

اِک چکر سا گھوم رہا ہے
خوش لیکن سہمی سہمی سی
حیراں گُم سُم دیکھ رہی ہے
حیرت سے پلکیں جھپکاتی
ننھی مُنی بھولی بھالی
دھوم مچاتی آئی دِوالی

✤✤✤

ننّھا شہزادہ

عبداللہ خالد

ننھا مُنا اک شہزادہ — چندا نگری سے ہے آیا
اپنے ساتھ بہاریں لایا — خوشیوں کی برساتیں لایا
اس کے لہجے میں خوشبو ہے — اس کی باتوں میں جادو ہے
صورت اچھی ، سیرت اچھی — اس کی ہر اک عادت اچھی
رنج و غم سے بے پرواہ ہے — ہر دم ہنستا ہی رہتا ہے
کتنا سادہ ہر دن اس کا — ہنسنا ، کھیلنا ، پڑھنا لکھنا
دُنیا کی کچھ فکر نہیں ہے — دھن دولت کا ذکر نہیں ہے
اونچا جائے گا پڑھ لکھ کر — نام کمائے گا پڑھ لکھ کر

روشن ہو اس کا مستقبل
اس کے قدم چومے ہر منزل

✤✤✤

تب یاد تری آ جاتی ہے

ڈاکٹر سید یحییٰ نشیط

جب علی الصبح چڑیا اٹھ کر ، کچھ گیت خوشی کے گاتی ہے
کھل کھل کر ہر اِک کلی کلی ، جب گلشن میں مسکاتی ہے
جنگل کی بھینی خوشبو جب ، سب گلیوں کو مہکاتی ہے
اے جگ کے پالنہار خدا ، تب یاد تری آ جاتی ہے

ماں جب روتے بچے کو سینے سے چمٹا لیتی ہے
دو گھونٹ پلانے ممتا کے ، وہ گود میں لپٹا لیتی ہے
باہوں میں بھر کر بچے کو ، وہ باہیں سمٹا لیتی ہے
اے جگ کے پالنہار خدا ، تب یاد تری آ جاتی ہے

جب رِم جِھم بارش ہوتی ہے اور ٹپ ٹپ شور مچاتی ہے
میدان و باغ بغیچوں میں جب ہریالی لہراتی ہے
جب ٹھنڈی ٹھنڈی پروائی ، سردی کا زور بڑھاتی ہے
اے جگ کے پالنہار خدا ، تب یاد تری آ جاتی ہے

سنسان ، بیاباں وادی میں ، جب ندیا بہتی جاتی ہے
پانی کی چنچل دھارا جب ، ٹکراکر شور مچاتی ہے
محسوس یہ ہوتا ہے گویا وہ گیت خوشی کے گاتی ہے
اے جگ کے پالنہار خدا ، تب یاد تری آ جاتی ہے

جب تیز ہوا بن کر آندھی ، انگڑائی لینے لگتی ہے
طوٗفان سے جنگل کی وادی جب خوٗب دھڑکنے لگتی ہے
دریا میں تلاطم اٹھتا ہے ، اور نیّا ڈولنے لگتی ہے
اے جگ کے پالنہار خدا ، تب یاد تری آ جاتی ہے
چپ چاپ چمکتے تاروں سے ، جب رات سنورنے لگتی ہے
ماتھے پر کامل چاند سجا ، وہ خوب دمکنے لگتی ہے
جوہی کے پھولوں سے دھرتی ، جب خوب مہکنے لگتی ہے
اے جگ کے پالنہار خدا ، تب یاد تری آ جاتی ہے

❖❖❖

یا اللہ

نازاں جمشید پوری

یا اللہ ذیشان ہے تو   حاکم ہے سلطان ہے تو
میرا دین ، ایمان ہے تو   رحم کرے تو رحمان ہے تو
جسم میں میرے جان ہے تو
یا اللہ ذیشان ہے تو

چاند ستارے مہر و فلک   پھولوں میں رنگ اور مہک
ذرّوں میں ہے تیری چمک   دھرتی سے آکاش تلک
ہر شئے میں ہر آن ہے تو
یا اللہ ذیشان ہے تو

سب فانی ، لا فانی تو   آپ ہے اپنا ثانی تو
ہر انجان ، گیانی تو   ہم ہیں بھکاری ، دانی تو
ہم نِردھن ، دھنوان ہے تو
یا اللہ ذیشان ہے تو

لیتے ہیں ہم نام ترا   ذکر ہے صبح و شام ترا
پالنا سب کو کام ترا   پاتے ہیں انعام ترا
ہم سب کا نگران ہے تو
یا اللہ ذیشان ہے تو

کیوں نہ تجھ کو یاد کریں   تجھ سے ہی فریاد کریں
تیرا گھر آباد کریں   ہم اپنا دل شاد کریں
نازاں کا عرفان ہے تو
یا اللہ ذیشان ہے تو

مرغے نے اخبار نکالا

موج صہبائی

"ککڑوں کڑوں" نام نرالا چیف ایڈیٹر بلّی خالہ
ہر صفحہ کرنوں میں ڈھالا ہر کالم چندا کا ہالہ
مرغے نے اخبار نکالا
مرغے نے اخبار نکالا

پرچہ ہے دلچسپی والا چھپتا بھی ہے اِک دم اعلیٰ
پڑھتے ہیں سب پنڈت لالہ ہر اک اس کا ہے متوالا
مرغے نے اخبار نکالا
مرغے نے اخبار نکالا

دنیا کا سب حال چھپا ہے نیلا ، پیلا ، لال چھپا ہے
مشکل ایک سوال چھپا ہے کوّا ہو گیا کیسے کالا؟
مرغے نے اخبار نکالا
مرغے نے اخبار نکالا

اونٹ ، لومڑی کی کرتوت اونچ نیچ اور چھوا چھوت
نفرت میں ہیں دونوں بھوت غصّے سے ہے دِل میں چھالا
مرغے نے اخبار نکالا
مرغے نے اخبار نکالا

کارٹون میں بندر ماما پہنے دھاری دار پجامہ
ناچ ناچ کر کیے ڈراما خود اُچھلے بچوں کو اُچھالا
مرغے نے اخبار نکالا
مرغے نے اخبار نکالا

گیدڑ نے چیتے کو پکڑا چوہے نے بھالو کو جکڑا
چیونٹی کا ہاتھی سے جھگڑا پڑھنے کو بھرپور مسالا
مرغے نے اخبار نکالا
مرغے نے اخبار نکالا

ناز بھی دیکھو، جوش بھی دیکھو غفلت میں مدہوش دیکھو
ہار گیا خرگوش بھی دیکھو پڑ گیا جب کچھوے سے پالا
مرغے نے اخبار نکالا
مرغے نے اخبار نکالا

بھیڑ انساں کی جنگل آئی دریا میں پھر آگ لگائی
حیوانوں پر دہشت چھائی انساں آفت کا پرکالا
مرغے نے اخبار نکالا
مرغے نے اخبار نکالا

مل جل کر سب کام کریں گے امن و الفت عام کریں گے
جگ میں روشن نام کریں گے پہنیں گے خوشیوں کی مالا
مرغے نے اخبار نکالا
مرغے نے اخبار نکالا

♣♣♣

کل کے شاعر

نریش کمار شاد

صدر:

سننے والو ! چپ ہو جاؤ　　روشن لال اب شعر سناؤ

روشن :

نام ہے روشن دل روشن ہے　　میرا مستقبل روشن ہے
یارو! کب ناکارہ ہوں میں　　روشن ایک ستارہ ہوں میں
چمکوں گا میں دُنیا بھر میں　　شہرت ہوگی نگر نگر میں
محتاجوں کو شاد کروں گا　　اُجڑے گھر آباد کروں گا

صدر :

شعر ذرا نکہت کے سنیے　　سنیے اور اپنا سر دُھنیے

نکہت :

مجھ کو تم ناچیز نہ جانو　　میرا نام ہے نکہت بانو
میں پھولوں میں رہنے والی　　باغوں کے آغوش کی پالی
نرم ہوا میں جھولا جھولوں　　چاہوں تو آکاش کو چھولوں
مست ہوں مستی بکھراؤں گی　　دُنیا بھر کو مہکاؤں گی

صدر :

سوچو ، سمجھو ، غور کرو سب　　ارجن سنگھ کے شعر سنو اب

ارجن :

میں ہوں اپنی آن کا پکا
دیکھ کے ہیں سب ہکا بکا
میں بھارت کی شان بنوں گا
ارجن سا بلوان بنوں گا
دشمن ہوں میں بٹ ماروں گا
دوست ہوں لیکن دکھیاروں کا
ظلم کی ظلمت دور کروں گا
دُنیا کو پُر نور کروں گا

صدر :

تھام لیں دل کو سارے بھائی
اب آشا کی باری آئی

آشا :

کون ہوں میں یہ جان سکیں گے
دل والے پہچان سکیں گے
لوگ مجھے کہتے ہیں آشا
جانتی ہوں میں دل کی بھاشا
سن کر آہٹ میرے قدم کی
چھٹ جاتی ہے بدلی غم کی
دل والے دل شاد ہیں مجھ سے
دل کے نگر آباد ہیں مجھ سے

صدر :

علم الدین اسٹیج پر آئے
اپنے تازہ شعر سنائے

علم الدین :

پڑھنا لکھنا کام ہے میرا
سب سے پیارا نام ہے میرا
بول کروں گا علم کا بالا
پہنوں گا خوشیوں کی مالا
علم سے جو محروم رہے گا
دکھ جھیلے گا رنج سہے گا
علم ہے سچا نور اے یارو
علم ہے کوہِ طور اے یارو

صدر :

ہنس مکھ رائے اب تم آؤ آ کر اپنے شعر سناؤ

ہنس مکھ رائے :

ہنس مکھ رائے نام ہے میرا خوش رہنا ہی کام ہے میرا
ہر مشکل سے لڑ جاتا ہوں ہر آفت سے ٹکراتا ہوں
جان میں جب تک جان رہیگی ہونٹوں پر مسکان رہے گی
مَردوں کا انداز یہی ہے جینے کا بھی راز یہی ہے

صدر :

آخر کیوں چپ چاپ رہو تم سلطانہ اب شعر کہو تم

سلطانہ :

ناز ہے مجھ کو ہوں سلطانہ میرا ہے محتاج زمانہ
میں محلوں میں رہنے والی رُتبہ میرا سب سے عالی
بستی بستی راج ہے میرا تخت ہے میرا تاج ہے میرا
کمزوروں کی رکھشک ہوں میں نِردوشوں کی سیوک ہوں میں

صدر :

غور سے سن لیں سارے بھائی شعر پڑھے گا اب سودائی

سودائی :

میرا تخلص سودائی ہے عقل گنوا کر عقل آئی ہے
دُنیا والو! عقل کے مارو! سن لو ہوش کے ٹھیکے دارو!
ہنس لیتا ہوں گا لیتا ہوں جو ملتا ہے کھا لیتا ہوں

❖❖❖

اَمّی کی دُعا

ابراھیم خان طالبؔ

دعا تجھ کو امی کی دل سے ہے بیٹا
رہے تجھ پہ سایہ ہمیشہ خدا کا

بُرائی سے تجھ وے وہ محفوظ رکھے
دکھائے سدا نیک اور سیدھا رستہ

میسر ہو تجھ کو مسرت جہاں کی
نہ ہو خطرہ ہرگز کسی بھی بلا کا

رہے بھائی بہنوں سے ہر دم محبت
ہو تجھ سے عزیزوں کو بھی پیار بیٹا

رہے تو خلوص و صداقت پہ قائم
ہوں اخلاق تیرے بلند اور اعلیٰ

بلند تیرا رتبہ ہو علم وہنر میں
جدھر جائے تو نام روشن ہو تیرا

رہے بیٹا تو دین وایماں پہ قائم
رہے خدمتِ خلق کا دل میں جذبہ

محمدؐ کے نقشِ قدم پر چلے تو
ترے دل میں خوفِ خدا ہو ہمیشہ

تو پھولے پھلے بس یہی آرزو ہے
رہے نام تیرے لبوں پر خدا کا

اپنے چاروں جانب دیکھو

مظفر حنفی

اپّی وہ دن کب آئیں گے
جب گھر میں چاول پکیں گے
سوندھی سوندھی دال بنے گی
ہم سب مل کر کھائیں گے
اپّی کب تک پہنوں گا میں
یہ پیوند لگا پاجاما
منگل کے بازار سے سے مجھ کو
نیکر جرسی دلوا دونا
میرے سب ساتھی پڑھتے ہیں
میں اسکول نہ جاؤں گا کیا
وہ سب راجا بن جائیں گے
میں ان پڑھ کہلاؤں گا کیا
اپّی بیچاری کیا بولے
اس کے ابو روٹھ گئے ہیں
ماں کی بیماری کے ہاتھوں
سندر سپنے ٹوٹ گئے ہیں
اے میرے دل والے بچو
اپنے چاروں جانب دیکھو
ایسے لاکھوں مل جائیں گے
ان کو بھی جینے کا حق دو

❈❈❈

ہم بھارت کے بچے ہیں

نور جہاں نور

ہم بھارت کے بچے ہیں کچھ کر کے دکھلا دیں گے
مل جل کر کیسے رہتے ہیں سب کو سکھلا دیں گے

کون بھلا ہے کون برا ہے ایسی ساری باتیں
ہم نہ سنیں گے ہم نہ کہیں گے یہ زہریلی باتیں

چغلی غیبت جھوٹی باتیں تہمت اور الزام
ہم کو ہے معلوم کہ اس کا کیا ہوگا انجام

ایسی عادت بڑی بری ہے سب کو سمجھا دیں گے
ہم بھارت کے بچے ہیں کچھ کر کے دکھا دیں گے

ڈیوڈ ہو یا انور ہو یا سیما ہو یا راکھی
ذات پات کا بھید برا ہے ہم سب ایک ہیں ساتھی

رنگ زبان اور مذہب ملت اونچی نیچی ذاتیں
ہندو مسلم سکھ عیسائی سب بھارت کی سوغاتیں

انساں انساں سب ہیں برابر ہم یہ بتلا دیں گے
ہم بھارت کے بچے ہیں کچھ کر کے دکھا دیں گے

ایسا کوئی کام نہ اپنے ہاتھ سے ہونے پائے
عزت پر ماں باپ کے ہرگز حرف نہ آنے پائے

پڑھ لکھ کر ہم آگے بڑھیں گے جیسے نہرو گاندھی
وقت پڑے تو بن جائیں گے ہم طوفاں اور آندھی

بڑوں سے بچے نہیں ہیں پیچھے نوؔر یہ دکھلا دیں گے
ہم بھارت کے بچے ہیں کچھ کر کے دکھا دیں گے

داستانِ اُردو

خان رشید ساحلؔ

آج سن لو میری مختصر داستاں
کتنی پیاری زباں ہے یہ اُردو زباں

اس کا مسکن رہا پہلے ارضِ دکن — حیدرآباد میں جو رہی خیمہ زن
تھا قطبؔ شاہ کے گھر میں اس کا چلن — اس کے آنچل میں وجہیؔ کا تھا بانکپن

مسکراتی رہی نصرتیؔ کے یہاں
کتنی پیاری زباں ہے یہ اُردو زباں

بہمنی دور کا اس پہ احسان ہے — ہاشمی کا قلم اس پہ قربان ہے
خطۂ گولکنڈہ کی یہ شان ہے — جو سراجؔ و ولیؔ کا دبستان ہے

اس نے کھولے ہیں صدیوں کے رازِ نہاں
کتنی پیاری زباں ہے یہ اُردو زباں

مسکراتی مچلتی دکن سے چلی — شہر گجرات میں کچھ دنوں تک پلی
ہو گیا اس پہ قربان ذوقِ ولیؔ — زیرِ سایہ انہی کے یہ پھولی پھلی

پھر ہوئی واں سے دِلّی کی جانب رواں
کتنی پیاری زباں ہے یہ اُردو زباں

پھر ہوئی واں سے دِلّی کی جانب رواں — کتنی پیاری زباں ہے یہ اُردو زباں

پھر یہ شاہانِ دلّی کی سطوت بنی میرؔ و غالبؔ کی غزلوں کی زینت بنی
اور قصیدے میں سوداؔ کی شہرت بنی یعنی حالیؔ کا پیغامِ اُلفت بنی

اور خسروؔ کے گھر میں ہوئی میہماں
کتنی پیاری زباں ہے یہ اُردو زباں

اس کے اسلوب میں شادمانی بھی ہے اس کے لہجے میں دلکش روانی بھی ہے
اس کے انداز میں دس ستانی بھی ہے عشوہ و ناز ، غمزہ ، جوانی بھی ہے

مانگ میں اس کی لفظوں کی ہے کہکشاں
کتنی پیاری زباں ہے یہ اُردو زباں

اس کی خدمت میں یکتا تھے شاہ ظفرؔ اس پہ قرباں اقبالؔ ذوقؔ واثرؔ
اس کے شیدائی تھے داغؔ و مومنؔ جگرؔ بن گئی پھر یہ حسرتؔ کی نورِ نظر

ہو گیا اس پہ قربان ہندوستاں
کتنی پیاری زباں ہے یہ اُردو زباں

لکھنؤ کی لطافت ادا بانکپن رچ گئی اس میں شام اودھ کی پھبن
بن گئی پھر نوابوں کے گھر کی دلہن آج بھی لکھنؤ پر ہے سایہ فگن

مرد و زن اس کے عاشق ہیں خُرد و کلاں
کتنی پیاری زباں ہے یہ اُردو زباں

سچ کہوں اب تو سنسار کا دل ہے یہ کاروانِ محبت کی منزل ہے یہ
ہر کلامِ مہذب میں شامل ہے یہ کشتیٔ زِندگانی کا ساحل ہے یہ

آج بھی اس کا قاری ہے جادو بیاں
کتنی پیاری زباں ہے یہ اُردو زباں

✤✤✤

خیرو کی بلی

عبدالرحیم نشترؔ

خیرو کی بلی کتنی چٹوری
کیا پھولی پھولی ، کیا موٹی تازی
خیرو کی بلی خیرو کو بھائے
پیروں کو چاٹے ہاتھوں کو چومے
کرسی پہ خیرو دھونی رمائے
کچھ اس کے گھر کی، کچھ اُس کے گھر کی
کوّوں کی ہلچل ، کتوں کی بھگدڑ
طوطوں کی ٹیں ٹیں، چوہوں کی چیں چیں
خیرو کی بلی خیرو کو پیاری

پھرتی ہے نالی تکتی ہے موری
خیرو بھی خوش ہے بلی بھی راضی
کیا کیا نہ اس کے من کو لبھائے
چندیا کو چھوکر لہرائے جھومے
بلی کو تازہ قصے سنائے
تھوڑی سی اپنی ، تھوڑی پرائی
بھینسوں کی بھیں بھیں ، بکروں کی ہڑ ہڑ
خیرو کی بلی ''سنتی ہے ''ہوں ہوں''
وہ بھی ہے موٹا ، یہ بھی ہے بھاری

❖❖❖

بنی ہے محبت ہمارے لیے

ڈاکٹر مدحت الاخترؔ

بزرگوں کے جس نے سہارے لیے
دل و جاں سے اسکول جاتے ہیں ہم
ہمارا جو حق ہے وہ ہم کو ملے
نظر آسمانی اُڑانوں پہ ہے
وطن کی محبت ہی ایمان ہے
اُنھیں یاد کرتے ہیں دن رات ہم

مزے اُس نے بچپن کے سارے لیے
ان آنکھوں میں سپنے دُلارے لیے
بنی ہے محبت ہمارے لیے
دِکھانے کو ہم نے غبارے لیے
اسی میں ہے جنت ہمارے لیے
کہ اللہ میاں ہیں ہمارے لیے

اچھا لگتا ہے

ظہیرؔ قدسی

بستہ لے کر گُل ہو جانا اچھا لگتا ہے
بیماری ، اسکول ، بہانا اچھا لگتا ہے

کل کیا ہوگا ، کیسے ہوگا اس کی فکر نہیں
بارش میں سڑکوں پہ نہانا اچھا لگتا ہے

جب وہ روئیں پا جاتی ہیں پیسا اور مٹھائی
اور مجھ کو بہنوں کو سَتانا اچھا لگتا ہے

گھر آکر اسکول سے چھوٹے بچوں کو لے کر
سَر یا آپا بن کے پڑھانا اچھا لگتا ہے

شرم آتی ہے فرمائش جب کوئی کرتا ہے
گھر میں تنہا ناچنا گانا اچھا لگتا ہے

بچوں کی ایک ایک عادت کو ڈھال کے لفظوں میں
ہم کو اب ماضی میں جانا اچھا لگتا ہے

❖❖❖

دُعا

جلیل سازؔ

نہ نمبروں کی کمی سے اُداس ہوں بچےّ
جب امتحان سے گزریں تو پاس ہوں بچےّ

رہے ہمیشہ وطن کا ہرا بھرا گلشن
ہمیشہ ہنستے رہیں ، خوش لباس ہوں بچےّ

نئ سحر نئے ماحول کے نقیب بنیں
ہر ایک گھر کے لیے کل کی آس ہوں بچےّ

معاملات کی تلخی سے دور دور رہیں
ہمارے کام و دہن کی مٹھاس ہوں بچےّ

انھیں سجا کے نہ رکھو کسی دریچے میں
جن آئینوں سے اگر بدحواس ہوں بچےّ

فرشتے لائیں تبسم کے پھول اُن کے لیے
وہ دن نہ آئے کہ تصویرِ یاس ہوں بچےّ

دل و نظر میں خوشی اور سرور کی خاطر
میں چاہتا ہوں مرے آس پاس ہوں بچےّ

کچھ اپنے آپ کی پہچان بھی ضروری ہے
دعا یہ ہے کہ حقیقت شناس ہوں بچےّ

❖❖❖

نئی اڑان

مس عابدہ خان

اک دن چندا ماموں نے سوچا چل کر سیر کریں
پیر رکھا اُس نے جیسے ہی دھرتی ایک پل سمٹ گئی
بولی دھرتی ، بھیا چاند یاد تجھے کیسے یہ آئی
بولا چندا بہنا میری کئی دنوں سے خبر نہیں لی
گھوم رہے ہیں سیٹلائٹ ختم ہوئی کیا! پہچاں میری
نئی صدی کی سیڑھی پر آرم اسٹرانگ کی راہ تکی
دھرتی بولی میرے بھیّا بچوں نے بڑا گرہ چُنا
یہ انسان کی فطرت ہے کھوج کرے وہ نئی نئی

چھوڑ مدھوبن چاند زمیں
اُڑنا چاہے اور کہیں

✤✤✤

تتلی

رفیع احمد

اک دن میں بیٹھا تھا گلشن میں
سوچ رہا تھا میں اپنے من میں

اتنے میں ایک تتلی آئی
رنگین پھولوں پر منڈلائی

ننھے ننھے پر تھے اس کے
جس پر رنگین بیل اور بوٹے

اس جا بیٹھی ، اس جا بیٹھی
پھولوں سے کچھ کی سرگوشی

میں نے اس کو پاس بلایا
وہ آئی تو اس سے پوچھا

پیاری تتلی قصہ کیا ہے؟
پھولوں سے یہ رشتہ کیا ہے؟

پہلے دھیرے سے مسکائی
پھر اس نے یہ بات بتائی

مجھ کو پھولوں سے رغبت ہے
ان کو بھی مجھ سے الفت ہے

روز چمن میں آتی ہوں
ان کو گیت سناتی ہوں

وہ گیتوں سے خوش ہوتے ہیں
میرے پروں کو رنگ دیتے ہیں

❖❖❖

عید کا زمانہ

نازاںؔ جمشید پوری

خوشیوں کا ہے خزانہ ہے عید کا زمانہ
غم سارے بھول جانا ، ہے عید کا زمانہ

جتنے کڑے ہوں لمحے ہیں زندگی کے تحفے
غم میں بھی مسکرانا ، ہے عید کا زمانہ

ہر دشمنی بھُلا کر شکوے گِلے مٹا کر
روٹھوں کو بھی منانا ، ہے عید کا زمانہ

اپنے ہوں یا پرائے کوئی نہ چھوٹ پائے
سب کو گلے لگانا ، ہے عید کا زمانہ

ہر سمت ہیں بہاریں رحمت کی ہیں پھواریں
ہوگا سماں سہانا ، ہے عید کا زمانہ

رمضاں ہوا ہے رخصت دیکر خوشی کی دولت
اس کو نہ تم گنوانا ، ہے عید کا زمانہ

مفلس ہو یا غنی ہو ایمان کا دھنی ہو
ہر دِل میں تم سمانا ، ہے عید کا زمانہ

دیکھو جسے ہے شاداں قسمت پہ اپنی نازاںؔ
کلیوں سا مسکرانا ، ہے عید کا زمانہ

❖❖❖

مزے دار جھگڑا

ظفرؔ گورکھپوری

جانوؔ شانوؔ دو تھے یار
دونوں میں تھا بے حد پیار
اک دن اُن میں بیر ہوا
جو اپنا تھا غیر ہوا
جانوؔ نے لے لی لاٹھی تان
شانوؔ کی بھی تھی اک آن
غصّے میں دونوں بے حال
دونوں کے تھے چہرے لال
طیش میں دونوں دیوانے
لپکے ڈنڈوں کو تانے
اتنے میں اک گیند آئی
دونوں کے نزدیک گری
دیکھی گیند تو مچلا من
بھول گیا سب پاگل پن
کھیل تھا دونوں کو محبوب
گیند بھی ظالم کیا ہے خوب
دونوں نے سوچا اک بار
کون کرے جھگڑا بے کار
لاٹھی سے پھڑوائے سر
اور پڑے پھر بستر پر
تلخ دوائیں کھائے کون
لڑکر پھر پچھتائے کون
کھیل رہے ہوں گے سب یار
کرشنؔ ، منظفرؔ اور کیدارؔ
کیسا ہوگا لطف وہاں
بھرا ہوا ہوگا میداں
تالی بجتی ہوگی خوب
دوڑ رہا ہوگا ایوّبؔ
کود رہا ہوگا بلراجؔ
رنگ نرالا ہوگا آج
دونوں نے سوچا اک ساتھ
ہائے ، کہیں ہو جائے نہ رات
پھینکا دونوں نے ڈنڈا
ہو گیا سب غصہ ٹھنڈا
ہنستے اور مچاتے شور
بھاگے وہ میداں کی اور

بتاؤ تو جانیں!

شریف احمد شریفؔ

پیارے بچّو! تم سے کچھ پوچھوں تو بتلاؤ گے تم
یا مرے مشکل سوالوں ہی میں کھو جاؤ گے تم

(۱)

یہ بتاؤ شہر دہلی کا وہ شاعر کون تھا؟
لوگ کہتے ہیں جسے اب تک محبت سے چچا

(۲)

یہ بتاؤ ہند کے راجا نظام الدینؒ کا
اصل میں کیا نام ہے خواجہ نظام الدین کا؟

(۳)

میرؔ صاحب کیسے شاعر تھے زباں مت کھولیے!
میرؔ ان کا تھا تخلص ، نام ان کا بولیے؟

(۴)

قبرِ اورنگ زیب جھکتا ہے جہاں پر آسماں
پیارے بچّو! یہ تو بتلاؤ کہ آخر ہے کہاں

(۵)

کون تھا ، وہ آخری دلی کا بوڑھا تاجدار
ضوفشاں ہے آج تک رنگون میں جس کا مزار

(۶)

وہ عرب سیاح ، چھوٹے جس سے صحرا اور نہ بَن
کیا بتا سکتے ہو تم ابنِ بطوطہ کا وطن
پیارے بچو! ختم کرتے ہیں ہم اپنی بات کو
تم جواب اس کا نہ دے پاؤ تو نیچے دیکھ لو

(۱) مرزا غالب (۲) حضرت نظام الدین اولیاؒ کا اصل نام محمد ہے۔ (۳) میر تقی میر (۴) خلد آباد، مہاراشٹر (۵) بہادر شاہ ظفر (۶) طنجہ مراکش

❖❖❖

جانوروں کا بازار

ڈاکٹر محمد اسد اللہ

دیکھا بیوپاری بننے کا جانوروں نے سپنا
لے کر اک بازار میں پہنچے خوانچہ اپنا اپنا
ہُدہُد لال ٹماٹر لایا ، ہرنی گاجر مولی
بندر لے کر آیا چُقندر ، لکڑبگّا ککڑی
اونٹ نے پیٹھ پہ گنّے لادے، ہاتھی لایا آلو
پالک لے کر آئی بلّی ، بیگن لے کر بھالو
لیموں لاد کے ٹٹّو لایا ، اروی عربی گھوڑا
سر پہ میتھی لائی بکری ، بکرا دھنیا تھوڑا
گیدڑ نے حلوائی بن کر جوں ہی تھال سجائے
چیونٹا چیونٹی گاہک بن کر دوڑے دوڑے آئے
لومڑیاں بھی لائیں اپنے انگوروں کے خوانچے
تاجر بن بیٹھے تھے چوہے بیچ رہے تھے کپڑے

❖❖❖

بھاجی والی

نفیس آصف

خالہ لے لو ، باجی لے لو — تازی تازی سبزی لے لو
گوبھی مٹر اور آلو لے لو — شلجم ، بینگن ، خالو لے لو
بھنڈی ، اَروی اور فلاور — سب ہی کھائیں جس کو گھر گھر
تیکھی لونگی مِرچی لے لو — تازی تازی سبزی لے لو
لے لو کھٹّی کھٹّی اِملی — کھاکر دیکھو کچّی کیری
دیکھو ہے یہ نیبو کا رس — کھاکر دیکھو گاجر میٹھا
تازی تازی چَولی لے لو — باجی لے لو ماجی لے لو
کڑوے کریلے ، میٹھی پھلی — لال ٹماٹر ، گاجر مولی
نرم کلاکن جیسے کدّو — کھائیں شوق سے جن کو دڈّو
پالک لے لو میتھی لے لو — تازی تازی سبزی لے لو
پہنوں چولی پہنوں ساڑی — میں کہلاؤں بھاجی والی
سب کو راحت پہنچاؤں میں — سبزی گھر گھر لے جاؤں میں
گھر آئی ہوں چاچی لے لو — تازی تازی سبزی لے لو
بیچوں ٹوکری بھر کر سبزی — تب پاؤں تھوڑی سی نقدی

ہاتھ میں جب بھی پیسے آئے
تب گھر کا چولہا جل جائے

✤✤✤

چور کی ڈاڑھی میں تنکا

ڈاکٹر اشفاق انجم

شہر ممبئی میں ایک تاجر تھا
وہ تجارت میں اپنی ماہر تھا

ایک دن اُس کے گھر ہوئی چوری
لے اُڑا کوئی اُس کی ہاتھ گھڑی

چھان مارا مکاں کا ہر کونا
پر گھڑی کا کہیں پتا نہ مِلا

کون گھر سے گھڑی چُرائے گا؟
نوکروں کی طرف خیال گیا

نوکروں کو بُلا کے جب پوچھا
''ہم نہیں جانتے'' سبھوں نے کہا

ایک ترکیب ذہن میں آئی
اُس نے لکڑی بڑی سی منگوائی

چار حصے برابر اُس کے کیے
چار نوکر تھے اُن میں بانٹ دیے

اور کہا رات گھر میں جب سونا
لکڑی اپنے سرہانے رکھ لینا

چور ہوگا جو تم میں اُس کی چھڑی
صبح ہوگی ایک اِنچ بڑی

ایک نوکر ہی اُن میں مجرم تھا
ڈر سے اُس کو پسینہ آنے لگا

گھر گیا تو بہت پریشاں تھا
نصف شب تک وہ سوچتا ہی رہا

ایک ترکیب اس کو سوجھ گئی
لکڑی اک اِنچ کاٹ کر رکھ لی

تاکہ لکڑی اگر بڑی ہوگی
پہلے جتنی تھی ، اتنی ہی ہوگی

صبح تاجر نے دیکھی سب کی چھڑی
اُن میں اک اِنچ ایک چھوٹی تھی

ہنس کے اُس نے کہا ''ابے اُلّو''
چھانسے میں آ گیا نہ آخر تو

کہیں لکڑی بھی ایسے بڑھتی ہے؟
عقل سے خالی تیری کھوپڑی ہے

کوئی جادو نہیں تھا لکڑی میں
صرف تنکا تھا تیری ڈاڑھی میں

✤✤✤

موٹو جی

فراقؔ جلال پوری

موٹوں کے سردار ہمارے موٹو جی
کھاتے ہیں سو بار ہمارے موٹو جی

بھڑ جاتے ہیں دُبلے پتلے لڑکوں سے
اور کھاتے ہیں مار ہمارے موٹو جی

شیشے میں تربوز کے جیسے چہرے کا
کرتے ہیں دیدار ہمارے موٹو جی

مرغا بنتے ہیں ٹیچر کے آگے روز
عادت سے لاچار ہمارے موٹو جی

بٹن سی آنکھیں، پیٹ ہے ڈھولک کے جیسا
ایسے ہیں سرکار، ہمارے موٹو جی

ABCD سے ہیں دور اور پڑھتے ہیں
اِنگلش کا اخبار ہمارے موٹو جی

دُشمن کے آگے ہوں چاہے جیسے بھی
پر یاروں کے یار ہمارے موٹو جی

آجاتے ہیں جب بھی فراقؔ اِکزام کے دن
ہوتے ہیں بیمار ہمارے موٹو جی

شرارت

انصاری شگفتہ جاوید احمد

بچّو ! یہ بندر کی کہانی ہم نے سنی دادی کی زبانی
رات میں چپکے سے اک بندر آ جاتا تھا گھر کے اندر
اور کبھی کھڑکی میں آتا چیز جو ملتی وہ لے جاتا
گھر والوں نے پھر یہ سوچا اب ہے ضروری اس کو پکڑنا
ناک میں دم بندر سے ہوا ہے لیکن اس کی صورت کیا ہے
ان میں اک بچہ بھی کھڑا تھا سوچ سمجھ کر وہ یوں بولا
بات اگر تم میری مانو بندر کو پھندے سے پکڑلو
اور پکڑ کے بھوکا رکھو کھانے کو پھر بھوسا رکھو
بات سمجھ میں سب کی آئی اگلے دن بندر ہرجائی
چالاکی کو جان نہ پایا جیسے ہی کھڑکی پر آیا
ہاتھ پھنسا پھندے میں پایا بچنے کو پھر زور لگایا
بچنا کب آسان یہاں تھا پٹنے کا سامان یہاں تھا
سارا دن پھر بھوکا رکھا شام ہوئی تو اس کو چھوڑا
اس کے بعد نہ بندر آیا بچّے نے پیچھا چھڑوایا
بندر نے جو کام کیا ہے کتنا برا انجام ہوا ہے
بچّو ! شرارت کیا ہے سمجھو
اس سے خود کو دور ہی رکھو

جیسے کو تیسا

ڈاکٹر اشفاق انجم

ارشد کی شرارت سے بڑا ناک میں دم تھا
گھر سے وہ اٹھا لایا کسی روز پراٹھا

اک ہاتھ میں تھامے ہوئے اک موٹا سا ڈنڈا
لے کر جسے بدمعاش سڑک پر نکل آیا

اتنے میں نظر آیا اُسے کُتّے کا پِلّا
دِکھلایا پراٹھا اُسے اور پاس بُلایا

جب پاس وہ آیا تو لگایا اُسے ڈنڈا
چِلّا کے بڑے زور سے بھاگا وہ بچارا

اک شخص نے راشد کی جو دیکھی یہ شرارت
اک روپیا دِکھلا کے اُسے پاس بُلایا

ڈالر کی چمک دیکھ کے خوش ہو گیا ارشد
دوڑا ہوا اُس شخص کے نزدیک جو پہنچا

اک زور کا تھپڑ دیا اُس شخص نے اُس کو
کُتّے کی طرح چیختا چِلّاتا وہ بھاگا

گھر جا کے وہ کرنے لگا امّی سے شکایت
امّی نے کہا ''اچھا ہوا ، جیسے کو تیسا''

✤✤✤

فیضان کی مرغی

ظہیرؔ قدسی

فیضان کو مُرغی کا بڑا شوق ہے بھائی — اِس کے لیے ابّا نے کل اک مرغی منگائی
مرغی کو جو دیکھا تو صدا سب نے لگائی — آئی، ارے آئی، ارے آئی، ارے آئی

فیضان کی مرغی، مرے فیضان کی مرغی

اس کے لیے فیصل نے پھر اک ڈربہ بنایا — عامر نے بنانے میں ذرا ہاتھ بٹایا
ہاں عرشی نے بیچارے کو جی بھر کے سنایا — فرزانہ و فرحت نے مگر خوب دعا دی

فیضان کی مرغی، مرے فیضان کی مرغی

مُرغی کے لیے رہنے کی نہ تھی کوئی بھی اڑچن — چگنے کی نہ کھانے کی تھی کوئی اُلجھن
لے آتا تھا فیضان ہر اک چیز دنا دن — نہ جانے نظر کس کی مگر اس کو لگی تھی

فیضان کی مرغی، مرے فیضان کی مرغی

تھا دشمنِ جاں مُرغی کا، اک موٹا سا بِلّا — ڈربے ہی کے اطراف پھرا کرتا تھا بِلّا
فیضان کے ڈنڈے سے بھی نہ ڈرتا تھا بِلّا — حصے میں اُس کے مگر نہیں آئی بچاری

فیضان کی مرغی، مرے فیضان کی مرغی

خواہش تھی سبھوں کی کہ اُڑائیں گے اب انڈا — ہر اک کی خواہش پہ مگر پڑ گیا ڈنڈا
بیماری نے آکر اُسے اک دن کیا ٹھنڈا — ماما نے کیا ذبح، ہوئی ختم کہانی

فیضان کی مرغی، مرے فیضان کی مرغی

فہمیدہ فریدہ سے ہی پکوائیں گے مرغی — مل بیٹھ کے ایک ساتھ سبھی کھائیں گے مرغی
فیضان کی خاطر نئی لائیں گے مرغی — دروازے پہ اک بورڈ لگائیں گے کہ آئی

فیضان کی مرغی، مرے فیضان کی مرغی

✤✤✤

میں کیا ہوں؟

خسرو متینؔ

کیا بتاؤں تمھیں کہ میں کیا ہوں
علم وحکمت کا ایک دریا ہوں

ہر زباں پر ہیں میرے افسانے
چاہے اپنے ہوں ، چاہے بیگانے

درس دیتی ہوں زندگانی کا
خوش نصیبی کا ، کامرانی کا

فہم و ادراک کو جگاتی ہوں
راہ بھٹکوں کو میں دکھاتی ہوں

جو بھی ساتھی مجھے بناتا ہے
رنج و غم سے نجات پاتا ہے

میری آغوش میں ہیں کون و مکاں
ہر ورق پہ ہیں عظمتوں کے نشاں

علم کے میں دِیے جلاتی ہوں
میں ہی تنہائیوں کی ساتھی ہوں

زندگی کا نصاب کہتے ہیں
لوگ مجھ کو کتاب کہتے ہیں

✤✤✤

چچا غالبؔ

ظفرؔ گورکھپوری

گھنی ڈاڑھی ، چمک آنکھوں میں ، کچھ شرمائے شرمائے
مجھے کل خواب میں امّی ، چچا غالبؔ نظر آئے

کہا میں نے چچا تسلیم ، بولے خوش رہو بیٹا
کہاں تک کی ترقی پڑھنے لکھنے میں کہو بیٹا

کہا میں نے ابھی پہنچا ہوں بارہ امتحانوں تک
وہ بولے اسے میاں جانا ہے تم کو آسمانوں تک

کہا میں نے چچا شاعر بنوں گا میں بھی تم جیسا
ذرا تم رائے تو دینا ارادہ ہے مرا کیسا؟

انھوں نے ہنس کے فرمایا میاں شاباش کیا کہنا
لگن دل میں اگر جاگے تو پھر خاموش کیوں رہنا

بنو شاعر لکھو نغمے محبت کے شرافت کے
ترانے زندگی کے ، گیت انسانوں کی عظمت کے

لکھو ہم کو دھنک کے خوشنما رنگوں سے اُلفت ہے
ستاروں کی چمک ، پھولوں کی خوشبو سے محبت ہے

یہ دنیا ، یہ حسیں دنیا ، نظاروں سے بھری دنیا
پہاڑوں ، ندّیوں اور آبشاروں سے بھری دنیا

ہم اس دنیا کا رنگ و روپ کم ہونے نہیں دیں گے
کسی صورت اسے ویران ہم ہونے نہیں دیں گے
ہم انساں کی مقدس دوستی پر جان دیتے ہیں
اندھیروں پر نہیں ہم روشنی پر جان دیتے ہیں
لکھو ہندوستاں کے ہم ہیں اور ہندوستاں اپنا
فقط ہندوستاں کی بات کیا، سارا جہاں اپنا
میاں منّے! عطا ہو تم کو ہر مشکل میں آسانی
خدا تم کو بڑا کر دے، بنو تم غالبِ ثانی
بس اب جاؤ کہ حوریں دیکھتی ہوں گی مرا رستہ
سحر ہونے کو ہے لو ہاتھ میں اسکول کا بستہ
اگر ممکن ہو پھر آنا، تو اک تکلیف فرمانا
ہمارے واسطے دو چار میٹھے آم لے آنا

❋ ❋ ❋

کوّا اور بگلا

ایم یوسف انصاری

ایک تھا بگلا ایک تھا کوّا ایک تھا اُجلا ایک تھا کالا
کوّے نے بگلے سے پوچھا تو ہے کیسے اتنا اجلا
بگلا بولا ''میں ندی پر روز نہاتا خوب رگڑ کر''
بات لگی کوّے کو اچھی اُڑ کر پہنچا گِرنا[1] ندی
دھویا رگڑا خوب بدن کو سارے پروں نے چھوڑا تن کو
کوّے نے یوں جان گنوائی
عقل نہیں تھی اس کو بھائی

ا: مالیگاؤں کی گِرنا ندی

❖❖❖

گلہری

خالد شاہین

ریشم جیسے بال سنہری پالی میں نے ایک گلہری
نیلی نیلی آنکھیں اُس کی چھوٹی چھوٹی ٹانگیں اُس کی
دُم ہے اُس کی جیسے جھالر مانگ نکالے اپنے سر پر
دھاری دار ہے اُس کی رنگت چڑھتی ہے پیڑوں پر سرپٹ
یہ اُچھلی ، وہ کودی بھاگی پتّا کھڑکا فوراً جاگی
ننھے مُنّے دانت ہیں اُس کے چمکیں دور سے موتی جیسے
ناک ذرا سی ، لمبی مونچھیں بولی میں نازک قلقاریں
چھالیہ کترے ، لکڑی کاٹے
گھر گھر اُس کے ٹکڑے بانٹے

روشنی کے فرشتے

ندا فاضلی

ہُوا سویرا
زمین پر پھر ادب سے آکاش اپنے سر کو جھکا رہا ہے،
کہ بچے اسکول جا رہے ہیں
ندی میں اشنان کر کے سورج
سنہری ململ کی پگڑی باندھے
سڑک کنارے کھڑا ہوا مسکرا رہا ہے
کہ بچے اسکول جا رہے ہیں
ہوائیں سر سبز ڈالیوں میں
دعاؤں کے گیت گا رہی ہیں
مہکتے پھولوں کی خوشبوئیں
سوتے راستوں کو جگا رہی ہیں
گھنیرا پیپل گلی کے کونے سے ہاتھ اپنے ہلا رہا ہے
کہ بچے اسکول جا رہے ہیں
فرشتے نکلے ہیں روشنی کے
ہر ایک رستہ چمک رہا ہے
یہ وقت وہ ہے زمیں کا ہر ذرّہ
ماں کے دل سا دھڑک رہا ہے
پرانی اک چھت پہ وقت بیٹھا کبوتروں کو اڑا رہا ہے
کہ بچے اسکول جا رہے ہیں

❋❋❋

اسکول جانے سے پہلے

(چچا جذبی سے معذرت کے ساتھ)

اپنے بڑھتے ہوئے بالوں کو کٹا لوں تو چلوں
غسل خانے میں ذرا دھوم مچا لوں تو چلوں
اور پھر کیک مزے دار سا کھا لوں تو چلوں
''ابھی چلتا ہوں ، ذرا پیاس بجھا لوں تو چلوں''

رات کو اک بڑا دلچسپ تماشا دیکھا
مجھ سے مت پوچھ میرے یار ، کہ کیا کیا دیکھا
ٹھیک کہتے ہو ، مدھر سا کوئی سپنا دیکھا
''آنکھ تو مل لوں ، ذرا ہوش میں آ لوں تو چلوں''

میں تھکا ہارا تھا ، اتنے میں مداری آیا
اُس نے کچھ پڑھ کے مرے سر کو ذرا سہلایا
میں نے خود کو کسی رنگین محل میں پایا
''ایسے دو چار محل اور بنا لوں تو چلوں''

جانے کیا بات ہے ، باجی کو جو ہے مجھ سے جلن
سب سے کہتی ہے کہ ''اِس لونڈے کے بگڑے ہیں چلن''
مجھے پیٹا تو مرا اشکوں سے بھیگا دامن
''اپنے بھیگے ہوئے دامن کو سُکھا لوں تو چلوں''

میری آنکھوں میں ابھی تک ہے شرارت کا غرور
اپنی 'دانائی' کا یعنی کہ حماقت کا غرور
دوست کہتے ہیں ''اِسے تو ہے ذہانت کا غرور''
''ایسے وہموں سے ابھی خود کو نکالوں تو چلوں''

ہائے اللہ

مظفر حنفی

دُرگت گڑیا کے جوڑے کی ٹانگیں ٹوٹی ہیں گھوڑے کی
کھول کے میری الماری کو کس نے اُن پر بولا ہلّہ
کوئی دوڑو ہائے اللہ

دولہا کی پگڑی غائب ہے دُلہن کی چھکڑی غائب ہے
خرگوشوں کے کان کاٹ کر چیر دیا بِلّی کا کلّہ
کوئی دوڑو ہائے اللہ

اب یہ ظلم نہیں سہنا ہے سب کچھ ابّو سے کہنا ہے
منّے تم نے بہت ستایا جم کر آج پِٹو گے لِلّٰہ
کوئی دوڑو ہائے اللہ

❖❖❖

برکھا رت

علقمہ شبلی

کالے کالے بادل چھائے بن کر ہاتھی گھوڑا آئے
خوشیوں کا سندیشہ لائے کیسا سندر موسم آیا

آئی برکھا کی رُت آئی کھیتوں پر ہریالی چھائی
کلیوں نے بھی لی انگڑائی کیسا سندر موسم آیا

پھول کھلے ہیں سرخ سجیلے زرد گلابی رنگ رنگیلے
فالسی اور نیلے پیلے کیسا سندر موسم آیا

دھرتی بھی آکاش بنی ہے چاند ستاروں سے یہ سجی ہے
پھول سے اس کی مانگ بھری ہے کیسا سندر موسم آیا

ندّی نالے سب ہیں جل تھل کھلیانوں میں بھی ہے ہل چل
لے کے چلے سب کندھوں پر ہل کیسا سندر موسم آیا

آؤ آؤ گائیں ناچیں ہم برکھا کا جشن منائیں
شبلؔی کا یہ گیت الاپیں کیسا سندر موسم آیا
کیسا سندر موسم آیا

✤✤✤

بچوں کی غزل

نذیرؔ فتح پوری

محنت کو جہاں میں کبھی رُسوا نہیں کرنا
ہاتھوں کی لکیروں پہ بھروسہ نہیں کرنا

ہر شے کی حقیقت کو سمجھنے کے لیے تم
پرچھائیں کا بھُولے سے بھی پیچھا نہیں کرنا

دل توڑنا ہرگز نہ کسی صاحبِ دل کا
ظالم کا مگر ظُلم گوارا نہیں کرنا

مالک کے بنائے ہوئے انسان ہیں سارے
نفرت سے کسی کو کبھی دیکھا نہیں کرنا

بس اپنی ہی عزت کی حفاظت کی طلب میں
انسان کی توقیر کو رُسوا نہیں کرنا

دولت کے ترازو میں نہ تُلنا کبھی بچّو!
ایمان کا تم بھول کے سودا نہیں کرنا

ہر شعر میں اخلاص و مروّت کا سبق ہے
پڑھ کر جسے بچّو! کبھی بھولا نہیں کرنا

❖❖❖

چھوٹی بیٹی عظمیٰ بانو

قاضی فرآز احمد

مجھ سے لڑتی ہے کئی بار یہ چھوٹی بیٹی
اور پھر خود ہی کرے پیار یہ چھوٹی بیٹی

کوئی ٹوٹے جو کھلونا تو بپھرنا اُس کا
ہے غضبناک و شرربار یہ چھوٹی بیٹی

سہیلیوں سے بھی لڑا کرتی ہے گُڑیا کے لیے
کرتی رہتی ہے جو تکرار یہ چھوٹی بیٹی

کاٹ دیتی ہے ہر اک بات ''ندا آپا'' کی
آپ بنتی رہے ہشیار یہ چھوٹی بیٹی

کبھی لگتی ہے گلے اور کبھی پڑتی ہے گلے
ضد پہ آ جائے جو اک بار یہ چھوٹی بیٹی

فائزہ آپی رہے، لبنیٰ رہے، سلویٰ رہے
خود سجاتی ہے دربار یہ چھوٹی بیٹی

بچیاں اور بھی ہیں اور بھی بچّے ہیں فرآز
اُن میں ہے سب سے سمجھدار یہ چھوٹی بیٹی

❖❖❖

اُف یہ پابندیاں

مظفر حنفی

ٹھنڈا ٹھنڈا رہنے دو نا
ٹب میں بیٹھا رہنے دو نا
پانی بہتا رہنے دو نا

نا بیٹا انمول ہے پانی
پانچ روپے فی ڈول ہے پانی
نو گھنٹے سے گول ہے پانی

جس کو کھلتا ہے کھلنے دو
بھٹّی سا گھر مت جلنے دو
کولر پنکھے سب چلنے دو

کیسی اُلٹی مت ہے ثمرہ
یہ گندی عادت ہے ثمرہ
بجلی کی قلّت ہے ثمرہ

اِس گرمی کی ایسی تیسی
پردیسی ہو کار کہ دیسی
بھیّا بند نہ کرنا اے سی

بچّو ! چھوڑو بچکانہ پن
بند کرو موٹر کا انجن
تیل بچت کا دن ہے ایمنؔ

❖❖❖

تاروں نے بچوں سے کہا

عبدالاحد سازؔ

ٹُم ٹُم ٹُم ، ٹُم ٹُم ٹُم ، تا را را را رم
آؤ تم کو جینے کے آداب سِکھائیں ہم

وقت بہت ہی کم ہے بچّو! اُس کو یوں نہ گنواؤ
محنت اور کوشش سے اپنے مقصد کو پا جاؤ
سوچو ، سمجھو ، جانو ، پرکھو ، سیکھو اور سِکھاؤ
اپنا گھر ، اسکول ، محلّہ صاف رکھو ہر دم
آؤ تم کو جینے کے آداب سکھائیں ہم

امّی ، ابّا ، آپا ، بھیّا ، بچّے بھولے بھالے
ہندو ، مسلم ، سکھ ، عیسائی گورے ہوں یا کالے
اپنے وطن کے لوگ ہیں گویا اپنے ہی گھر والے
سارے جگ میں اپنے دیش کا اونچا ہو پرچم
آؤ تم کو جینے کے آداب سکھائیں ہم

گیت محبت کے گاؤ ، نفرت کی باتیں چھوڑو
منہ نہ کسی سے موڑو ، ہرگز دِل نہ کسی کا توڑو
لوگوں کے ہم درد بنواور پیار کے رشتے جوڑو
لے آؤ ساری دُنیا میں خوشیوں کا موسم
آؤ تم کو جینے کے آداب سکھائیں ہم

ہم آکاش کے تارے، تم دھرتی کے راج دلارے
بڑوں کو جاکر سمجھائیں ہم یہ مل جل کر سارے
ہمیں ترقی نہیں چاہیے ایٹم بم کے سہارے
ہمیں چاہیے روٹی اور کتابیں اور قلم
آؤ تم کو جینے کے آداب سِکھائیں ہم
ٹُم ٹُم ٹُم، ٹُم ٹُم ٹُم، تا را را را رم
آؤ تم کو جینے کے آداب سِکھائیں ہم

❖❖❖

نیا سال

موجِ صہبائی

نیا سال آیا نئی بات ہوگی
بہر سمت خوشیوں کی برسات ہوگی
مسرّت بھری زندگانی ملے گی
ہر اک کام میں کامرانی ملے گی
نئے سال کی یہ بھی سوغات ہوگی
نیا سال آیا نئی بات ہوگی

کچھ اس طرح شمعِ وفا ہوگی روشن
ملیں گے محبت سے شیخ و برہمن
نئے پل ، نیا دن ، نئی رات ہوگی
نیا سال آیا نئی بات ہوگی

وطن اپنا مضبوط و خوش حال ہوگا
بھرا عزم نو سے نیا سال ہوگا
یہاں اب نہ کوئی خرافات ہوگی
نیا سال آیا نئی بات ہوگی

حکومت میں ہر اک کا حصہ رہے گا
نہ ادنیٰ و اعلیٰ کا قصّہ رہے گا
تعصّب نہ ہوگا ، مساوات ہوگی
نیا سال آیا نئی بات ہوگی

جہالت کو جڑ سے مٹا کر رہیں گے
چمن عِلم و فن کا کھلا کر رہیں گے
نئے عہد کی یہ شروعات ہوگی
نیا سال آیا نئی بات ہوگی

جو روزی کمانے گئے ہیں کہیں پر
جو اپنوں سے بچھڑے ہوئے ہیں یہیں پر
سبھی دوستوں سے ملاقات ہوگی
نیا سال آیا نئی بات ہوگی

کمر توڑ مہنگائی گھٹ کے رہے گی
تجارت پہ پابندی ہٹ کے رہے گی
وطن میں ہر اک شے کی بہتات رہے گی
نیا سال آیا نئی بات ہوگی

اُدھر تم کروگے دھیان اور پوجا
اِدھر ہم کریں گے رُکوع اور سجدہ
خوشی سے بھجن اور مناجات ہوگی
نیا سال آیا نئی بات ہوگی

✤✤✤

بادل

ڈاکٹر سیّد یحییٰ نشیط

گھِر گھِر آئے کالے بادل
رِم جِھم برسے سارے بادل
کِل کِل بولے جھرنے سارے
جب جب برسے کالے بادل
سورج اپنا منہ نہ دِکھائے
دن میں جب آجائے بادل
مٹکی ٹِم ٹِم کیوں نہ باجے
اولے جب برسائے بادل
بَن میں ناچے مور چھما چھم
نیل گگن میں چھائے بادل
کوئل کوٗ کوٗ کوک رہی ہے
اس کے دل کو بھائے بادل
جھل مِل کرتے چھُپ گئے تارے
چھائے جب جب کالے بادل

✤✤✤

گھی شکر

مظفر حنفی

چھ گھنٹے اِسکول میں پڑھ کر   دو گھنٹے رِکشا میں چڑھ کر
کتنے بھوکے ہیں مت پوچھ   آتے ہیں چکّر پر چکّر
آپا لے آؤ گھی شکّر

کھچڑی کی ہے اَن بَن ہم سے   ہضم نہ ہوگا سالن ہم سے
دھوکے میں پھر پھوٹ گیا نا   یہ چینی کا برتن ہم سے
آپا لے آؤ گھی شکّر

میری پیاری پیاری بہنا   میری راج دُلاری بہنا
آخر میں راجا بھیّا ہوں   تم ہو راجکماری بہنا
آپا لے آؤ گھی شکّر

✤✤✤

ماں

فاروق سیّد کی ماں کے وصال پر ایک تعزیتی نظم

میر افضل میرؔ

ماں...

اِک گھنی چھاؤں تپتے صحرا میں

گرم آغوش سخت جاڑے میں

پیاس کے وقت سرد پانی بھی

بھوک کے وقت تر نوالہ بھی

رہنما روح کی، قلم، کاغذ، بھلے بُرے کی تمیز

تنگ حالات میں دِلاسا بھی

ایک روشن چراغ (تیرگی چارسُو رُلاتی ہوئی)

اِک حقیقت سرابِ عالم میں

اِک اشارہ محبتوں کی طرف (نفرتوں کے جہاں میں جیتے ہوئے)

اِک کھلا بابِ زندگانی کا

آئینہ (عکس دِکھلائے جو زمانے کا)

ابتدائے نزول کا نقطہ

انتہائے عروج کا درشن

ڈانٹ، تعبیرِ زندگی کے لیے

پیار، سختی کو جھیلنے کے لیے

پرتوِ حق

ایک سجدہ گاہ (بہر تعظیم۔ قلب وجاں کے لیے)

پاؤں کے ساتھ جنتیں، بھی دفن

ماں......!

میں حقیقت میں ہو گیا تنہا،

تپتے صحرا میں

سخت جاڑے میں

بھوکا پیاسا

تیرگی جھیلتا

نفرتوں کے جہاں میں جینا

کاغذ، قلم، تھامے

تنہا......

✤✤✤

سورج

شجاع الدین شاہد

بچّو! سورج نام ہے میرا — دینا حرارت کام ہے میرا
مجھ سے چڑھیں پروان یہ پودے — پھول بھی پائیں رنگت مجھ سے
جاڑا آئے یاد مَیں آؤں — گرمی میں نا کسی کو بھاؤں
مطلب کے ہیں اِنساں سارے — لیکن مجھ کو سب ہیں پیارے
سب کو حرارت دیتا ہوں میں — کچھ نہیں ان سے لیتا ہوں میں
دریاؤں سے پانی لے کر — برساؤں پیاسی دھرتی پر
آنکھ نہ مجھ سے کوئی مِلائے — جو بھی مِلائے وہ پچھتائے

لیکن بچّو یاد رکھو تم
سچّائی کے ساتھ رہو تم

❖❖❖

ایک غزل ماں کے نام

رفیقؔ جعفر

خواب میں آکے کوئی جب بھی ڈراتا ہے مجھے
ایک سایہ سا اُسی وقت جگاتا ہے مجھے

دِل کے زَخموں کے لیے آس کا مرہم لے کر
رات ہوتے ہی کوئی آکے سُلاتا ہے مجھے

ماں کو گزرے ہوئے اکیس برس بیت گئے
پھر تہجّد کے لیے کون اُٹھاتا ہے مجھے

چاندنی رات میں آکاش کے اونچے در سے
بانہیں پھیلائے ہوئے کون بُلاتا ہے مجھے

وقت کی دھوپ ہو یا بادِ مخالف ہو رفیقؔ
یاد کا جسم ہی سینے سے لگاتا ہے مجھے

✤✤✤

اب تو آجا

مظفر حنفی

چوتھا سورج ڈوب چکا ہے — اب میرا جی اوُب چکا ہے
کہنا مان لیا ہے کتنا — کچّا دودھ پیا ہے کتنا
دُکھ دوشنبہ جھیل چکی ہوں — بدھ کا پاپڑ جھیل چکی ہوں
میری مشکل حل کرنے کو — جنگل میں منگل کرنے کو
آخر کب آئے گا سَنڈے — کب تک ترسائے گا سَنڈے
نیلا والا سوٹ پہن کر — کالے کالے بوٹ پہن کر
فیروزی نِکٹائی لگائے — سر پر پیلی چھتری چھائے
کندھے پر لٹکائے بستہ — تھامے ہاتھوں میں گلدستہ
بستے میں دو اودے ریکٹ — جیبوں میں ٹافی کے پیکٹ

لے کر جھنڈے کب آئے گا
ابّو سَنڈے کب آئے گا

❖❖❖

ہفت رنگ دوہے

ضمیرؔ کاظمی

کون ہے وہ جو رُت بدلے بدلے صبح و شام
سب کا مالک ایک ہے اَنیک اُس کے نام

(خدا)

روشن روشن آیتیں اُجلے اُجلے حرف
اُس پُستک کو جب پڑھیں شعلہ ہووے برف

(قرآن)

نبیوں میں وہ آخری ، جگ میں جس کی دھوم
جب بھی اُس کا نام لیں لب کو لب لیں چُوم

(محمد ﷺ)

روزہ رکھیں تیس دِن ، پانچوں وقت نماز
وہ ہے مہینہ کونسا کھولو اس کا راز

(رمضان المبارک)

مسجد مسجد گونجے ہے پانچوں وقت اذان
رُکوع ، سجدہ ، اَقامتیں جس کے ہیں ارکان

(نماز)

طواف کعبہ کیجیے ، سعی ، رَمی ، احرام
ذِی الحج آیا آؤ چلیں لے کے رب کا نام

(حج)

ادا کرو ہر سال تم دین کا چوتھا فرض
سکھی رہے اِنسانیت تم پر ہے اِک قرض

(زکوۃ)

❖❖❖

انٹرنیٹ

فراغ روہوی

میں ہوں مسٹر انٹرنیٹ کر لو اپنے گھر میں سیٹ
کمپیوٹر میں رہتا ہوں سب کو ولکم کہتا ہوں
جو کچھ دیتا ہے کالج مجھ میں بھی ہے وہ نالج
جو بھی چاہو لے لو کام حاضر ہوں میں صبح و شام
ہوتا ہے جو گھنٹوں میں کر دیتا ہوں منٹوں میں
بھارت ہو یا پاکستان امریکہ ہو یا جاپان
گڑیا اور بنٹی کے نام جب چاہو بھیجو پیغام
چھپتے ہیں جو سرحد پار مجھ پر پڑھ لو وہ اخبار
دے کر انٹر کا اگزام مجھ سے پوچھو تم انجام
اسٹوڈنٹ ہو یا ٹیچر مالک ہو یا منیجر
سب میرے دیوانے ہیں میرے ہی پروانے ہیں

میرے بارے میں سن کر
حیرت میں ہے جادوگر

❖❖❖

وطن کی لگن

علامہ سیماب اکبرآبادی

ہند میرا چمن اس میں ہوں میں مگن
ہے اسی کی لگن راحتِ جان و تن
میرا پیارا وطن

میری عزت ہے یہ میری دولت ہے یہ
میری عظمت ہے یہ میری جنت ہے یہ
میرا پیارا وطن

ہند کی خاک سے پھول کیا کیا اُگے
لال، پیلے، ہرے مستیوں میں بسے
میرا پیارا وطن

اس کے دریا بڑے تازگی سے بھرے
باغ پھولے پھلے لہلہاتے ہوئے
میرا پیارا وطن

اس کے چشمے جواں اس میں نہریں رواں
جنگل اور وادیاں اس سے اچھی کہاں!
میرا پیارا وطن

یہ وطن ہے میرا میں ہوں اس پر فدا
اس پہ رکھے خدا اپنی رحمت سدا
میرا پیارا وطن

دیس کی آس ہوں دیس کے پاس ہوں
اس کی بو باس ہوں دیس کا داس ہوں
میرا پیارا وطن

قلم

شجاع الدین شاہد

کھاتی ہے جس سے سدا خوف دنیا　　قلم نام اُس کا قلم نام اس کا
قلم سے ملی میرؔ و غالبؔ کو شہرت　　اِسی سے ملی رومیؔ سعدیؔ کو عزّت
قلم نے ہی اقبالؔ کو دی ہے بلندی　　اِسی نے ادیبوں کو دی سرفرازی
یہ طوفاں میں ساحل بھی پتوار بھی ہے　　قلم ڈھال نیزہ ہے تلوار بھی ہے
ذرا ایک جنبش سے پھانسی لگا دے　　مہرباں اگر ہو بری بھی کرا دے
قلم اپنے ہاتھوں میں پائے گا جو بھی　　زمانے کو بے شک جھکائے گا وہ بھی

قلم اپنے ہاتھوں میں اب تھام لو تم
خدا کی عنایت کا اِنعام لو تم

چڑیا کا سپنا

سراج انور مصطفیٰ آبادی

چڑیا نے اک سپنا دیکھا   سپنے میں گھر اپنا دیکھا
ڈالی پر تھا گھر پیارا سا   تنکوں سے تھا خوب بنایا
گھر میں دونوں بچے اس کے   ننھے منے پیارے سے تھے
دانہ لاتی چونچ سے چڑیا   ان کو کھلاتی چونچ سے چڑیا
پیار سے ان کو پالے پوسے   دھیان بڑا ہی ان کا رکھے
جب وہ کرتے چوں چوں چوں چوں   جھٹ کہتی "حاضر میں ہوں"
ننھے ننھے پر جو نکلے   ان کو لگی وہ اڑنا سکھانے
ان کو زمیں پر لاتی چڑیا   اڑنا خوب سکھاتی چڑیا
اڑتے بھی تھے پھدکتے بھی تھے   چوں چوں کرتے چہکتے بھی تھے
آنکھ کھلی تو یہ منظر تھا
اڑ گئے بچے خالی گھر تھا

❊❊❊

ننھّے بچّے مزدوروں کے

علی سبحان زیدی

ننھے بچّے مزدوروں کے
ننگے بچّے مزدوروں کے
آدھا پیٹ وہ کھانا کھاتے پھر بھی کیسی موج مناتے
دھوپ میں ننگے پاؤں ہی جاتے ہائے پھر بھی نہ چلّاتے
ننھے بچّے مزدوروں کے
ننگے بچّے مزدوروں کے
کوئی کھلونے پاس نہ ان کے مٹّی پتھر کھیل ہیں جن کے
مزدوروں سا کام وہ کرکے اپنے بڑوں کی نقل دکھاتے
ننھے بچّے مزدوروں کے
ننگے بچّے مزدوروں کے
بچّہ جب تک بھوکا ہے سمجھو دیش بھی ننگا ہے
تب تک انسان اندھا ہے ہم سب پر وہ انگلی اٹھاتے
ننھے بچّے مزدوروں کے
ننگے بچّے مزدوروں کے
سب کے پیٹ میں روٹی ہو چولی کُرتا دھوتی ہو
ماں نہ کسی کی روتی ہو ہم یہ دُعا کو ہاتھ اٹھاتے ہیں
ننھے بچّے مزدوروں کے
ننگے بچّے مزدوروں کے

❖❖❖

گیند کھو گئی

مظفر حنفی

ہرے ملائم ریشوں والی   ان پر دھاری کالی کالی
اچھی خاصی دیکھی بھالی   گیند کھو گئی نالی میں

بھائی زمن نے خوب چھکایا   ہم کو دو گھنٹے دوڑایا
اب جو آئی اپنی پالی   گیند کھو گئی نالی میں

فیضی اور کھلاڑی اچھا   اس سے ایک اناڑی اچھا
بازی ہی چوپٹ کر ڈالی   گیند کھو گئی نالی میں

چہرے سے لگتا ہے ہیرو   لیکن ہر میدان میں زیرو
چھکا اور جنابِ عالی!   گیند کھو گئی نالی میں

❋ ❋ ❋

شرارت

ظہیرؔ قدسی

جو لڑکے لکھتے ہیں کچھ اور نہ پڑھتے پڑھاتے ہیں
وہ لڑکے دھوم مستی کرتے ہیں ہنستے ہنساتے ہیں

بہن بھائی نہ بڑھ کر چھین لیں اس بات کے ڈر سے
ہم اپنی ٹوپی میں بسکٹ کبھی گولی چھپاتے ہیں

نہیں لاتے جو کرکے ہوم ورک اپنا ، اسے ٹیچر
کبھی تھپڑ لگاتے ہیں ، کبھی مرغا بناتے ہیں

کھڑے ہوکر ، کبھی ترچھی نظر سے اور کبھی چھپ کر
ہم اپنے دوست کا لکھا ہوا ، مضموں چراتے ہیں

مرے گھر سے پلاؤ کی اُڑا کرتی ہے جب خوشبو
محلے والے مجھ کو پوچھنے دس بار آتے ہیں

پکڑ کر پیٹ اپنا ، درد سے پھرتے ہیں چلّاتے
مزا لے لے کے دن بھر شوق سے بھٹّا جو کھاتے ہیں

غزل کی آڑ لے کر شعر میں اپنے ظہیرؔ حضرت
وہ سارا واقعہ خود اپنے بچپن کا سناتے ہیں

✤✤✤

کس کی ماں !

ڈاکٹر ابو سبطین (ترجمہ)

چاندی سے بالوں والی اک بوڑھی عورت
چوراہے پر کھڑی ہوئی تھی!
بارش کا پانی اور کیچڑ ہر سو پھیلا تھا
چوراہے پر بھیڑ بہت تھی!
ڈری ڈری سہمی سہمی بُڑھیا نے
بے طاقت ٹانگوں کے بل پر
اپنے اندر چلنے کی ہمت نہ پائی
اور کسی راہ گیر نے اس کو
کوئی مدد نہیں پہنچائی
ایک بچہ اسکول سے آتے ٹھٹکا
بُڑھیا کا اک بازو پکڑا
دھیرے دھیرے پار کرایا
بھیڑ بھرا بے ہنگم رستہ!
لڑکے نے سوچا تھا
یہ بوڑھی عورت بھی
کسی نہ کسی لڑکے کی ماں ہے!
شام ہوئی تو گھر کے اک کونے میں بیٹھی
بوڑھی یوں مصروف دعا تھی
''مالک! اس اچھے لڑکے پر نظرِ عنایت کرتے رہنا''

چوہوں کا ہنگامہ

محمد اسد اللہ

اک دن چوہے کچن میں آئے
اچھلے ، کودے ، ناچے گائے
خالی دیکھ کے پورا کمرہ
ڈال دیا ان سب نے ڈیرہ
سامنے ان کے جو کچھ آیا
کچھ کچھ کھایا ، بہت گرایا
دانتوں سے اک کیک بھی کترا
ننھا سا بادام چرایا
فرش پہ چینی بھی پھیلا دی
مکھن کی شیشی لڑھکا دی
ڈھمّک ڈھمّک ڈھول بجاتے
ٹین کے ڈبوں پر جا بیٹھے
رات ہوئی تو میاں پکوڑے
لوٹ کے جب دفتر سے آئے
کچن کا جاکر کھولا تالا
وہاں پہ دیکھا حال نرالا
کمرہ میں تھے کچھ تو چوہے
باقی پیٹ میں دوڑ رہے تھے
ٹھن ٹھن کرتی ہانڈیوں سے
کچھ اپنا سر پھوڑ رہے تھے
سارا اچھا مال اڑا کر
بیٹھے تھے سب راج جما کر
غصّے میں تھے میاں پکوڑے
ادھر ادھر وہ جم کر دوڑے
چوہا کوئی ہاتھ نہ آیا
گھنٹا بھر تک انھیں تھکایا
اتنے میں پھر ہوا دھماکا
کھڑکی سے بلی نے جھانکا
کہہ کر میاؤں جو ہانک لگائی
جان پہ چوہوں کے بن آئی
مرنے کی جب نوبت آئی
پھر نہ کچھ بھی دیا سُجھائی
دُمیں دبا کر سارے بھاگے
بلّی پیچھے ، چوہے آگے

✤✤✤

نہیں پیؤں گا نہیں پیؤں گا

احمد کلیم فیض پوری

نہیں پیوں گا نہیں پیوں گا
کڑوی دوائی نہیں پیوں گا

دیکھو کیسا تیز بخار ماں کو کرتے کیوں بیزار
پی لو ، پی لو بیٹے تم ہو جاؤ گے اچھے تم
کتنے اچھے بچے ہو ماں کے راج دُلارے ہو
گھر میں سب کی سنتے ہو پھر کیوں ضد یہ کرتے ہو

نہیں پیوں گا ، نہیں پیوں گا
کڑوی دوائی نہیں پیوں گا

ضد تمھاری ٹھیک نہیں بس یہ بیماری ٹھیک نہیں
شکّر وکّر کھا لو تم منہ میں چمچہ ڈالو تم
لے لو یہ ہے دس کا نوٹ دیکھو کیسا کورا نوٹ
دس روپے کے کاجو لو یا پھر لے لو تم اخروٹ

نہیں پیوں گا ، نہیں پیوں گا
کڑوی دوائی نہیں پیوں گا

ماں نے باندھے ان کے پیر پکڑے ان کے دونوں ہاتھ
ناک دبائی دوا پلائی دیا نہ کسی نے ان کا ساتھ

بچہ ضد جو کرتا ہے
حال یہی ہو جاتا ہے

✤✤✤

اِکتارا

جوش ملیح آبادی

لوگ یہ سارے چکّر کھاتے   راہ گلی میں آتے جاتے
چلتے پھرتے روتے گاتے   سب سے رشتے، سب سے ناتے
سارے ساتھی، سارے ساجن   بول اِکتارے! جَھن، جَھن، جَھن، جَھن

سب کی جھولی، میری جھولی   سب کی ٹولی، میری ٹولی
سب کی ہولی، میری ہولی   سب کی بولی، میری بولی
سب کا جیون، میرا جیون   بول اِکتارے! جَھن، جَھن، جَھن، جَھن

پیر، پروہت، پونگی، پاپا   لوٹا، لٹیا، داڑھا، چُٹیا
مندر، مسجد، گُپھا اور گرجا   گھنٹی، ڈھولک، تاتا تھیّا
یا ہو، یا ہو، پوں پوں ٹن ٹن   بول اِکتارے! جَھن، جَھن، جَھن، جَھن

مُلّا، پانڈے، پیر، ابھیانی   لٹھم، لٹھا، کھینچا تانی
من ہیں اندھے، بُڈّھی کانی   پہنے ہیں یہ سب اگیانی
میرے گیانی من کی اُترن   بول اِکتارے! جَھن، جَھن، جَھن، جَھن

سارے جگ کے ڈیرے دل میں   سب کے ہیرے پھیرے دل میں
دنیا کے گھیرے دل میں   سارے دل میں میرے دل میں
سب کی دھڑکن، میری دھڑکن   بول اِکتارے! جَھن، جَھن، جَھن، جَھن

جگ مگ جگ مگ غم کی محفل   نِکھرا نِکھرا اُجڑا ساحل
ہلکی پُھلکی میری مشکل   سیدھا سادا میرا قاتل
بھولا بھالا میرا دشمن   بول اِکتارے! جھَن، جھَن، جھَن، جھَن

میرا کُٹم ہے بگڑا ماوا   بیری بٹیا ، کپٹی باوا
میرا بھائی ، جلتا لاوا   میرے ہی من کا مجھ پر دھاوا
میں ہی اَگنی ، میں ہی ایندھن   بول اِکتارے! جھَن، جھَن، جھَن، جھَن

پتّا پتّا ، ماہ کنعاں   بوٹا بوٹا ، جیتا انساں
مکھڑا مکھڑا ، گیتا ، قرآں   کیسا کفر اور کیسا ایماں
وہ بھی پھِسلن ، یہ بھی پھِسلن   بول اِکتارے! جھَن، جھَن، جھَن، جھَن

ذرّہ ذرّہ ، میرا مندر   قطرہ قطرہ ، میرا گوہر
تارا تارا ، میرا جھومر   دریا دریا ، میری چادر
صحرا صحرا ، میرا دامن   بول اِکتارے! جھَن، جھَن، جھَن، جھَن

سب کے کاجل ، میرے پارے   سب کی آنکھیں ، میرے تارے
سب کی سانسیں ، میرے دھارے   سارے انساں ، میرے پیارے
ساری دھرتی ، میرا آنگن   بول اِکتارے! جھَن، جھَن، جھَن، جھَن

میں ہوں مدھرا ، برتن دُنیا   میں ہوں ماتھا ، چندن دُنیا
میں ہوں بادل ، ساون دُنیا   میں ہوں مکھڑا ، درپن دُنیا
دُنیا مکھڑا ، میں ہوں درپن   بول اِکتارے! جھَن، جھَن، جھَن، جھَن

سجاتے چلیں

قاضی فرآز احمد

اِک تمھاری نظر اِک ہماری نظر
فرق دونوں نظر کے مٹاتے چلیں
تم جلاؤ دیے ہم جلائیں گے دل
مل کے تاریکیوں کو ہٹاتے چلیں
بجلیوں سے چمن جل نہ جائے کہیں
اور بہاراں نہ آنسو بہائے کہیں
آؤ ہمدم یہاں روک لیں بجلیاں
جو چمن بچ گئے ہیں بچاتے چلیں
دہشتیں دور ہوں وحشتیں دور ہوں
دشمنوں کی نئی سازشیں دور ہوں
رہگذارِ وطن پر سپاہی بنیں
باغباں بن کے اس کو سجاتے چلیں
زندگی کے سفر میں خوشی اور غم
شادکامی بھی ہے اور درد و الم
اب کوئی کم رہے یا زیادہ فرآز
یہ ہے زادِ سفر ہم اُٹھاتے چلیں

❖❖❖

باتیں وقت کی

اُردو ترجمہ: ڈاکٹر ابو سبطین

وقت آتا ہے وقت جاتا ہے
اور باتیں نئی سناتا ہے
وقت کہتا ہے میں ہوں وہ دریا
کہ جو روکے سے رُک نہیں سکتا
زندگی ساتھ لے کے چلتا ہوں
ہر خوشی ساتھ لے کے چلتا ہوں
جو مرے ساتھ ساتھ آتا ہے!
وہی منزل کو اپنی پاتا ہے!
جو سدا اپنا کام کرتا ہے!
ساری دنیا میں نام کرتا ہے
جس کا محنت سے جی نہ گھبرائے
ہاں وہی سربلندیاں پائے
وقت کے ساتھ چلنا ہے
اپنی تقدیر بدلنا ہے

دُعائیہ نظم

فاروق رحمٰن

مجھے سات رنگوں کا منظر بنا
دھنک رنگ میرا مقدر بنا

ہرے رکھ میری نیکیوں کے شجر
گناہوں کی کھیتی کو بنجر بنا

پلا ہوں اندھیروں کی آغوش میں
اُجالوں کا مجھ کو پیمبر بنا

جسے تو نے روشن کیا نور سے
اُسی چاند پر اب میرا گھر بنا

مرے بے کراں غم کو کوزے میں رکھ
ذرا سی خوشی کو سمندر بنا

عطا ہوں مجھے علم کی دولتیں
عمل نیک اے بندہ پرور بنا

میں دنیا دلوں کی فتح کر سکوں
مجھے میرے رب وہ سکندر بنا

یہ فاروقؔ دل سے دُعا ہے مری
مری قوم کو سب سے بہتر بنا

❖❖❖

آؤ پیڑ لگائیں

قاضی فراز احمد

آؤ پیڑ لگائیں مل کر
آؤ پیڑ بچائیں مل کر

پھول اور پھل کا یہی خزانہ
آکسیجن کا یہی نشانہ

زندہ جنگل اور چمن ہوں
جل جاؤں تو پھر کاربن ہوں

آؤ پیڑ سجائیں مل کر
آؤ پیڑ لگائیں مل کر

گھر کے آنگن میں پودے ہوں
کھڑکی کھڑکی میں گملے

دیوار و در بیل لگائیں
گلدستوں میں پانی ڈالیں

آؤ پیڑ سجائیں مل کر
آؤ پیڑ لگائیں مل کر

چھوٹا سا اِک طشت بنائیں
مٹی ڈالیں پانی ڈالیں

سبزی چھوٹی موٹی ہوگی
سوچ لو گھر کی کھیتی ہوگی

باری باری کھائیں مل کر
آؤ پیڑ لگائیں مل کر

✤✤✤

عقل بڑی کہ بھینس بڑی ہے

شبنم کارواری

دِل و دماغ میں بحث چھڑی ہے — عقل بڑی کہ بھینس بڑی ہے
عقل کی کوئی شکل نہیں ہے — بھینس کی شکل ہے عقل نہیں ہے
بھینس کا ردّ و بدل نہیں ہے — عقل سی کوئی فصل نہیں ہے
بھینس تو مانند اِک لکڑی ہے — عقل بڑی کہ بھینس بڑی ہے
عقل خلا میں اُڑ سکتی ہے — یہ مسئلوں سے لڑ سکتی ہے
بھینس نہ اُوپر چڑھ سکتی ہے — نہ یہ تیز دوڑ سکتی ہے
بات اِسی نقطے پہ اَڑی ہے — عقل بڑی کہ بھینس بڑی ہے
بھینس بڑی ہی سست اور کاہل — بھینس ہی کہلائیں سب جاہل
عقل کے آگے سب ہیں سائل — عقل ہی پیدا کرے مسائل
عقل مدد کو ہی بڑھتی ہے — عقل بڑی کہ بھینس بڑی ہے
جس نے محنت کی اور سیکھی — ہو جاتی ہے عقل اُسی کی
جس کی لاٹھی بھینس اُسی کی — عقل مگر ہے کسی کسی کی
یہ رستے میں نہیں پڑی ہے — عقل بڑی کہ بھینس بڑی ہے
بھینسوں کے دَم سے ہیں طبیلے — عقل کرے سب کام اکیلے
عقل بنائے قوم قبیلے — عقل سجائے فکر کے میلے
عقل ترقی کی سیڑھی ہے — عقل بڑی کہ بھینس بڑی ہے

بھینس ڈکار سی راگ الاپے جیسے کوئی تھر تھر کانپے
عقل میں ڈھلتے ہیں سب سانچے عقل تو اونچے کوہ بھی ناپے
عقل نتیجے لے کے کھڑی ہے عقل ترقی کی سیڑھی ہے
بے عقلوں کو کچھ سمجھانا بھینس کے آگے بین بجانا
عقل زنانہ اور مردانہ عقل سے مرد و زن ہیں دانا
عقل ذہانت کی گھڑی ہے عقل بڑی کہ بھینس بڑی ہے
بھینس فقط چارہ چرتی ہے دودھ سے اپنے تھن بھرتی ہے
عقل تجسّس پر مرتی ہے اکثر جال بُنا کرتی ہے
عقل بھی گویا اِک مکڑی ہے عقل بڑی کہ بھینس بڑی ہے
بھینس بھٹک جاتی ہے اکثر گھر ڈھونڈے ہے چارہ چر کر
عقل مگر ہے سب کی رہبر لے جاتی ہے سیدھی رہ پر
عقل ہی منزل کی پٹری ہے عقل بڑی کہ بھینس بڑی ہے
بھینس کا ہونا بہت ضروری دودھ کی مانگ کرے یہ پوری
عقل اگر رہ جائے کوری کھوپڑی جیسے خالی تجوری

بات یہیں پہ آکے اَڑی ہے
عقل بڑی کہ بھینس بڑی ہے

❖❖❖

بے گھر بندر

احمد امام بالاپوری

ناچنے گانے والے بندر کیا تو نے سوچا ہے اس پر
سب کے اپنے اپنے گھر ہیں ایک اکیلا تو ہے بے گھر
ناچنے گانے والے بندر

تجھ کو یہ بھی دھیان نہیں ہے گھر نہ ہو تو شان نہیں ہے
شاید تو یہ بھول گیا ہے یوں جینا آسان نہیں ہے
ناچنے گانے والے بندر

اودھم مستی کرنے والے بات ہماری مان لے پیارے
جاگ ذرا اب ہوش میں آ جا جلدی اپنا گھر بنوالے
ناچنے گانے والے بندر

دیکھتا ہے ہر اک یہ سپنا چھوٹا سا اک گھر ہو اپنا
تجھ کو یہ معلوم نہیں ہے بدبختی ہے بے گھر رہنا
ناچنے گانے والے بندر

✤✤✤

ہولی ہے بھئی ہولی...

عطاء الرحمٰن طارق

ماتھے پڑا گُلال تو رادھا ناک چڑھا کر بولی:
''جاؤ اب نا سنگ تمھارے کھیلوں آنکھ مچولی''

بستی بستی ، آنگن آنگن ناچ رہی ہے مستی
گلی گلی گُلنار ہوئی ہے ''ہولی ہے بھئی ہولی''

آج نہیں ان کی گھاتوں سے کوئی بچنے والا
گھوم رہی ہے کالے پیلے مستانوں کی ٹولی

رنگ بھرے پستول سے راجو نے سب کو للکارا:
''خبردار ، مت ہلنا ورنہ چل جائے گی گولی''

ختم ہوا اسکول تو سب کے قلم بنے پچکاری
کیسے پنڈ چھڑائیں طارقؔ تاک میں ہیں ہم جولی

ہولی ہے بھئی ہولی ، ہولی ہے بھئی ہولی

❖❖❖

مور ہے یہ

نذیر فتح پوری

بچوں کا چت چور ہے یہ
رنگ برنگا مور ہے یہ
لمبی گردن منہ چھوٹا
سر پر اس کے تاج رکھا
چھوٹی ٹانگیں جسم بڑا
کون ہے دو جا اس جیسا
باغوں میں بھی اس کا راج
جنگل بھی اس کا محتاج
ناچ دِکھائے جنگل میں
شور مچائے جنگل میں
ناچ دِکھائے جس دم یہ
مور کے پنکھ لگے اچھے
چھتری جیسے تن جائیں
جو بھی دیکھے، من بھائیں
پُرکھوں نے یہ بتلایا
مور ہے جنگل سے آیا
مور کی شان نرالی ہے
ظرف بھی اس کا عالی ہے
شعر میں مور سما جائے
گیتوں میں بھی آ جائے
شاعر کے من بھاتا ہے
مور غزل بن جاتا ہے
فطرت کا یہ مظہر ہے
قدرت کا یہ مظہر ہے
ساون سے یارانہ ہے
مور کا ایک زمانہ ہے
جب بھی مور بلاتا ہے
بادل دوڑا آتا ہے
مور کا چھل مشہور بہت
مور کا دل مسرور بہت
مور کی چال چلو بچو!
مست ملنگ رہو بچو!

❋ ❋ ❋

مَثَل ہے کہ ہمّت کا حامی خدا ہے

شبنمؔ کارواری

اِرادہ کسی کام کا جو کرے ہے　　اُسے اُس کی محنت کا پھل تو ملے ہے
قوی عزم لے کر جو آگے بڑھے ہے　　قدم چُومنے اُس کے، منزل چلے ہے
دِلیروں کو غیبی سہارا ملے ہے
"مثل ہے کہ ہمت کا حامی خدا ہے"

اِرادہ ہو پختہ، ہو جذبہ جو کامل　　حوادِث سے مایوس ہوتا نہیں دِل
یقیں ہو تو مقصد بھی ہوتا ہے حاصل　　نہ ہو ڈر کوئی، جو بھی آئے مقابل
نہیں کچھ بھی مشکل اگر حوصلہ ہے
"مثل ہے کہ ہمت کا حامی خدا ہے"

تجسّس کی چنگاری دل میں بسی ہو　　کوئی ولولہ ہو کوئی تشنگی ہو
لہو میں حرارت تا بندگی ہو　　نظر کہکشاں سے بھی آگے لگی ہو
تو پھر کامیابی کا رستہ کُھلا ہے
"مثل ہے کہ ہمت کا حامی خدا ہے"

نہیں کچھ بھی آساں یہاں زندگی میں　　لگاتار کوشش کی دھن ہو کسی میں
لگن ہو تڑپ ہو اگر آدمی میں　　تو اُمید ہمّت بڑھاتی ہے جی میں
ہو جرأت تو آسان ہر معاملہ ہے
"مثل ہے کہ ہمت کا حامی خدا ہے"

❖❖❖

ہوائی سفر

احمد وصی

ہر کوئی یہ چاہے کہ ہواؤں میں اُڑیں ہم
آکاش کے نزدیک فضاؤں سے جُڑیں ہم
اُونچائی سے ہم بھی کریں دُنیا کا نظارا
اُونچا ہو یہ سَر ، اُونچا ہو رُتبہ بھی ہمارا
چھوٹی نظر آنے لگے پھیلی ہوئی دھرتی
اُوپر سے ہے نیچے کی طرف ایک کشش بھی
اس واسطے اک ڈر بھی ہے خطرہ بھی ہے دل میں
اور ساتھ ہی پرواز کا جذبہ بھی ہے دل میں
یہ پہلا ہوائی ہے سفر ، خوف ہے جاگا
لازم ہے کہ بے خوف کریں آپ ارادہ
موسم ہو مددگار ، ہوائیں ہوں طرفدار
ہوتا ہے اُڑانوں کو اِنھیں سے تو سروکار
بہتر ہے کہ اُمید کو ہمراز بنائیں
ہمت کو سفر کرنے کا انداز بنائیں
اُڑتے ہوئے پنچھی کی طرح جھوم کے چلیے
آکاش کو بادل کی طرح چوم کے چلیے

❖❖❖

لالچ

اسرار جامعی

سنو میرے بچو کہانی سنو!! سنو! جامعی کی زبانی سنو!!
دو بھائی تھے غربت کے مارے ہوئے کمانے کو وہ گھر سے باہر چلے
بھٹک کر کہیں سے کہیں راستہ گزر ایک جنگل سے ان کا ہوا
یکایک انھوں نے یہ دیکھا سماں کہ ہے ایک گڈھے کا تازہ نشاں
ہٹایا جو ٹی تو خزانہ ملا امیر اب بنیں اک بہانا لا
خوشی سے گلے مل کے گانے لگے مصیبت کے دن اب ٹھکانے لگے
پریشان وہ تھے بہت بھوک سے کہا ایک نے کہ بھائی میرے
کہ ایک کھانا لائے گا بازار سے یہاں دوسرا پہرے داری کرے
جو کرنے لگا پہرے داری وہاں اسے یہ خیال آ گیا ناگہاں
اگر اپنے بھائی کو میں مار دوں تو سارے خزانے کا مالک بنوں
یہی دوسرے کو بھی آیا خیال کہ دے زہر بھائی کو لے سارا مال
غرض اس نے پہلے تو خود کھا لیا دیا زہر کھانے میں اس کے ملا
ادھر دوسرا بھائی تیار تھا کیا اس نے سر اس کا تن سے جُدا
خوشی سے وہ پھولا سماتا نہ تھا اکیلے خزانے کا مالک بنا
مگر بھوک سے ہوکے بیتاب سا جو آیا تھا کھانا وہ کھانے لگا
وہ کھاتے ہی کھانا وہیں مر گیا یہ لالچ کا دونوں کے انجام تھا
ہے یہ قول سچ جامعی سے سنو کہ لالچ بُری ہے بَلا دوستو

آنکھیں

احمد کلیم فیض پوری

میری امّی مجھے بتانا ذرا
دھوپ کیسی ہے کیا ہے سرد ہوا

چاند راتوں میں کیوں نکلتا ہے
دن میں خورشید کیوں چمکتا ہے

پھول کیسے ہیں ، باغ کیسا ہے
گھر میں جلتا چراغ کیسا ہے

چاند امّی ہے ایک آئینہ
اس میں آخر یہ داغ کیسا ہے

کشتیاں تیرتی ہیں پانی میں
مچھلیوں کا بھی گھر ہے پانی میں

جانے کتنے ہی جی سمندر میں
خوف ان کو نہ ڈر ہے پانی میں

پربتوں کے حسین نظّارے
بادلوں کے یہ رینگتے سائے

ایک جنت بسی ہے دھرتی پر
مجھ کو شکوہ ہے اپنی ہستی پر

مجھ سے یا رب تو کچھ بھی لے لیتا
صرف آنکھیں ہی مجھ کو دے دیتا

❖❖❖

طوطا چشمی

حیدر بیابانی

طوطے راجا کہاں سے آئے
رنگ رنگیلے جہاں سے آئے

اتنے رنگوں کی پچکاری
بتلاؤ کس نے دے ماری

لگوا دی ہے چونچ پہ لالی
تن پر رنگت سبزی والی

آنکھیں پیلی پیلی کرکے
آئے ہو تم دور نگر سے

سرخ گلے میں پہنے مالا
بن کر آئے ہو متوالا

پنجرے میں کیسے تن بیٹھے
اپنے منہ مٹھّو بن بیٹھے

کرکے باتیں پیاری پیاری
سیٹی مارو جوں کِلکاری

ہم سے خدمت کرواتے ہیں
فرمائش کر کر کھاتے ہو

چاؤ سے تم کو پال رہے ہیں
چوری مرچی ڈال رہے ہیں

پُھل لا لاکر کچّے پکّے
خوب کھلائیں تم کو بچّے

یار بنے ہو سارے گھر کے
سامنے ہو ہر آن نظر کے

لیکن وہ دن جب آئے گا
پٹ پنجرے کا کُھل جائے گا

بھؤلوگے تم یاری یارا
ہو جاؤگے نو دو گیارہ

اُڑکر دور نگر جاؤگے
طوطا چشمی دِکھلاؤگے

❖❖❖

اوپر کی کُرسی

متینؔ اچل پوری

بڑے سمّان کی ، آدر کی کرسی
بھری دنیا میں یہ ٹیچر کی کرسی

رُلا دیتا ہے اکثر تختِ شاہی
ہنساتی ہے کبھی ، جوکر کی کرسی

کہاں ہے تخت اب چنگیز خاں کا
کہاں باقی رہی ہٹلر کی کرسی

یہ عالی شان ، وہ ٹوٹی پڑی ہے
یہ ہے اکبر کی ، وہ بابر کی کرسی

صدی بھر کی مجھے مسند یہ بھائے
مجھے بھائے نہ یہ پل بھر کی کرسی

عجب مہنگائی کی آندھی ہے بابا
لو پھر بازار آئی گھر کی کرسی

لگی ہے آج کل سونا اُگلنے
بڑی زرخیز ہے لیڈر کی کرسی

اُجالے میں اندھیرا پل رہا ہے
وہ باہر کی ہے یہ اندر کی کرسی

خلیفہ ہے نہ اب وہ بوریا ہے
کہاں اب خوف کی اور ڈر کی کرسی!

اگر اب لوگ سارے جاگ جائیں
ملے منظر میں پس منظر کی کرسی

نگاہیں آج پیسے پر جمی ہیں
بہت چلنے لگی دفتر کی کرسی

وطن میں آکے ساگر ڈولتا ہے
بنائی گاؤں نے گاگر کی کرسی

کہانی ہوگئی وہ شان و شوکت
کھنڈر میں باقی ہے پتھر کی کرسی

اگر سوچو تو دونوں مختلف ہیں
یہ ہے ٹیچر کی ، یہ ٹیلر کی کرسی

ہماری میز ہو جاتے تھے تکیے
بناتے تھے کبھی بستر کی کرسی

کہاں مسند رہی گھر کی منڈیر اب
لگی اب ہاتھ اُن کے زر کرسی

ہوئی ہیں مول میں دونوں برابر
پسر کی یہ ، وہ ہے دختر کی کرسی

فرشتے لوگ بن جائیں تو ہوگی　　چٹائی بحر کی اور بر کی کرسی
اثر سائنس ایسا بھی دکھائے　　مری کرسی ہو، جادوگر کی کرسی
ہوئے ہیں وھیل چیئر کی وہ زینت　　بناتے تھے کبھی پیپر کی کرسی
یہ ساری کرسیاں پُر ہوچکی ہیں
عزیزو ! خالی ہے اوپر کی کرسی

❖❖❖

کوثر اچھی لڑکی ہے

رضوانہ ناصرالدین قریشی

کوثر اچھی لڑکی ہے　　دل سے پڑھتی لکھتی ہے
شوق ہے اس کو پڑھنے کا　　پڑھ کر آگے بڑھنے کا
کھیل سے وہ کتراتی ہے　　ناز سے وہ گھبراتی ہے
نظمیں جب وہ سناتی ہے　　داد ہر اک سے پاتی ہے
مکتب سے جب آتی ہے　　دودھ ملائی کھاتی ہے
جب وہ بڑی ہو جائے گی　　نام جہاں میں پائے گی
شبنم کی وہ ساتھی ہے　　گیت اسی کے گاتی ہے
گھر میں سب کی پیاری ہے
سب کی راج دلاری ہے

❖❖❖

تعطیل ہے

محسنؔ زیدی

ہو چکے ہیں امتحاں تعطیل ہے
مدرسوں میں بے گماں تعطیل ہے

ختم شور و غل ہوئے بچوں کے اب
ہے خموشی سے عیاں تعطیل ہے

اب تو رخصت ہو گئیں ہیں سردیاں
بڑھ رہی ہیں گرمیاں تعطیل ہے

اپنے گھر میں کچھ نہ کچھ پڑھتے رہو
مدرسوں میں جب میاں تعطیل ہے

گھومنے جاتے ہیں بچّے اپنے گاؤں
ان کے حق میں مہرباں تعطیل ہے

پوچھ کر بچوں سے محسنؔ دیکھ لو
ہو کے خوش کہہ دیں گے ہاں تعطیل ہے

❖❖❖

نئی منزلوں تک جائیں گے

رفیق گلابؔ

چنّو ، منّو ، گڈّو آؤ
نئے سال کا جشن مناؤ

گیارہ گیا ، لو بارہ آیا
خوشیوں کی سوغاتیں لایا

نئے سال میں نئی اُمنگیں
نئے حوصلے نئی ترنگیں

نئی منزلوں تک جائیں گے
نئے نئے مقصد پائیں گے

بچو ! کر لو آج ارادہ
پورا کریں گے ہر اک وعدہ

تم نے جو بھی کیے عزائم
ان پر ہر دم رہنا قائم

❖❖❖

صبح

شکیبؔ جلالی

صبح سویرے سے اُٹھتا ہوں
روز اندھیرے اُٹھتا ہوں
اُٹھ کر سیر کو جاتا ہوں
ٹھنڈی ہوائیں کھاتا ہوں
پھول اُسی دم کِھلتے ہیں
غنچے آنکھیں مَلتے ہیں
شبنم بِکھری ہوتی ہے
کلیوں کا منہ دھوتی ہے
باغ معطّر ہوتا ہے
دلکش منظر ہوتا ہے
بلبل گیت سناتی ہے
کوئل شور مچاتی ہے
ٹھنڈی ہوائیں چلتی ہیں
سب کو پنکھا جھلتی ہیں
ڈالی ڈالی ہلتی ہے
دل کو فرحت ملتی ہے
جسم میں چستی آتی ہے
آنکھ بھی ٹھنڈک پاتی ہے
دن بھر جی خوش رہتا ہے
ہر غم ہنس کے سہتا ہے
جو کوئی اس دم سوتا ہے
اِس نعمت کو کھوتا ہے

❖❖❖

گل بوٹے سلور جوبلی سیریز کے تحت مطبوعہ کتابوں کی فہرست

نمبر شمار	کتاب	مصنف	مرتب
۱۔	اُلٹا درخت اور ستاروں کی سیر	کرشن چندر	خان نوید الحق
۲۔	چچا چھکّن کے کارنامے/تین اناڑی	امتیاز علی تاج/عصمت چغتائی	ناصر علی شیخ / خان نوید الحق
۳۔	جن حسن عبدالرحمٰن	مترجم: قرۃ العین حیدر	خان نوید الحق
۴۔	چڑیوں کی الف لیلہ	کرشن چندر	خان عارفہ نوید
۵۔	خوفناک جزیرہ	سراج انور	خان نوید الحق
۶۔	بچوں کی نظمیں	حالیؔ/ سیمابؔ	ریحان کوثر
۷۔	بچوں کی نظمیں	تلوک چند محرومؔ	عرفان شاہ نوری
۸۔	بچوں کی نظمیں	اسمٰعیلؔ میرٹھی	ڈاکٹر محمد حسین مشاہد رضوی
۹۔	بچوں کی نظمیں	حفیظؔ جالندھری	محمد شریف
۱۰۔	بچوں کی نظمیں	نظیرؔ اکبرآبادی	محسن ساحلؔ
۱۱۔	بچوں کی نظمیں	شفیع الدین نیّرؔ	خان حسنین عاقبؔ
۱۲۔	بچوں کی کہانیاں	شفیع الدین نیّرؔ	خان حسنین عاقبؔ
۱۳۔	بچوں کی کہانیاں	ڈاکٹر ذاکر حسین	غزالہ فاطمہ
۱۴۔	دنیا کے رنگ ہزار	حسین حسان	سراج عظیم
۱۵۔	بچوں کی نظمیں	ابنِ انشاؔ / ساحرؔ/ افسرؔ	حسنین عاقب/ وجاہت عبدالستار
۱۶۔	بچوں کی نظمیں اور کہانیاں	کھلونا سے انتخاب	فرزانہ اسد
۱۷۔	بچوں کی کہانیاں	خواتین کے قلم سے	ڈاکٹر حلیمہ فردوس
۱۸۔	مزاحیہ مضامین	درسی کتب سے انتخاب	ڈاکٹر محمد اسد اللہ
۱۹۔	سیر و سیاحت	درسی کتب سے انتخاب	ڈاکٹر ناصر الدین انصار
۲۰۔	بچوں کی منتخب کہانیاں	درسی کتب سے انتخاب	محمد یٰسین اعظمی
۲۱۔	بچوں کی منتخب نظمیں	درسی کتب سے انتخاب	آصف اقبال
۲۲۔	بچوں کے ڈرامے	درسی کتب/گل بوٹے سے	انتخاب احمد
۲۳۔	بڑوں کا بچپن	مختلف کتب سے انتخاب	سیّد خالد
۲۴۔	بچوں کی نظمیں اور کہانیاں	گل بوٹے سے انتخاب	ظہیر قدسی/ سیّد آصف نثار
۲۵۔	چھوٹی سی بات (اداریے)	فاروق سیّد	صائمہ فاروق سیّد
۲۶۔	**بچوں کے ادیبوں کی ڈائرکٹری**	**خصوصی پیش کش**	ڈاکٹر اشفاق احمد/محمد شریف